ケンブリッジ大学の途切れた原稿の謎

ジル・ペイトン・ウォルシュ

ケンブリッジ大学の貧乏学寮セント・アガサ・カレッジ。カレッジの学寮付き保健師《カレッジ・ナース》イモージェン・クワイの家に下宿する学生フランが、ある数学者の伝記を執筆することになった。今は亡きその数学者は立派な人物ではあったものの、生涯であげた目覚ましい業績はただひとつだけ。しかも、フランは伝記を手掛ける初めての人物ではなかった。伝記の執筆がこれまで途切れてきた原因は、数学者の経歴でどうしても詳細が不明な1978年の夏の数日間にありそうで……。好評『ウィンダム図書館の奇妙な事件』に続く、実力派作家によるシリーズ第二弾登場！

登場人物

イモージェン・クワイ……セント・アガサ・カレッジの学寮《カレッジ》付き保健師《ナース》
フランセス（フラン）・ブリャン……イモージェン宅に下宿する大学院生
ジョシュ……フランの恋人
レオ・マヴェラック……伝記文学講座の教授
マーク・ゼファー……ライター
パメラ・ゼファー……マークの姉。イモージェンの旧友
メイ・スワン……伝記作家
デイヴィッド・スワン……メイの甥
イアン・ゴリアード……詩人
ギデオン・サマーフィールド……数学者。故人
ジャネット・サマーフィールド……ギデオンの妻
メラニー・ブラッチ……ギデオンの旧友
サー・ウィリアム・バックモート……セント・アガサ・カレッジの学寮長
レディ・バックモート（B）……ウィリアムの妻

メレディス・バガデュース……数学科の主任
ホリー・ポートランド……テキスタイル史の研究家
ボブ・フラミンガム……哲学専攻の学生
グウェニー・フロイド……イモージェンの幼馴染
ミセス・エヴァンズ……〈クウォリー農場〉の農場主の妻
メーガン・エヴァンズ……ミセス・エヴァンズの娘
ヴィお婆ちゃん……〈クウォリー農場〉の先代農場主の妻
パンジー・ホイットマン……
シャーリー（シャール）・ニコルズ……
} イモージェンの友人
マイケル（マイク）・パーソンズ……巡査部長

ケンブリッジ大学の途切れた原稿の謎

ジル・ペイトン・ウォルシュ
猪 俣 美 江 子 訳

創元推理文庫

A PIECE OF JUSTICE

by

Jill Paton Walsh

This book is published in Japan by TOKYO SOGENSHA Co., Ltd.
Japanese translation rights arranged with
David Higham Associates Ltd., London
through Tuttle-Mori Agency, Inc., Tokyo

ケンブリッジ大学の途切れた原稿の謎

真に独創的な人物、R・Hに

誰にでも平等な一片《ひとひら》の正義――それが死だ……

サー・トーマス・ブラウン

1

「これはどこで区切れるの？」イモージェン・クワイは言った。彼女はパッチワーク・キルトの図案集を手に、居間の床にすわり込んでいた。周囲の床にはところ狭しと色とりどりの布——柄物《がらもの》や無地の端切《はぎ》れが並べられている。

室内の二脚の肘掛け椅子には友人のパンジー・ホイットマンとシャーリー・ニコルズが腰をおろし、その図案集をみなで交互に眺めていた。この三人は〈ニューナム地区キルト作り愛好会〉の有志メンバーで、年末に開かれる予定の赤十字の福引大会に寄付する作品の企画を練っているのだ。

例によって、ちょっとした楽しい論争が起きていた。シャールは曲線縫いの多い、手の込んだデザインにしたがり、かたやパンジーは、華やかな色取りを生かせるシンプルなデザインがいいと言う。そしてこの二人はどちらも、種々の図柄を一区画《ブロック》ずつ無地の布で格子状に仕切ったキルトが好きだった。イモージェン自身はむしろ、びっしり並んだブロックの継ぎ目から模様があふれ出し、表布の全面に広がってゆくようなものが好みだ。そんな効果を出せる伝統的なパターンは数多くある。個々のブロックが周囲のブロックと溶け合い、それぞれの柄の一部が組み合わさって、新たな四角形や菱形が目のまえに浮かびあがるタイプのものだ。どれも昔ながらのすてきな名前がついている。〈難破船《ロスト・セイル》〉、〈バラの羅針盤《コンパス・ローズ》〉、〈酔っ払いの千鳥足《ドランカーズ・パス》〉、〈愉《デレ》快な山並《クタブル・マウンテンズ》〉、〈燃えたつ星《ブレージング・スター》〉、〈わが家への道《ホームワード・バウンド》〉、〈納屋の棟上げ《バーン・レイジング》〉……。

シャールのおすすめは〈つぎはぎカボチャ《パンプキン・パッチ》〉と呼ばれる、どこもかしこも曲線縫いのもの。パンジーに言わせれば、〈大空の鳥たち《バーズ・イン・ジ・エアー》〉のほうがだんぜん縫いやすいはずだった。

「だけどすごく退屈な柄よ、パンジー」シャールが言った。

「そうでもないわ、きれいな色で作れば」とパンジー。

「もっと特別感を出さないと」シャールは主張した。「たっぷりお金を集めるには、誰にでも簡単に作れそうだと思われちゃまずいの」

「どのみち、誰もそんなこと考えやしないわ」パンジーがやり返す。「今どきの人たちは縫物なんかできないの。みんな学位を取ってシティの一流企業で働くだけで精いっぱい。ソックスの穴も繕《つくろ》えないのよ。料理だってそう。調理済み食品を電子レンジにかけるのすら面倒がる人もいるわ！」

「たしかに、〈キルト愛好会〉のメンバーもほとんど老人ばかり！」シャールが相槌《あいづち》を打つ。

「この芸術も絶滅寸前ね」

「工芸よ」とパンジー。

「何が？」

「キルトは工芸よ、芸術じゃなく」

「あらやだ、パンジー！」シャールは言った。「やけに弱気ね。どうして芸術じゃないの？　女たちのすることだから？」

「ちがうわ。つまり……ええと……」

「あなたはどう思う、イモージェン？」シャールが言った。

「え？　悪いけど、よく聞いてなかったの。この連続模様の区切り目を見つけようとしてたから」

　イモージェンは眺めていた図案集のページを二人に見せた。パッチワークのデザインが線画で描かれ、さまざまなラインが複雑に絡み合う、緻密な網目模様が紙面いっぱいに広がっている。その網のどこかに何度も反復される部分があるはずで、それがこのデザインの基本となるブロックなのだ。作りたいキルトのサイズに応じて、そのブロックを必要な枚数だけ作り、あとは縫い合わせればいい。するとたちまち、それぞれの図柄が流動的につながり合って、その相乗効果で目くるめくような躍動感のある作品になる。

　イモージェンが見入っていたのは、〈メイン州の海岸《コースト・オブ・メイン》〉と呼ばれる図案だった。一見、なだらかにうねる波のような感じだが、三角形と四角形の布片《ピース》だけで作られている。

「ここよ」シャールが紙面に鉛筆を走らせ、線画の一部を囲んでみせた。そうして網の中の四角い部分が切り離されると、この図案がそれと同じパターンの反復でできているのが一目でわかる。一列ごとに半ブロックずつずらされているので、なおさら見つけにくかったのだ。

「へえ、いいじゃない！」パンジーがイモージェンの肩ごしにのぞき込んで言った。「これを作ったら？」

「異議なし」とシャール。このデザインなら、縫い合わせるのがじっさいよりもはるかにむずかしく見える。そこらじゅうに曲線が使われているように見えるからだ。シャールは何ごとにつけ、安易に片づけたと思われるのが耐えられないたちなのだ。

「じゃあ決まりね」イモージェンは言った。「次は配色。二人ではじめてて、わたしはコーヒーを淹《い》れてくる」

パッチワークの布地選びはじつに面白い。イモージェンはいつもまずはしっくりなじむ、調和の取れた色合いの端切れを選び出す。三人の友人たちは巧みに鋏《はさみ》をあやつって、さまざまなピースのサンプルを切り抜き、それらを縫い合わせたらどんな感じになるか並べてみた。けれど、注意深く選ばれた穏やかに調和する色の組み合わせは、決まって退屈に見える。小ぎれいで、退屈。要するに、パッチワークは民芸であり、あまりおしゃれな雰囲気は似合わない——むしろ〝粗野な味わい〟という表現がぴったりのものなのだ。

その点、パンジーは曲線縫いこそ苦手かもしれないが、みごとな色彩感覚の持ち主だった。彼女の手にかかると、とうてい合いそうにない色と色が垣根ごしに語り合い、思いがけない鮮やかな効果を生み出す。イモージェンが大好きな古いキルトのあのすばらしい〝生活感〟、必要に応じて手元の残り布を利用したキルトならではの、つましさのにじむものになるのだ。それは〈ローラ アシュレイ〉の店へゆき、特別に裁断されて組み合わされた小切れのセットを買うのとは大ちがいで、まねをするのにもいささか勇気がいる。

パンジーはイモージェンが選んだ感じのいい無難な配色の試作品の上に手をのばし、中央のダークレッドの星の横からライラック色の布をどけ、緋色の模様が入ったオレンジ色の布を置いてみた。

「ふむ……」と首をかしげ、「ちがうわ……たぶん……」と言いながら、淡いブルーの布地のひとつを取りあげ、周囲の布とまるで色調の合わない鮮やかなターコイズブルーのものに置き換えた。とてもすてきだ。

三人はコーヒーを飲みながら、その成果をとくと眺めた。それから二人の友人たちが帰るまえに、みなで大きなダブルサイズのベッドカバーの要尺を計算し、アートショップの丈夫な厚紙の案内状を切り抜いて型紙を作った。来週はそれに合わせて布を切り、〈キルト愛好会〉の会員たちに縫いあげてもらえるように、数ブロック分ずつまとめて発送する予定だった。

そんなやり方を好む会員たちが多いことに、イモージェンはいつも驚かされていた。割り当てられた布地のセットを受け取った者たちは、それを縫い合わせるだけだ。あれこれ選んでデザインしてゆく愉しみは、すべてシャールとパンジーと彼女自身がむさぼっていた。もちろん、希望者は誰でもこの企画会議に参加できることになっているから、ほかの会員たちは嘘偽りなく、縫うだけで満足なのだろう。みんな気持ちのいい人たちだった。何かの役に立つならいつでも快くジャムを作ったり縫物をしたりする、心優しく控えめな、働き者の女たち。教会で花を生け、隣人たちのために買い物をし、赤ん坊をあずかり、留守中の友人たちの猫に餌をやったりもする。地道に世の中を支える人々だ。常に謙虚で、手柄を誇示しない。

けれど思えば、ケンブリッジの中心部から難なく歩けるこの町はずれのささやかな一角では、主婦と学位を持つ女性たちの差異はあまりない。なにしろ主婦の半分が学位の持ち主なのだ。むしろこれは、本人たちが自分の行為をどんなふうに見るかの問題なのだろう。つまり、何を称賛に値する行為と考えるかだ。そしてどのみち、単純な技能——素朴な家庭内の技能は数にも入らない。ベッドを快適に整え、室内を感じよく飾りつけ、旬の果物で保存食を作り、小さな裏庭で花々やトマトやインゲン豆を育て、完璧に焼きあげたローストビーフを完璧に焼きあげたローストポテトやヨークシャープディングと同時に食卓へ運ぶ——そうした技能はどれも、その持ち主にとっては当然のもので、誇るに足りる業績とはみなされないのだ。それよりはるかに深遠なキルト作りの技能を鼻にかけたりしないのも、そうした文化の一部なのだろう。それならたしかに、芸術などとは呼ばないのがいちばん。いろいろな意味で、〝工芸〟のほうがふさわしそうだ。

友人たちが立ち去ると、イモージェンはキッチンの奥の小さなダイニングに腰を落ち着け、昼食のサンドウィッチを食べながら読もうと新聞を水差しに立てかけた。その日は仕事に出かける必要はなかった。長期休暇のあいだは、カレッジでの業務はあまりない。来週には新年度の第一学期がはじまるが、イモージェンのような学寮付き保健師《カレッジ・ナース》がてんてこ舞いになるのは、ほんのつかのまの、慌ただしい学期中だけなのだ。

水差しにたてかけた新聞は、下宿人のフランセス・ブリャンのことから注意をそらし、あれこれ気を揉まずにすむようにするためのものだった。そもそも、イモージェンがフランのことを心配しなければならない筋合いはない。フランは身内ではないし、中部のどこかに実の母親がいて、フランに必要な心配をするのはその母親の務めのはずだった。それに、イモージェンはフランの心配をするほどの年齢《とし》でもない。フランは二十二歳かそこらになるはずだし、こちらはそれより十歳ちょっと年上なだけなのだ。けれど若いころに悲惨な恋愛事件で人生を狂わせてしまったイモージェンは、本来なら今ごろは自分の子供たちを持っていたはずで、やり場のない愛情を山ほど胸にしまい込んでいた。どうしたものか、その一部がフランに注がれるようになり、筋違いであろうとなかろうと、彼女のことが気がかりでならなかったのだ。あいにく少しでもそれをとめてくれそうなほど興味深い記事は、新聞のどこにも載っていなかった。

やむなく、イモージェンはコーヒーを淹れながら、その懸念と真正面から向き合った。フランセス・ブリャンは心底、学者になりたがっている。ケンブリッジでは畏怖《いふ》を込めて〈ドン〉と呼ばれる、大学の教師にだ。初めて出会ったころの彼女は、イモージェンが保健師をしているセント・アガサ・カレッジの学部生だった。ニューナム地区にあるこの快適な家の最上階の小さなフラットは、普通ならセント・アガサの関係者には貸さないのだが、フランが卒業後も院生としてカレッジに留まると、イモージェンは喜んで彼女を例外扱いすることにした。ある意味、フランにとっては幸運が重なった。彼女が伝記と自伝の関係に興味を持ち、博士論文のテーマにしようと決めたとき、ちょうど折よく、ケンブリッジに新たな伝記文学の講座が開設されたのだ。史学部にかかわりを拒まれたその講座は、英文学科の傘下に組み込まれ、初代教授に任命されたマヴェラック博士がフランの個人指導を引き受けてくれた。しかし、問題は金だった。フランは一文なしなのだ。

もちろん、最低限の奨学金は確保している。だがそれだけでは、とうてい生活は成り立たない。イモージェンのほうも——たとえフランが受け入れても——無料《ただ》で部屋を貸すほどの余裕はなかった。彼女はフランには内緒で、いくらか家賃をさげていた。フランを家に置きたかったから——たまには心から好意を抱けて、一緒にいるのが楽しい相手に部屋を貸したかったからだ。その後もできるだけフランを養い、週に何度かディナーをふるまういっぽうで、ほかの予備の寝室を貸しているクレア・カレッジの二人の学生たちには少々厳しくするようにしていた。彼らに好きなだけ冷蔵庫をあさらせていたら、フランに食料をまわすのがむずかしくなるからだ。

面倒見のいい教授なら、教え子の院生たちに講師の仕事でも見つけ、経済力を身につけさせてやるものだろう。だが伝記文学の講座は開かれたばかりで、マヴェラック教授も新顔のため、まだろくに人脈ができていなかった。かたやフランは先年度から、バートン・ロードのガソリンスタンドで夜勤をするほかは何の稼ぎもないまま、悪戦苦闘してきた。そこで今朝はマヴェラック教授に会い、何かの教職に就けなければ、このままずっとやっていくのは無理だと話しにいったのだ。

その面談がすんなりいくとは思えなかった。フランはマヴェラック教授に好意を抱いていないからだ。彼女がそう口にしたわけではないが、イモージェンには察しがついていた。交渉が失敗に終わり、フランはすべてを投げ出してどこかの会社にでも勤めるのではないかと気がかりだった。イモージェン自身も医師の資格を取るチャンスを棒にふっているだけに、大事な友人が同じような目に遭うのはなおさら堪えがたかったのだ。

とはいえ、ジョシュは――フランにとって、一昔まえなら〝彼氏〟と呼ばれたものにいちばん近い存在だが――どう見ても、イモージェンの昔の恋人のような危険人物ではなさそうだ。ジョシュならフランにキャリアを捨てて、ぼくの世話に専念しろなどとは決して言わないだろう。むしろ自分はのんびり炉辺の古びた肘掛け椅子に寝そべって、フランが目覚ましい社会的業績をあげることを祈るタイプだ。自分が赤ん坊の面倒を見るかわりに、彼女に養ってもらえるように。彼自身の博士号もフランのそれも、彼の野心の犠牲になったりはしそうにない。イモージェンはそんなジョシュが気に入っていた。

やがてイモージェンは《史学部のビルから窓ガラスが落下》という刺激的な見出しが躍る新聞に見切りをつけ、ふたたびパッチワークの図案について考えはじめた。そうしてもうフランのことで気を揉むのはやめようとしていると、玄関のドアがばたんと閉まり、ほかならぬフランがホールで陽気に叫ぶのが聞こえた。「ヤッホー！　イモージェン！」

やはり他人《ひと》の心配をするのは、たいがい余計なお世話というわけだ！　フランははずむような足取りで入ってくると、ノートが入ったバッグを床に放り出し、満足げな笑みを浮かべてダイニングの肘掛け椅子にどさりと腰をおろした。

「ばっちりよ。教授がいい仕事を紹介してくれたの」

「よかった」とイモージェン。「すごいわ、フラン！　どんな仕事？」

「ちょっとした幽霊《ゴースト》作家の役。けっこうなバイト料なのよ。わたしにできるかな？　ほーれ、どうだ、お化けだぞ、うらめしや～」

「馬鹿らしい」イモージェンは愛情を込めて言った。「じゃあコーヒーでも飲みながら、どういうことか話して」

「ええと……」フランはあの明敏な灰色の目をイモージェンに向けて話しはじめた。当人は気づいていないようだが、じつに恐れを知らない率直な眼差《まなざ》しだ。「教授はその出版社にしつこく仕事を頼まれてたの。自分でやるのは忙しくて無理だけど、あとで何かの役に立つかもしれないから、むげにはことわりたくなくて……」

「待って！」とイモージェン。「もっとゆっくり、初めから話して」

フランはふたたび一から説明しはじめた。かいつまんで言うと、マヴェラック教授はある出版社――〈レクタイプ&ディス〉という有名な会社――から伝記の執筆を依頼されていた。先方は必死になっていた。もともとほかの著者に依頼していたその伝記は、すでに来年秋の出版目録に載っており、遅くとも八月までには原稿を受け取る必要がある。引き受けてもらえれば、すぐに多額の前金を支払うという。マヴェラック自身は多忙で、とても期限内には仕上げられない――就任記念公開講義の準備や、やりかけの研究があるからだ。とはいえ、〈レクタイプ&ディス〉社の厚意を軽んじるのは考えものだった。学術的な伝記は必ずしもホットケーキのようにたやすく売れるものではなく、マヴェラックもいずれは自分の著作を世に出すために彼らの力を借りることになるだろう。ここはできれば恩を売っておきたいところだ。しかもこの企画に必要な資料はすべて、仕事を完遂できなかった前任者がそろえてくれている……。

そんなわけでマヴェラック教授は、きみがやってはどうかとフランに持ちかけたのだ。じっさいに自分で伝記を書いてみれば、博士論文の参考にもなるかもしれない。最後に教授がざっと目を通し、彼の名義で出版することになるはずだが、もちろん前払金はすべてフランのものになる。それで金の問題は解決。みなが幸せになるというわけだ。

「でもフラン、あなたがその本を書くのなら、あなたの名前を表紙に載せてもらうべきじゃない？」イモージェンは尋ねた。

「それは〈レクタイプ&ディス〉社が承知しないわ。名のある著者の本でなきゃ、ぜんぜん売れないはずだし、まともな書評も出ないから。でも教授はどこかにわたしの名前を載せてくれるって――協力者としてね。正直いって、イモージェン、マヴェラック教授のプロジェクトに協力者として名を連ねるのは悪い話じゃないはずよ」

「そしてすべての仕事の見返りに……」

「お金はすべてわたしのもの」

「誰の伝記なのかはまだ聞いてなかったわよね？」

「ギデオン・サマーフィールドよ。何かの分野の数学者で、もうすぐウェイマーク賞を受賞するの」

「ギデオン・サマーフィールドなら聞いたことがある」とイモージェン。

「さすがね。わたしは初耳だった」

「彼はセント・アガサ・カレッジで講師をしていたの。あなたが入学するまえにやめてしまったけど。たしか、もう亡くなったはずよ」

「あの賞は死後でも受けられるみたい」

「でも伝記の出版はそんなに急を要するの？」

「出版社は受賞が公《おおやけ》になれば、いくらか世間の興味をかきたてられると踏んでいるのよ。準備は万端だしね、ずいぶんまえにスタートしたから。もう出版目録にも載っているのよ。マーク・ゼファーとかいう人が書きかけてたの」

「だいたい事情はわかったわ」とイモージェン。「あなたは彼らのためにその仕事をする。それで種々の問題は解決。けっこうな収入になるし、教授の覚えもめでたくなるから……」

「お祝いにあなたをディナーに連れ出すつもり」フランは満足げに言った。「例のサットン・ゴールトのいかしたパブに行きましょう。でも今は大急ぎで出かけなきゃ、聞き逃したくない講義があるの」フランはすばやく立ちあがり、床の上の本とノートをひろい集めた。「もしもわたし宛ての大きな箱が届いたら、きっとマーク・ゼファーが集めた資料よ。出版社のオフィスから宅配便で送られてくるはずなの」

立ち去る彼女の背後から、イモージェンは大声で尋ねた。「ねえフラン、どうしてマーク・ゼファーはその仕事をやり遂げなかったの？」

「彼は亡くなったのよ」フランは玄関からそう叫び返すと、ばたんと扉を閉めて出ていった。

2

〈レクタイプ&ディィス〉社の編集部の切迫感は、さほどすんなりとは郵便集配室に伝わらなかったとみえ、フランの重要プロジェクトの資料が届いたのはそれから三日後のことだった。

自転車で帰宅したイモージェンがわが家に近づくと、玄関まえのせまい通りをふさぐように して、駐車中の二台の車のあいだに運送会社のバンが停まっているのが見えた。彼女があわててスピードをあげ、キーッとブレーキをかけて自転車からおりたときには、ドライバーはすでにドアをノックして反応を待つのをやめ、ふたたび走り去ろうとしていた。

イモージェンが玄関の鍵を開けると、ドライバーはぼろぼろに擦り切れた特大サイズの箱を抱えて小道をよろめき進んできた。ひもを十字にかけられた箱は、四隅が残らず破れかけているうえに、運び手の様子からして、ひどく重いのはあきらかだった。できれば上階まで運んでもらえないかと尋ねてみると、彼は心臓がどうとか言いだした。それでもイモージェンが同情を示し、ビール代をいくらか出そうと言うと、ドライバーはホールの奥の階段へと歩を進めた。その箱の配達先は最上階の部屋なのだと今すぐ話すべきか、それとも彼が二階に着いてからにすべきだろうか？　イモージェンは迷ったが、結局、ドライバーがわが身と重荷をホールから三段ほど運びあげたところで、箱が破裂した。ひもがぷつりと切れ、段ボールが引き裂けて、ファイルや書類がそこらじゅうに飛び散ったのだ。ドライバーは悪態をつき、落ちたものを片っ端からつかんで箱の裂け目に押し込みはじめた。これではとんだ混乱と破壊を招きかねない――イモージェンは彼を押しとどめ、とにかく少々のビール代を手渡した。それから彼を送り出してドアを閉めると、コーヒーを淹《い》れ、ごちゃ混ぜになった書類をどうにか一人で整理しようとした。

だが容易ではなかった。イモージェンはダイニングの伸長式テーブルの自在板を引き出し、荷物を広げるスペースを作った。まずは〈マーク・ゼファーより〉というラベルが貼られた四つの頑丈なボックスファイルを取りあげ、蓋を開けずにテーブルの片側に置く。もうひとつ茶色い箱――以前はよくおしゃれなブティックでドレスの包装に使われたような箱だ――があり、四隅がぺちゃんこになってはいるが、おおむね無傷だった。イモージェンはそれをボックスファイルの横に置くと、ばらのまま段ボール箱に詰められていた大量の書類に注意を向けた。今では一部が箱の中に積みあがり、残りは階段とホールの床のそこらじゅうに散らばっている。もともと何が、どのように仕分けられていたのか知らない者が、それを整理するのは至難のわざだ。あとの始末はフランにまかせようかとも思ったが、その夜は夕食に人を招《よ》んでいたので、フランがもどるまえにダイニングのテーブルが必要になりそうだった。やはり、この荷物はざっといくつかに分け、最上階のフランのねぐらへ運んだほうがいい。

けれど、ここには何が入っているはずなのだろう？　ぱっくり裂けた包装紙が見つかり……

ラベルも一緒に破れていたので、ややあってようやく、〈JSに返却のこと〉と書かれているのが読み取れた。それに古ぼけたペーパーファイルが一冊。こちらは全体的によれよれで、背部から中身が飛び出していた。さっきの包みとはちがう小さい几帳面な字で、〈メイ・スワンの住居より回収〉と書かれたラベルが貼られている。イモージェンはばらばらの書類を調べてみた。さまざまな差出人からの手紙が数十通、一九六三年版のデスクダイアリー、休暇中のスナップ写真が入った紙ばさみが数冊、クリスマスカードの発送先のリスト……それにおびただしい手書きの記録。罫線入りのルーズリーフ用紙に、読みやすい文字でびっしり書き込まれている。

イモージェンはざっと当たりをつけて種々雑多な資料をひとまとめに積みあげ、〈JSに返却のこと〉というあの包装紙をかぶせると、手書きの記録をメイ・スワンのファイルにはさみ、荷造り用のテープでファイルの裂け目を補修した。それから最上階への階段をえっちらおっちら往復し、フランの小さな四角いテーブルに荷物を並べた。作業を終えると、いくらか満足げに周囲を見まわした――これほど室内をきれいにしている下宿人は、これまで一人もいなかった。

あとはホールの見るも哀れな段ボール箱の残骸ともつれたひもを片づければ、夕食の準備に取りかかれる。荷物の整理にすっかり時間を取られ、もうぎりぎりの時刻になっていた。

段ボール箱を折り曲げ、外のゴミ入れのわきに置けるように小さく踏みつぶそうとしたとき、箱の隅の裂け目に一枚の紙がはさまっているのが見えた。あの間抜けなドライバーがこぼれた中身を押し込もうとしていた場所だ。イモージェンはその紙を引き抜いた。オフィス用のメモ用紙で、上部に〈レクタイプ&ディス〉社のモノグラムが印刷されている。それにはこう書かれていた――〈サマーフィールドに関するゼファー作成のファイルを至急、下記住所のフランセス・ブリャンへ送付。残りは保管されたし。M・ドロール〉

この文面からして、どうやら出版社の発送部門の担当者がうかつにも、保管すべき書類ばかりか保管を指示したメモまで送ってしまったようだ。するとあの書類の一部はサマーフィールドに関する資料ではなく、フランが処理すべきものではないのかもしれない。けれど当面、イモージェンは急いでいた。そのメモを食器棚の上のコーヒー豆の容器のうしろに立てかけ、料理に注意を向けた。

今夜のディナーの客は、セント・アガサ・カレッジのフェローのマルコム・ミストラル博士だった。博士は男やもめで、長年ニュートン・ロードの立派な屋敷で暮らしたあと、カレッジの寮に舞いもどってきたのだ。彼はいつぞや悲しげに、自宅で妻と静かな食事ができたころがが懐かしくてならないとイモージェンに打ち明けた。カレッジのだだっ広い大食堂のハイテーブル（上級職員とそのゲストだけが使える、一段高くなったフロアにある食卓）で、たまたま一緒になったフェローや彼らのゲストと談笑しなければならないのが苦痛なのだと。

「でしたら、ときにはご自分で食事を作られてはどうかしら？」とイモージェンは助言した。「寮のお部屋には小さなキッチンがあるでしょう？」

すると、自分は卵も茹でられないのだとマルコム・ミストラルは白状した。長い結婚生活を通じて、彼の妻は夫が木べらを手にすることさえ許さなかったのだ。

そんなわけで、イモージェンはときおり家でミストラル博士に食事をふるまうようになっていた。博士はしじゅう出された料理のレシピをほしがり、そのたびに彼女は注意深く詳細な説明を加えた手書きのメモを渡す。ただし、あのレシピを試してみたか、首尾はどうだったかと尋ねたりはしないように気をつけていた。彼は常々、必ずしも男だから——それにカレッジのフェローだから——といって、料理上手になれないわけはないと言っていた。現にメレディス・バガデュースは料理の達人だ。唯一の欠点は、あまり頻繁に自分を食事に招いてくれないことだ、と。

こうして調理の個人指導を装《よそお》った食事会を続けるうちに、イモージェンは徐々にミストラル博士と懇意になっていた。非常に頭のいい人間は、えてして話し相手としては非常に退屈なものだが、そんな考えは固く胸におし隠して。今も暖炉のそばでコーヒーを飲みながら、ろくに共通点のない相手との会話に自然と生じる長い間《ま》をやりすごすうちに、イモージェンはふと思いついて博士にギデオン・サマーフィールドを知っていたか尋ねてみた。

「まあ、いくらかは」ミストラル博士は答えた。「わたしが初めてセント・アガサ・カレッジに来たとき、彼はまだ研究員だったんだ。こちらよりだいぶ若かったからね。それでもむろん、あちらこちらで顔を合わせたよ。何度かカレッジの評議会でも一緒になったし……そんなところだ」

「彼はどんな人でした?」とイモージェン。

「さて、どうかな。まずまずまともな男だったはずだが。カレッジのために熱心に働いていた。なぜそんな質問を？」

「わたしの友人が彼の伝記の執筆を依頼されたんです」

「ほう？　それはいささか驚きだ。彼は興味深い人物だったのかね？」

「だからそれをお訊きしてるんですよ！」イモージェンは笑った。「コーヒーのお代わりと一緒にチョコレートでもいかがです？」

「ではお言葉に甘えて、ミス・クワイ」ミストラル博士はミント味のチョコレートを箱から優雅につまみあげた。

どうぞイモージェンと呼んでください、と言うべきだろうか。イモージェンはそう考えたあと、まだ彼を〝マルコム〟と呼ぶ気にはなれないことに気づき、沈黙を守った。

「あのサマーフィールドが伝記の題材になるような男だったとは意外だ」博士は考え込むように言った。「とはいえ長年同じカレッジにいながら、私的な面については何ひとつ知らないことも大いにありうるからな。相手が暴力的な夫でも女たらしでも、とんだペテン師や詐欺師でも、仲間のフェローたちはまったく気づかないかもしれない。われわれは互いに、ごくせまい一面を熟知しているだけなんだ。むしろあなたのほうがわれわれについて多くのことを知っていたとしても、不思議はないんじゃないのかな？」

「まあ概して、お元気な方ほど保健師のわたしの知っていることは少なそうですけど」イモージェンは言った。「ごくせまい一面だけでも互いに熟知されているのなら、あなたはギデオン・サマーフィールドについても何かご存じなんじゃありません？」

「そう言われても、あの男の興味深い点などひとつも思いつかないぞ。なぜ伝記など書かせたがる者がいるのだろう？　ああ、ジャネットを除いてだが」

「ジャネット？」

「彼の夫人、というか、未亡人だよ。たいそう献身的な女性でね。わたしの妻――今は亡き妻――は、彼女といくらか付き合いがあったんだ。ジャネットなら伝記を書かせたがるだろう、全篇が夫への賛辞で埋め尽くされているようなものなら。偉大な男のために生涯を捧げた、そんな感じの女性だからな。ただし、誰がそんな本を読みたがるのか想像もつかんが……」

「たしかサマーフィールドはじきにウェイマーク賞を受賞するんです」

「ああ、それはわたしも耳にしている。おそらく事実なのだろう」

「けれど、それもあなたには意外だと？」

「なにせ、彼は数学者だからな」マルコム・ミストラルは考え込むように言い、ミント味のチョコレートをもうひとつ取った。

「あら、ウェイマーク賞は数学専門の賞なんでしょう？」とイモージェン。

「ああ、そのとおり。ただ、数学者の才能というのは傍目《はため》にはわかりにくいものでね。つまり、数学者以外には」

「あなたはサマーフィールドにはあまり才気がないと考えてらしたのね？」イモージェンは嬉嬉として客人をけしかけた。

「いやいや、ミス・クワイ、セント・アガサ・カレッジのフェローは一人残らず才気にあふれているぞ」ミストラル博士は憤然《ふんぜん》たる口調になった。「だが問題は、サマーフィールドが天才だったかということだ。彼はウェイマーク賞に値するほどの天才だったのか？　周知のとおり、なぜかノーベル賞には数学部門がなく、ウェイマーク賞はそれを補《おぎな》うものとみなされている。だから受賞者はノーベル賞の受賞者と同等の評価を得るわけだ」

「けれどあなたには、サマーフィールドがそれほどの人物だとは……？」こんなふうに問い詰めるのは無節操な気もしたが、今夜は極上のディナーをふるまったのだ。そのご褒美にもう少しだけ、フランのために耳寄りな情報がほしかった。

「おそらく彼には、ほかの数学者たちも戸惑わされていたはずだ」ミストラル博士は巧みにはぐらかした。「それにもちろん、誰しも畑違いのことはわからんからな。物理学や史学や法学の分野での業績は、物理学者や歴史学者や法学者にしか評価できないものだ。とはいえたいていは、ハイテーブルでちょっと雑談を交わしただけでも、相手がすぐれた知性の持ち主であることが感じ取れる。だがサマーフィールドは……ともかく、同輩たちの一部も彼がやってのけたことに驚いていた。彼は申し分なく立派な数学者ではあったが、天才とは思えなかったからな。それが晩年になって、ひとつだけ目覚ましい業績をあげ、あとはそれきりだ。何度も言うように、とくに秀《ひい》でた男ではなかったんだ。いつぞやカレッジの宴会で隣合わせになったときも、一晩じゅうヒレ肉のパイ包み《ビーフ・ウエリントン》の固さばかりを話題にしていたよ」

「彼が業績をあげたのは晩年になってからだったんですか？」

「数学者にしては遅めというだけだが」

「数学者は若くして燃え尽きてしまうから？」

「まあ、必ずしもそうとはかぎらんのだろうがね。普通はごく若いうちに才能を開花させ――あとはできるだけ長くそれを維持してゆく。キャリアの中盤で急に才能をのばすことはあまりないんだよ。とにかくバガデュースはそう言っていたし、彼ならそういうことにも詳しいはずだ」バガデュース博士はセント・アガサ・カレッジの数学科の指導主任なのだ。

「しかし、あのときのバガデュースの態度は少々奇妙に思えたな」ミストラル博士は続けた。「例の噂――つまり、ギデオン・サマーフィールドがウェイマーク賞の候補になっているという噂が流れたときだ。バガデュースはひどく冷ややかでね。冷めきっていた。いつもはカレッジの名誉になることにはひどく熱くなるのに」ミストラル博士はにやりと、意地の悪い笑みを浮かべた。「サマーフィールドのことが少々気に食わんのだな、とこちらはひそかに思ったものだ」

イモージェンはディナーのしめくくりにブランディかコアントローはどうかとすすめた。ミストラル博士がブランディをすすりながら、そろそろ失礼しなければと言いだすと、彼女は最後にこう尋ねた。「ところで、サマーフィールドの名声を高めたその唯一の目覚ましい業績はどんなものだったのかしら？　ご存じですか？」

「いや、わたしに訊かれても――数学のことはさっぱりわからないんだよ。何やら幾何学的《きかがくてき》な発見だったと思うが……あなたのご友人はバガデュースに訊いてみるといい。彼はあれが最初に発表されたときにはたいそう興奮していたからね」

「ありがとうございます」とイモージェン。「彼女にそう話してみます」

「彼女？」

「彼女です」イモージェンはきっぱりと答えた。ミストラル博士はうっかりと、伝記作家は男性だと決めつける偏見をあらわにしたのだ。けれど彼はおおむね悪気のない、古い世代の人間だ。そんな無意識の思い込みが生み出された時代から、世の中は大きく変化した。

ほどなく博士を送り出し――彼は決して遅くまで長居はしない――ドアを閉めると、イモージェンはあらためて考えた。ひょっとすると、自分はあまり彼を甘やかさずに、料理のレシピだけ渡して放っておくべきなのかもしれない。とはいえ、ときおりこんなふうに手料理をふるまっても害はないだろう。それに今夜は彼との交流がいくらか役に立ったのだ。

ほんのいくらか。あなたはひどく退屈な中年男の伝記を書くはめになるのだとフランに話しても、あまり喜ばれそうにない。夫を神と崇《あが》める妻を持つ、退屈な中年男とは。やれやれ。

まだフランが帰宅した気配はなかったので、しばらく寝床には行かずに彼女を待つことにした。居間のヴィクトリア朝様式の暖炉に置かれた丸太形のガスストーブをつけ、雰囲気たっぷりの偽《にせ》の炉火を燃えあがらせると、イモージェンは古い端《は》切《ぎ》れが詰まった袋と〈メイン州の海岸〉の図案が描かれた方眼紙を取り出した。そして気の向くままに、色とりどりの柄物《がらもの》や無地の端切れをざっと図案に合わせて切り、どんなふうに見えるか並べはじめた。さきほど、シャールとパンジーがいるあいだに選んだ配色は上出来だったが、さらなる改良を試みるのも悪くはないだろう。

その端切れの袋は、イモージェンにとっては少々危険なものだった。さまざまな過去を思い出させるからだ。たとえばこれは、看護実習生時代の制服から切り取った細い縦縞模様のシャツ地。もうずいぶん以前の話だが、当時は三枚持っていたこのシャツを着て必死に働いたものだ。そしてこちらはさらに昔の、愛らしい花柄のシルク地。オックスフォード大学で医学を学んでいたころに、創立記念祭（学位授与式などを行う祝典）の舞踏会用のドレスを作った生地だが、結局、彼女はすべてを投げ出してフランクとアメリカへ旅立つことになったのだ。その後、彼がとつぜんほかの女性に乗り換えたりしなければ、人生はどれほどちがっていたことか！　イモージェンは波打つシルク地に鋏《はさみ》を入れ、小さな菱形のピースを切り抜いた。以前なら、こうした回想は耐えがたい痛みをもたらしたことだろう。だが気づくと今では、こんな予想外の人生を歩んだことにおおむね感謝していた。日和見《ひよりみ》主義者のフランクは、遅かれ早かれ、自分の将来に有利な相手を見つけてイモージェンを捨てていたはずだ。むしろ早めにそうしてくれて、こちらは幸運だったのだろう。

その後も彼女はどうにかやってきた。故郷へもどり、看護師の訓練を受け、両親を看取《みと》って、セント・アガサ・カレッジに居場所を見つけ、そこで大いに尊重されている——まあ、たいていの場合は。今の仕事にはいくつか思わぬ余得もあった。たとえば、みなにレディ・Bという呼び名で知られている、学寮長夫人のレディ・バックモートとの友情。彼女は辛口のウィットに富んだ、優しく思慮深い女性で、イモージェンとは過去に何度かカレッジのために手を結び、今や大の親友になっていた。

シルクのピースは、パッチワークの中でみごとに映えそうだった――じゅうぶん使えるだけの量があるだろうか？　燃えるような赤毛のイモージェンがこんな華やかな服地を買うとは、ずいぶん大胆なことをしたものだ。彼女は立ちあがり、身体のまえにその生地を当てて、炉棚の上の鏡に目をこらした。まばゆいばかりのオレンジ色と金色とピンクのプリント模様の上から、ニンジン色の巻き毛に縁取《ふちど》られた、かすかにそばかすが浮くふくよかな顔が彼女を見つめ返した。恋人とダンスに行く幸福な若い娘には、うってつけの配色だ――今ではとてもこんなものを着る勇気は出そうにないが。

「今のわたしにはシンプルなグレイのアルパカがぴったり」イモージェンはつぶやき、鏡の中の自分に微笑みかけた。

もうかなり遅い時間だし、彼女は疲れていた。フランはいつになったらもどるやら――若い子が仲間と浮かれ騒ぎはじめたら、帰りは夜明けになりかねない。イモージェンは端切れを集めて袋にもどすと、居間の明かりを消して寝床へ向かった。サマーフィールドについての報告は、朝まで待つしかなさそうだった。

3

「ねえ、ちょっと助けてもらえない？」フランが尋ねてきた。

　からりと晴れ渡った日曜の朝で、イモージェンは長い散歩に出かけるつもりだった。だがそれは一時間ほどのばせばいい。彼女はフランと一緒に最上階へ足を運んだ。

「コーヒーを淹《い》れるわ」とフラン。「けっこう大仕事になるかもしれないから」

　イモージェンは小さなフラットのただならぬありさまに見入った。室内のあらゆる平面――小さなソファの座面、暖炉のまえの敷き物の上、ダイニングテーブルや椅子という椅子の表面が、びっしり書類におおわれている。山積みにされた紙とファイル、手紙やインデックスカードの束、手書きの文書、タイプ原稿……腰をおろす場所もない。

「正確には、何をすればいいの？」イモージェンは尋ねた。

「まあ、要はこれの一部がどこから抜け落ちたのか、あなたなら憶えてるんじゃないかと思って」

「無理よ」イモージェンは陽気に答えた。「箱が破裂してそこらじゅうに飛び散ったんだもの。わたしがそれをどうまとめなおしたのかは再現できるかもしれないけど。はっきり言って、何が問題なの？」

「ええと、マーク・ゼファーの資料はみごとに整理されて、ぜんぶあそこのボックスファイルにおさまっている」

「あれは飛び散らなかったのよ」

「ええ。それに彼は丁寧に仕事をしてるしね。だからある意味、問題はないの……ほかのものはただの素材なんだと思う。ゼファーが参考にしてたサマーフィールド自身の書類とか。でもこれを見て」

フランはイモージェンに厚紙の表紙がついたA四判の分厚いノートを見せた。ほとんどのページが手書きのメモと文章で埋め尽くされている。一ページ目には、〈第一章――幼少時代〉と書かれていた。続いて、情報源のリスト――乳母の回想、家族へのインタビュー、さまざまな休暇旅行先からの手紙……イモージェンは長々と連なるリストをざっと読み飛ばした。ノートのその後の三ページはこうはじまっていた。

……ギデオン・サマーフィールドは同年にロンドン郊外の労働者の町、パルマーズ・グリーンで非国教徒の職人一家のもとに生まれた。父親は靴の修理人、母親は婦人服の仕立て屋で、彼は三人兄弟の末っ子だった。異国風の名前（ギデオンは旧約聖書に登場するイスラエルの勇士の名）はそんなつましい出自には不似合いだが、彼の一族がロンドンの貧困層に奉仕する反体制的な伝道派の教会――〈大エイエス・キリストの教会〉――の信徒だったことが理由だろう。この宗派は熱心に聖書を読み、旧約聖書の名前を使うことを奨励していた。ギデオンの次兄はセツ（アダムの長男で、ノアの祖である人物の名）、長兄はイザヤ（紀元前八世紀のイスラエルの大予言者の名）で……」

「つまり、これは例の伝記の冒頭部分よね」イモージェンは言った。「何が気になるの？」

「これはゼファーの筆跡じゃない。それだけよ」

「たしかなの？　彼は走り書きと清書の書体を使い分けてたんじゃないかしら」

「くらべてみて」フランは〈レクタイプ＆ディス〉社へ宛てたゼファーの手紙をイモージェンに見せた。なるほど、とうていあのノートと同じ人物が書いたものとは思えない。それは一目でわかった。ゼファーのほうは小さい几帳面な丸っこい文字、いっぽうノートの書体は肉太で角ばっている。

「いずれにせよ」フランは続けた。「ゼファーはぜんぶパソコンで処理してたの。彼の書類はどれもよくあるちょっとにじんだプリントアウトよ」

「じゃあこのノートの記述は……」

「誰かほかの人が書いたもの」

「だけど、それがそんなに妙なこと？」イモージェンは尋ねた。「ひょっとすると、サマーフィールドの身内の誰かが回想を書き留めてたのかもしれないし……」

「それよりこれに何が入ってたか、あなたは憶えてるんじゃないかと期待してたんだけど」フランは〈メイ・スワンの住居より回収〉と書かれた、テープで補修されたファイルをさし出した。

「あいにく、わたしは当てずっぽうで仕分けたの」イモージェンは言った。「そういう――あの大きなノートみたいな――手書きの書類をこのファイルに入れて、残りはざっとまとめておいただけなのよ。ごめんなさい」

「あら、あなたのせいじゃないわ、イモージェン」とフラン。「ただ、どうにも収拾がつかなくて。すごい分量の書類があるし、それに……何だか、腑に落ちないの。マーク・ゼファーはこの大作をすぐにも書きあげられたはずなのよ。テーマも体系的に整理していたみたいでね。ほら、ここに例のぼやけた文字で印刷された資料のリストがある。第一章の内容が列挙されて、それぞれに参考資料が書き添えられてるの――こんなふうに」フランはゼファーの覚書が並んだページをイモージェンに見せた。「子供時代の休暇旅行。手書き《MS》資料23番を参照のこと」

「それじゃきっと、この山のような書類の大半が一次資料なのよ。そしてどこかに23と番号をふられた何かがある……」

「じゃあ探すのを手伝って」とフラン。「これまでのところ、どんな形でも番号をふられた資料はひとつも見つかってないの」

長椅子の左端にまとめて積みあげられたサマーフィールドの日記と子供時代の手紙、学校の通知表をざっと調べたかぎりでは、たしかにそのとおりだった。それらの文書に番号がふられていたのだとしても、じかに書き込むという方法は取られていなかった。

「じゃあちょっと、考えてみましょう」イモージェンは言った。「まずこのファイルには、サマーフィールドの友人だか親族だかのメイ・スワンから回収された種々の一次資料が入っていたと仮定する。そしてそっちの〈JSに返却のこと〉と書かれた包みには、それとはべつの――家族の書類が入っていた。何がどちらに入っていたのかは、わたしたちだけでは突きとめようがない。でも当面、それはかまわないんじゃないかしら。あのノートは、マーク・ゼファーを助けるために家族の一人が書いたものかもしれないし……」

「もう少し何かわかるか、出版社の人に訊いてみるしかなさそうね」とフラン。

「それは……急がないほうがよさそうよ」イモージェンは言った。「あなたがゼファーのファイルだけで仕事を進めたいのでなければ。ちょっと見せたいものがあるの」

イモージェンは階下へおり、例の荷物が届いた日に食器棚に立てかけたままになっていた〈レクタイプ&ディス〉社のメモを取ってきた。

「この書類の大半は本来、あなたの目には触れないはずだったのよ」イモージェンは指摘した。

フランは怒り狂い、「ひどいっ!」と叫んだ。「人にこんな仕事を任せておきながら、参考資料も渡さないなんて……どういうつもり? 彼らはいったい何のゲームをしてるの? 資料も見ずにまともな学術的伝記を書けるはずはないのに! まったく、イモージェン……」

「でも考えてみれば、フラン、信用されてないのはマヴェラック教授のほうなんじゃない? だって出版社側はあなたが伝記を書くことは知らないんでしょ? あなたはいわば、彼の隠れた代役なんだもの」

フランはたちまち冷静になった。「そりゃあ、わたしだって彼のことはあんまり信用できそうにない。何だかね。理由はよくわからないけど。それでもこれはまともな提案なのかと思ってた。こちらはどうしても仕事が必要だったし……」

「まあたぶん、じっさいまともな提案なのよ」イモージェンは言った。「たぶん出版社の誰か間抜けな人間が、今回もできるだけ多くの資料が必要だと理解できなかっただけ。どうせ後継者はゼファーのまとめた資料でさっさと本を仕上げるはずだから、彼のファイルだけでいいと考えたのよ。でもほんとに残りの資料も必要なら、黙ってはやいとこ目を通したら？　これがあなたの手元にあることに誰かが気づくまで、なるべく注意を引かないようにして」

「イモージェン、あなたは真の友よ。ありがとう。それはいい助言だから、従うことにする」

「あら、じつのところ、大して力になれたとは思えないけど……」

「あなたと話すだけで効果があるの。頭がすっとして」

「いやだ、それじゃわたしは軟膏みたい！」イモージェンは抗議した。「そろそろ散歩に出かけるわ。黄金の朝も残りわずかよ。一緒に来ない？」

「これをぜんぶ征服しなきゃならないのに？　冗談でしょ！」とフラン。「苛酷な仕事にいそしむわたしのことは忘れて、楽しんできて！」


イモージェンは自分の小さな車を〈ウィンポール・ホール（ケンブリッジの十数キロ西南にある十七世紀のカントリーハウス。広大な地所には農業革命期に作られた実験的な農場もある）〉の駐車場に停めると、庭園内の周回コースを勇んで歩きはじめた——もっと長い、森の中までめぐるコースを歩く時間はもうなかったからだ。けれど短めのコースもじゅうぶん快適で、平坦なケンブリッジシャーでは貴重な、丘の上の眺望めいたものまで味わえる。

イモージェンはせっせと歩を進め、半時間後には、きれいに耕《たがや》された白っぽい畑地が広がる緩やかな斜面をのぼり、ささやかな〝頂上〟の木立の中にたたずむ、作りものの古城へと向かっていた。手っ取りばやく初めから廃墟のように建てられたこの城は、内側こそ簡素な煉瓦造りだが、外側は本物の硬化粘土と石で仕上げられ、見渡すかぎりの穏やかな田園風景の中にそそり立つその姿は、屋敷の窓からの眺めに興趣を添えている。

びっしり蔦《つた》におおわれた門塔のアーチをくぐり抜け、小さな偽の中庭に足を踏み入れたとたんに、見慣れたうしろ姿が目に飛び込んできた。学寮長夫人のレディ・Bが、廃墟の奥の低い壁にすわって何やら考え込んでいたのだ。イモージェンは草深い庭を横切り、彼女の横に腰をおろした。二匹の小犬が尻尾をふりながら歓迎のうなり声をあげて駆け寄ってくると、レディ・バックモートは首をめぐらして笑みを浮かべた。

「まあ、イモージェン！　あなたは悩める女の祈りに応えてあらわれたの？」

「それがどんな祈りだったのかにもよります」イモージェンは用心深く答えた。「例によって国土の果てへの無謀なドライブ旅行の相棒をお探しなら、おことわりですよ」

「あら、まさか。ご心配なく。今回は晩餐会《ばんさんかい》の出席者の頭数《あたまかず》をそろえたいだけ。じつを言うと、女性が一人ほしいの。ああいう仰々《ぎょうぎょう》しい集まりで、女は自分だけというのはいやなものですからね。明日の晩だけど——予定は空いていて？」

「空いてます。とくに仰々しいタイプじゃありませんけど、わたしは女ですしね」とイモージェン。「どんな趣旨の晩餐会なんですか？」

「ウィリアムは新任教授の品定めをしたがっているの。あの伝記学が専門の、おかしな名前の……」

「マヴェラックですか？」

「そうそう。彼は新設の講座を任されたけど、まだどこのカレッジにも所属していなくてね。大学当局は慎重に受け入れ先を探してるらしいの。で、ウィリアムは決断を下すまえに彼と食事をしたがっているというわけ。カレッジの古参メンバーをいろいろ招いて……」

「それなら喜んで出席させていただきます」

「そうなの？」レディ・Bは彼女に興味深げな目を向けた。

「わたしもぜひマヴェラック博士にお会いしてみたいので。彼はフランの博士論文の指導教官で、今後二年はいやというほど彼についての愚痴を聞かされそうなんです」

「フラン？」

「フランセス・ブリャンです、うちの下宿人の」

「じゃあ、まずは静かに一杯やるとして——六時ごろでどう？　来たるべき一夜にそなえて英気を養いましょう」

二人は立ちあがり、駐車場への出口を目ざして庭園内のモデル農場へと斜面を下りはじめた。レディ・Bの長毛のダックスフントたちがぴょんぴょん飛びはねながら二人のまえを駆けてゆく。最後の牧草地の入り口でレディ・Bが犬たちに引き綱をつけ、彼らはここの農場で特別に飼育されている稀少伝統種の牛たちの中を進んでいった。角《つの》がうずを巻いたり、異様に長かったりする珍妙な絶滅寸前の生き物たちが、陰気なしかつめらしい眼差《まなざ》しでじっと見つめている。

「ほら、あの牛」レディ・Bが言い、角の周囲がびっしり巻き毛におおわれた、毛むくじゃらの淡黄褐色の牛を指さした。「うちのウィリアムにそっくりね」

二人は雄牛の顔に浮かんだ温厚そうな戸惑いの表情を見て、同時にくすくす笑いはじめた。

イモージェンは上機嫌で帰宅した。フランはダイニングの入り口のわきに置かれたレイバーン（給湯器付きの大型調理用レンジ）のまえに腰をおろし、スリッパを履いた両足を暖かい給湯パイプにのせていた。レンジの発する温もりの中で、椅子を少しだけうしろに傾け、ゆっくり、考え込むように前後に揺すっている。

「整理はついたの？」イモージェンは尋ねた。

「見た目はあんまり。そういう意味では整理はついていないけど」フランは物憂《ものう》げに答えた。

「少なくとも、ひとつだけわかったことがあるわ」

「話して」イモージェンは戸棚にコートをかけ、彼女の向かいの椅子に腰をおろした。

「これを見つけたの」フランは上部がホチキスでとめられた、数枚の罫線入りの黄色い紙をさし出した。整然と書かれているのは、丹念にナンバーをふられた一覧表だ。それぞれのナンバーの横に簡潔な説明がついている――六八年四月二十三日付の絵葉書、ブライトン桟橋の写真……六八年九月三日付のサイモン・ブラウンからの手紙……。イモージェンはページの下へと目を走らせ、23番の説明書きを読んだ。〈G.S.よりエミリー叔母への絵葉書：七九年六月五日、ニュー・ロムニーの消印〉

「じゃあ、あのマーク・ゼファーのリストの手書き資料の番号は……」

「この一覧表の番号だったのよ。ええ、ちゃんとチェックしてみた。どれも内容は一致してるわ」

「だったらこの一覧表を参考にして資料を整理できるはずよね？」フランへの関心は心からのものだとはいえ、歴史家でも古文書保管人でもないイモージェンの注意は、わが家にどんな夕食の材料があるかという問題へとそれはじめていた。

「まあね。ただし、それでもまだどれが〈JSに返却のこと〉に分類されてたのかはわからないはずよ」

「それが問題なの？」

「まあ、もしかするとね」

「たしかに、もしもJSが書類を返せと言ってきたとき、どれが彼女のものかわからなかったら……」

「どうして〝彼女〟なの？」

「あら、そう決めつけるのは早計だったかも。でもギデオン・サマーフィールドの夫人は候補者の一人なんじゃない？　たしかジャネットという名前だったわ」

「いやだ！」とフラン。「ちっとも気づかなかった。じゃあほぼ間違いなく、あの資料――というか、その一部――を返却すべきJSというのは彼女よね。それなら筋が通ってる」

「でもあなたが説明しようとしてたのは、資料の返却を求められたら困るというより、もっと大きな問題があるってことなの？」

「ええと、たとえばこの一覧表の四十八番を例に挙げるとね。シャルトルからの絵葉書なんだけど……署名はなし。宛先も書かれていない。ただ、〈思い出を喚起するためにこれを同封するよ――きみが言ったとおりのすばらしさだった。では来学期にまた、親愛なるM〉とあるだけ。サマーフィールドとの関連を示す記述はいっさいなしよ。でも彼がシャルトルへ行ったという証拠にはなる」

「シャルトルへ行ったことがある人は大勢いるわ……」

「ああ、べつにありそうもないことだとかいうんじゃないの、イモージェン。ただ、資料として使うにはこの絵葉書の出所がわからないとね。普通は伝記の中でこういう文面が引用されれば、〈一九七八年ごろ、ピーター・Xからの手紙に同封された絵葉書より〉とかいう脚注がついているでしょ。もしもこの葉書が偉人の妻から伝記作者に提供されたもので、夫の書類の中から見つかったとかいうのなら、じっさい彼に宛てて書かれたものだとみんな納得できるはずよ。でもいったいどこからあらわれたものやらわからない絵葉書じゃ、じつは何の証明にもならないの。ほかの書類と一緒に仕事仲間のデスクからうっかり取りあげられたのかもしれないし、マーク・ゼファー宛てに出されたものがサマーフィールドの資料に紛れ込んだのかもしれないわ。誰かが故意に紛れ込ませた可能性だってある……」

「でもフラン、いったいどうしてサマーフィールドがシャルトルへ行ったように見せかける絵葉書を故意に紛れ込ませたりするの？」

「そりゃあもちろん、誰もそんなことはしないでしょうね。今のはちょっとした例として、資料の出所を知る必要性をあなたにわからせるために、たとえ話をしてみただけ。とにかく、最初に書かれてからこちらの手に渡るまでの経緯がわからなければ、その資料は無条件には信頼できない――これは歴史的調査の基本原則のひとつなの。史書の歴史の中で、どれほどしばしば証拠が捏造《ねつぞう》、隠蔽《いんぺい》、あるいは巧妙に見落とされてきたかは驚くほどよ」

「そして伝記も史書の一種ってわけ？　ところで今夜はわたしと食事をするつもりなら、チーズマカロニがあるわ。缶詰のツナを入れてもいいし」

「すてき」とフラン。「それじゃテーブルをセットするわね。でもイモージェン、わたしが言おうとしてたのは、この一覧表が二番手《セカンドハンド》のものだってことなの」

「セカンドハンド？　時計の長針みたいな二本目の手？　それともジャンクショップにあるような中古品？　何だかわからない」

「どっちでもないわ。筆跡で見分ける、フラン・ブリャン独自の分類法による命名よ。すなわち、一番手はマーク・ゼファー。彼の字は小さな、丸っこい、きっちりしたものよ。几帳面な性格が窺える。ほんのわずかしかないけどね、彼の書類の大半はぼやけたプリントアウトだから」

「今朝がた見せてくれた、手書き資料のリストみたいな？」

「そのとおりよ。あのリストにはこれ――こっちの黄色い紙に書かれた一覧表の番号が使われている。そしてこの一覧表は二番手の筆跡で書かれているの。太くて角ばった、力強い感じの文字で、ブルーブラックの本物のインクが使われている」

「で、その二番手は誰なの？」イモージェンは調理にかかり、平鍋で湯を沸かしながら耳を傾けた。

「ええと、たぶん……」フランは椅子から腰をあげ、小さなキッチンのドアのわきにもたれた。

「これはまずまず確信をもって言えるけど、ゼファーが〈MS23番〉と書いてるのは〈手書き資料《マニュスクリプト》の23番〉って意味じゃないの。彼のリストのうしろのほうで挙げられてる手書きの資料は〈IG何とか番〉と呼ばれてるから。MSはメイ・スワンのことなのよ。そしてもしこの一覧表がメイ・スワンの書いたものなら、すべてがぴたりとつながるわ。まずゼファーが挙げてる〈MS〉の番号はどれも、この一覧表の番号と一致している。そして、イモージェン、この一覧表の筆跡がメイ・スワンのものなら、例の大きなノートの記述——ほら、あの第一章——も彼女が書いたものよ。ルーズリーフの用紙とかに書かれた、ほかの種々の記録もね。そうなると、どう考えてもあきらかに、メイ・スワンなる女性は——何者であれ——偉大なるギデオン・サマーフィールドの私的な書類を山ほど入手して、注意深く一覧表を作り、伝記の下書きめいたものをノートに書きはじめていた。だけど、彼女は今はどうしてるの?」

「きっと途中でぜんぶ投げ出して書類を返却したのよ」イモージェンは言った。「じゃあフラン、黒パンを少し切ってもらえる?」

4

セント・アガサ・カレッジの学寮長のサー・ウィリアム・バックモートは、控え室でイモージェンを温かく迎えた。「さあさあ、腰をおろして、イモージェン。シェリー酒はどうかね？　今夜の試練をともにしてもらえて感謝しているよ」

「この晩餐会《ばんさんかい》は試練になりそうなんですか？」イモージェンは笑みを浮かべ、さし出されたグラスを受け取った。「普通なら好奇心が満たされるのは喜びのはずだわ、たとえショッキングな事実がわかっても……」

「しかし、きみとわが妻がこぞって悪名高きマヴェラック教授に興味津々《きょうみしんしん》とは、どうしたわけだろう？」学寮長は自分のシェリー酒を手に、くつろいだ様子で腰をおろした。「どうもきみたち二人が共同戦線を張るのはカレッジがトラブルに見舞われたときのように思えて、不安でならないのだが」

「ウィリアム！　ずいぶんなおっしゃりようね」レディ・Bが抗議した。「今すぐ撤回なさい！」

「そうはいかんぞ」学寮長は楽しげに妻に微笑みかけた。「きみたち二人は、例のウィンダム文庫をめぐる不幸な事件のあいだも終始ぐ
るになっていたのだからな」

「よかったじゃないの」レディ・Bは歯切れよく言った。「おかげでこのカレッジはいろいろな意味で面目を保てたのよ」

「なるほど、たしかにな。きみはまったく悪くはないし、それは親愛なるイモージェンも同じだ。ただ、きみたちを見ていると何かが起きそうな気がしてね。知ってのとおり、わたしは不測の事態が大嫌いなんだよ。いかなる事件も宇宙の果てでしか起きず、このカレッジが何世紀も無事に惰眠《だみん》をむさぼっていられるのがいちばんなのだ」

「まあ、馬鹿らしい、ウィリアム」レディ・Bは不機嫌を装《よそお》った愛情深い口調で言った。

「だがやはり、何かが起きようとしているぞ」と学寮長。「ちょっとだけ種を明かして、わたしを安心させてくれ。なぜ学寮長夫人と学寮付き保健師がそろってマヴェラック教授の調査に乗り出したのだ？　さっきも言ったように、彼は悪名高い人物だぞ」

「わたしたち、そんな評判はちっとも知らなかったんです」とイモージェン。「彼はどんな意味でひどいと思われているのかしら？」

「まあ、もしも彼が感じのいい魅力的な男なら、どこのフェローにもなれずにカレッジからカレッジへとたらいまわしにされたりはしていないだろう」学寮長は答えた。

「あら、でもウィリアム、それはどう見てもマヴェラック教授個人の問題じゃないでしょうに。みんなたんに伝記文学はフェローにふさわしい研究テーマか決めかねているのよ」

「そう言われても、わたしは一介の天体物理学者にすぎんのでね」学寮長はにやりといたずらっぽい笑みを浮かべた。「伝記文学のどこが悪いのか理解できようはずもない。そこで当然ながら、研究テーマには何の非もなく、問題は教授のほうにあるにちがいないとにらんだわけだ……」

「主観的な個人攻撃論法《アドホミネム》が危険なのは周知の事実ですよ」とイモージェン。「それは天体物理学でも同じはずでは？」

「ああ、たしかに、親愛なるイモージェン、そのとおりだよ。だが伝記にはそうした論法がつきものだろう」

「根強い女性蔑視とか？」

「いや、まさか！」と学寮長。「人類全般に対しての主観的論法だ。獣《けもの》でも天使でもない、ヒト属へのな。まあ多少は男女の立場の差異もあるが。わたしの言いたいことはわかるだろう」

「いっさい認めてはだめよ」レディ・Bが口をはさんだ。「それに、ねえウィリアム、そろそろあちらへ行って問題の人物に立ち向かうべきじゃない？」

「おっと、そうだな」学寮長はシェリー酒の残りをすばやく飲み干して立ちあがった。椅子の背にかけてあった黒い学衣《ガウン》を取りあげ、両腕をカラスの羽のようにバタつかせて身に着けると、先頭に立って学寮長専用のドアからラウンジへ入っていった。そこには今夜のディナーの参加者たちが集まっていた。

マヴェラック博士は丸顔の中年男で、赤い髪は後退しかけ、金縁《きんぶち》の眼鏡をかけていた。ふさふさの眉をして、淡いブルーの目をすばやく周囲に向けている。糊のきいた夜会用のシャツはタック入りの凝ったデザインで、袖口には小さな金のカフスボタン——身を丸めたドラゴンをかたどったもので、両目は針の先ほどのルビーだ。学寮長の率いる一行が入っていったときには、すでに博士はカレッジの教員たちに取り囲まれていた。イモージェンは少し手前で立ちどまり、人垣の端でじっと目をこらした。そうして彼を観察するうちに、その贅沢なカフスボタンに目をとめたのだ。

学寮長が足早に進み出て歓迎の手をさしのべ、もうひとわたり紹介はすんだのか尋ねた。ちょうどそこへ遅刻者が到着し、「ああ、ランヤードが来たぞ」と学寮長は言った。「こちらがうちの英文学科の指導主任でしてね、マヴェラック博士……」

一同はしばし雑談を交わした。

「ケンブリッジはいかがですかな、マヴェラック博士?」学寮長が尋ねた。

「正直に言えば、少々ひるんでいます」とマヴェラック博士。

「以前はどちらに……?」

「サンディエゴです。そのまえは、ウィリアムズ」

「ウィリアムズ?」ランヤードが尋ねた。

「マサチューセッツ州西部の町にある大学ですよ」

「ああ、それではこちらの伝統に凝り固まった流儀はさぞ窮屈なことでしょう……」とランヤード。

「伝統は悪くないのですが」マヴェラックは答えた。「ここの交通渋滞には参ります!」

みなが声をあげて笑った。

「それなら」学生監が言った。「何かと便利な中心部のカレッジを見つけ——ただし種々雑多な国籍の同僚が山ほどいるのを楽しめるのでないかぎり、ケム川周辺の名門校は避けて——車を持たずにいることですよ。そしてどこにでも歩いてゆく。そのほうがあなたの健康にもはるかにいいはずです」

「すばらしい助言だ」とマヴェラック。「それに従いたいものです。しかしむろん、どこのカレッジに所属するかはわたしではなく、先方が選ぶわけですから」

「学部の受け入れ態勢は良好なのでしょうね？」セント・アガサの英文学の次席フェローであるプロマーが言った。彼が伝記文学の講座開設に強硬に反対したことをマヴェラックは知っているのだろうか、とイモージェンは考えた。知っていたとしても、彼はそれをおくびにも出さなかった。

「良好ながら慎重、といったところです」と笑みを浮かべて答える。

「すでに院生を何人か指導しておられるとか」と学寮長。「いわば、弟子をお持ちのわけですな？」

「ああ、ええ。若者たちは頭が柔軟ですから。問題は年輩者たちで、伝記などなくても文学史にいくつか脚注をつければこと足りると考えているのです」

やがてディナーの用意ができたと執事《バトラー》が告げたとき、イモージェンはふと、室内に三人目の女性がいるのに気づいた。髪をきれいに結いあげた優雅な服装の中年女性で、部屋の片隅に静かにたたずみ、カレッジ所有のクリストファー・ウィンダムの肖像画にじっと見入っている。

みながドアの周囲に集まり、ぞろぞろ大食堂のテーブルへ進みはじめると、イモージェンはその女性に近づいていった。

「クリストファー・ウィンダムって、何をした人なの？」女性は尋ねた。「わたしも知っているべき人物なのかしら？　まあ、わたしはここにはまったくなじみがないから、知らなくても不思議はなさそうだけど……」

「わたしはイモージェン・クワイ、ここの学寮付きの保健師です」イモージェンは自己紹介した。

「ホリー・ポートランドよ」相手は片手をさし出した。

「どなたかのご招待客《ゲスト》ですか？」イモージェンは尋ねた。

「そういうわけじゃないの。数週間ほどケンブリッジで仕事をすることになって、セント・アガサ・カレッジからここで食事をする権利を与えられたのよ。それでちょっと試してみようかと思って……」

「じゃあこちらへどうぞ、手順をご案内しますから」イモージェンはラウンジの出口の、どんどん短くなってゆく列の後尾へとホリーを導いた。「いつもはこんなに込まないんですよ。今日はみんながマヴェラック博士をフェローにすべきかどうか見にきたみたいだわ」

ホリー・ポートランドはにやりと笑みを浮かべた。「レオ・マヴェラックなんて放っておけばいいのよ。彼とは大学院で一緒だったんだけど、今でもまじめに相手をする気にはなれないわ。それよりクリストファー・ウィンダムについて話して」かすかだが、あきらかにアメリカ風の訛《なま》りがある。

「カレッジの後援者で、アイザック・ニュートンと同時代の人です」イモージェンは言った。

「さぞかし、ごりごりの保守主義者だったんでしょうね」ホリー・ポートランドはまたにやりと笑みを浮かべた。

「ええ、まあ。どうしてわかったんですか?」イモージェンは尋ねながら、大食堂の上級職員用のフロアへと歩を進めた。学生たちの席より床がわずかに高いそのスペースには二台の長テーブルが置かれ、銀の燭台《しょくだい》と光り輝くカトラリー、クリスタルのグラスがずらりと並べられていた。室内のあらゆるテーブルからこぼれる温かな光が床を明るく照らし、下のフロアにはすでに学部生たちが着席している。そしてみなの頭上では、堂々たる梁《はり》に支えられたアーチ形の天井が徐々に翳《かげ》りを増しながらてっぺんの暗がりへと続き、そのはるかな高みから、金ぴかの額に入った肖像画が並ぶ襞《ひだ》模様の羽目板張りの壁を見おろしていた。

ホリーは両目を見開いた。ディナーの参加者たちが一列になってテーブルの周囲に進み、それぞれ椅子の背後に立ち並ぶ。彼女はイモージェンの向かいの席で、隣はランヤードだった。

「お宅のクリストファー・ウィンダムさんは、天動説にもとづく天体観測器と一緒に描かれてるわ」ホリーはさきほどの質問に答えて言った。「だから少なくとも保守的、おそらくはひどく旧弊な人物だったわけよね」

牧師の資格をもつ学生監が感謝の祈りを捧げ、みなが腰をおろした。

「だがどうでしょう? あの男が天体観測器とともに描かれたのは、地動説の勝利を決定づけたニュートンの『プリンキピア』が世に出た一六八七年以前かもしれない」ランヤードが言った。

「あの肖像画が描かれたのは一六九二年、もしくはその前後一年以内のはずです」ホリーはきっぱりと答えた。

「では専門家に尋ねてみましょう」ランヤードはテーブルの斜め向かいの席に着いたバガデュース博士に大声で呼びかけた。「メレディス、例のウィンダムの肖像画はいつ描かれたのかね？」

「ええと、たしか一六九一年だ」バガデュース博士は答えたあと、「ミス・クワイ、あなたはリー・タウをご存じでしたかな？」と、向かいの席の東洋系らしき若者をさし示した。「リー・タウは今後の一年間、われわれの元で数学の研究をする予定なのですよ」

「どうかここでの日々が実り多いものでありますように」イモージェンは言った。「どんな研究をなさるの？」

「ああ、ABC予想です」リー・タウは答えた。

「それは重要なテーマなのかしら？」ABCといえば、イモージェンには『ABC殺人事件』ぐらいしか考えつかなかった。

「ええ、それはもう。とても有力な仮説です。フェルマーの最終定理にもつながるような」

「それはどんな定理なの？」ホリーが尋ねた。

「いや、それがすごくて」リー・タウは言った。「フェルマーはその定理の証明法を発見したというメモを遺した。ところがどんな証明法かは、まったく謎のままなんですよ」

ちょうどそこでスープが出されたうえに、テーブルの上座《かみざ》で何やら真剣な話が交わされはじめたため、礼儀正しい沈黙がイモージェンのいる下座の席まで広がってきた。一同はしばし、じっと耳を傾けた。けれど、古めかしい広間は音響効果にいささか難がある。じつのところ、細長いテーブルの周囲で会話の成立する範囲はごくかぎられ、学寮長の話はろくに聞き取れなかった。

「何を言っとるのかさっぱりわからんぞ」ランヤードが腹立たしげにつぶやいた。「あとで食後のポートワインを飲みながら、じっくり探り出してやらなければ」

「あなたはケンブリッジで何の研究をしてらっしゃるの？」イモージェンはホリー・ポートランドに尋ねた。

「十八世紀のインド更紗《さらさ》（英国では一般的にチンツと呼ばれる）よ」とホリー。「絶句するほど退屈そうなテーマでしょ。そちらが学寮付き保健師の仕事について話してくださるほうがよさそうね」

「残念ながら」イモージェンはにっこりした。「面白いエピソードは決まってマル秘事項なので。それになぜあなたの研究テーマが退屈なのかしら？　わたしは興味がありますよ。十八世紀のインドの布がそれほど残っているなんて意外だわ」

「いえ、もうろくに残っていないの。ときには継ぎ当てに使われたほんの小さな端切《はぎ》れからデータを得るしかないほどよ。わたしの仕事は布地の製作年代を特定する基準を作ることだから、ほんのわずかな小切れでも役立つことがあるの」

食事がスープから魚料理、子羊のあばら肉へと進み、手の込んだ白鳥形のフルーツ入りシュークリームが出されるまで、イモージェンはホリーに話を続けさせた。話題は自然とパッチワーク・キルトにまで広がっていた。いつごろ作られたか判明している古いキルトは、しばしば布地の製作年代を推定する根拠になるからだ。逆に布地の製作年代がわかれば、それを使ったキルトの作られた時期を推定できる。色褪《いろあ》せない鮮やかな柄で爆発的人気を博したインド綿布から国内の織物産業を守るために英国で関税がかけられた一七〇〇年以降は、さまざまな文献も残されるようになった。たとえば、密輸業者から没収された品物のリストだ。そうした記録から、当時はどんな色や柄が人気だったかが窺える。法外な高値で取引されていた藍染の布などは、とりわけ頻繁に記録に登場するという。

イモージェン自身はむろん、現代のキルトへの関心のほうが強かったものの、この工芸がどれほど長い伝統を持つかは知っていた。いっぽうホリーは、二十世紀の布地やキルトにはあまり興味がないようだった。現代のものは製作時期の特定がはるかに容易で、メーカーのカタログやファッション雑誌などから、ある特定のプリント地に関する詳細な知識を得られることも少なくない。それに目まぐるしい流行の変化のせいで、同じ布地はごく短期間しか市場に流通しない——場合によってはわずか一シーズンで製造が打ち切られてしまうのだ。

「でも」イモージェンは考え込むように言った。「何かの生地がキルトに使われるまで——たとえば、シャツにでも仕立てられて、さんざん着古され、とうとう端切れの袋に放り込まれたあと、そこから取り出されてキルトの一部になるまでには、かなりの年数がかかりそうだわ。

ときには四、五十年もかかるんじゃないかしら？」

「それでも、布地が最初に売り出された年がわかれば、その生地を使ったキルト――あるいはシャツでもいいけれど――が作られたのは、いちばんはやくてもその年ということになるわ。いちばん遅い場合の製作年代を推定するのは、もう少し厄介よ。でもひどく古いシャツだけを使ってキルトを作ることはまずないはずでしょ？　たいていはひとつの生地からいちばんはやい場合、そしてべつの生地からいちばん遅い場合を推定できるの。染料は変色するし、布地は擦り切れる。だから専門家なら、かなりの精度で年代を特定できるのよ」

どうやらホリーの見果てぬ夢は、古いアメリカ製キルトの中に英国伝来の生地かデザインを見つけることのようだった。そうすればこの伝統工芸が十七世紀の初期入植者たちとともに大西洋を渡ったのか、はたまた新世界で独自に発展したのかという議論にけりをつけられるからだ。けれど成功の望みは薄かった。現時点で知られる英国最古のパッチワーク・キルトは、カンバーランドの〈レヴェンズ・ホール〉にある寝台用カーテンで、十八世紀初頭の作とされている。

ディナーが一段落して結びの感謝の祈りが捧げられると、一同は大食堂をあとにして、〈泉の中庭《ファウンテン・コート》〉の向こうの談話室へと移動した。食後のつまみとポートワインとコーヒーが待つその小ぶりな部屋では、あまり形式ばらずに誰でも自由に動きまわって、あちらこちらの話の輪に出入りできることになっている。

案の定、イモージェンとホリーが部屋に入っていったときには、学寮長がマヴェラック博士を大きな楕円形のテーブルの真ん中の席へと導いていた。そこならみなが彼の姿を拝み、声を聞けるというわけだ。カレッジの古参メンバーたちがせっせと客人の世話を焼き、ポートワインか赤ワイン、それにフルーツかナッツをどうかとすすめ、目のまえに並ぶ銀器の由来を聞かせたりしている。

あのみごとな燭台は、とバガデュース博士が言っていた――このカレッジに残る唯一の、清教徒革命期以前の銀器なのですよ。当時は学舎の一部となっていた古城をクロムウェルの軍隊が占領し、砦《とりで》として再利用しながら、略奪のかぎりを尽くしましてね。彼らはカレッジの貴金属を残らず見つけ出して没収し、溶かして軍費に変えてしまった。その中であの燭台だけが難を逃れたのです。内乱が終わるまでバーンウェル地区に追われた学寮長と学者たちが持ってゆくことを許された、荷馬車一台分の書物の中に隠されて……。

マヴェラックがしかるべき賛辞を口にした。それは輪になって踊る天使たちをかたどった燭台で、ルネサンス期の〈三美神〉に翼をつけ、ゴシック風の味付けをしたものだった。輪になった天使たちはそれぞれ片手でキャンドルを高々と掲げ、もういっぽうの手には〈万民を啓蒙する光〉と刻まれた波打つ旗を持っている。

そうした社交儀礼が完了すると、学寮長は今夜の本題に取りかかった。

「今も伝記を執筆されているのですか、マヴェラック博士？」

「いや、今は書いていません」

「しかし、何か計画を温めておられるのでは？　誰の伝記か、お尋ねしてもかまわんでしょうな？」

「今のところ、誰も念頭にありません。最後に伝記を書いたのはしばらくまえですし、わたしはぜんぶで三冊しか書いていないんですよ」

「ええと、たしか……」ランヤードが言った。「ノーザンバーランド公の生涯と、ヴィクトリア朝の風景画家、カーマイケルの生涯、それにサー・ハンフリー・デイヴィーの生涯。これで合っているかな?」

「完璧です」とマヴェラック。「けれどあなたはたぶんそれらの本ではなく、人名録《フーズ・フー》でわたしの著作リストを読まれたのでしょう」

ランヤードは笑みを浮かべた。「あれはなかなか便利な書物だ」

「ええ、とても。それにしても、ランヤード先生、あなたほど博識な一流の学者でも、何かの理由でその人物によほどの興味がなければ伝記など読まれないのでしょうからね。何年間も汗水垂らして十九世紀の偉人――それもかなりの重要人物――についての学術的伝記を書いても、ごくわずかな読者しか得られないわけですよ」

「意外ですわ、マヴェラック博士」レディ・Bが言った。「いつもヘファーズ書店に立ち寄るたびに、そこらじゅうの平台が新たな伝記書の重みでうめいているようですよ。どこの出版社のカタログも伝記の書名でいっぱいでしょうに」

「たしかに大衆向けの伝記書は、大衆向けの小説と同様に人気ばつぐんですよ」マヴェラックは答えた。「まあ、それを嘆くべきではないのでしょうが。すぐれた学術的業績は、ごく一部の者にしか好まれないものです」

「あら、わたしはそれを嘆いたつもりはありません」レディ・Bは静かに言った。

「ケンブリッジで唯一の伝記文学講座を任されたばかりの方にしては、あなたはあまり伝記の執筆に熱意をお持ちでないようですな」セント・アガサの歴史学の上席講師であるミスター・サイクスが言った。

「ああ、いや、わたし自身は実践よりも理論を得意としているので」とマヴェラック。

「しかし伝記文学にセオリーなんてあるのかな?」ランヤードが言った。「あらゆるジャンルの中でいちばん、個々の特殊性に左右されそうなものだが。セオリーが何の役に立つのだろう?」

「おやおや、先生、どんな分野の本もセオリーなしには一語も書けるものじゃありません!」マヴェラックはがぜん勢いづいて答えた。「何が人生を意義あるものにするのか、という考えもなしに、どうして誰かの人生の意義を描けるでしょう? 執筆にあたって取捨選択するあらゆること、そもそも誰の人生を取りあげるかという選択そのものが、ひとつの哲学を暗示――というより、体現しているのです。じっさい、伝記のセオリーの歴史は西欧道徳哲学の歴史だと言ってもいいし、わたしはそう言うつもりです。伝記について論じるのは、どんな偉人の人生よりもはるかに興味深いのはたしかですよ」

今や彼は間違いなく、その場のすべての耳目《じもく》を集めていた。

「ではひとつ、セオリーと伝記が相互に作用した例を挙げられますかな?」学寮長が言った。

「わけもないことです」とマヴェラック博士。「まずはプルタークの例からはじめるとしましょう。彼は世界のリーダーたちにしか興味を持たず——そうした人物について彼が興味を抱いたのは、もっぱら彼らのリーダーシップのあり方でした。プルタークによるギリシャとローマの偉人たちの比較は、支配者がすべきことと、すべきでないことを例示するためのものだった。題材となった偉人たちの私生活については、それが何らかの公的な活動につながった可能性でもないかぎり、興味に値するとは考えてもみなかったはずです。そしておそらく彼は、いかなる公職にも就いていない者の人生は興味の持ちようもないものとして端《はな》から切り捨てていたのでしょう」

「つまりプルタークは権力者しか評価しないような価値観を持っていた、ということですか?」とミスター・サイクス。

「おっしゃるとおりです。けれど中世の暗黒時代になると、まったく異なる価値観が生まれます。キリスト教の影響がきわめて強い社会では、重要なのは贖罪《しょくざい》だった。そこで人間の内面的な遍歴を描いた〝回心〟、すなわち霊的目覚めの物語が世にあふれたのです。伝記も数えきれないほど書かれたが、その多くは名もなき人々のものです。現代のわれわれの目にはいささか奇異に映るそうした作品には、特別な名称がつけられました——〈聖人伝〉と。そして聖人伝の揺るがぬパターンが確立されたため、わずかに生き残った俗人の伝記——アッサーの『アルフレッド大王伝』やシャルルマーニュ伝説——にまで、勇猛な軍人王の生涯を無理やり聖人風の型に押し込めようとする奇妙な傾向が見られます。アッサーの説を信じるとすれば、アルフレッドは病弱な信心深い少年だった。しかしおそらくこれは、アッサーが知っていた〝意義深い人生の物語〟のモデルは聖人伝だけだったからでしょう。アルフレッドはあきらかに強靭《きょうじん》そのものだったはずです」

「では、もっと近代的なステージに話を移すと」ランヤードが言った。「ことはどのように進んでゆくのかな?」

「最初の近代的伝記作家といえば、間違いなくボズウェルでしょう」とマヴェラック博士。「このころには、すでに〝キャラクター〟という概念があらわれていた——人間を種々の特性を持つ、個人としてとらえる考え方です。そして個人は独自のカラー、特異さで評価される。ボズウェルはさまざまな角度から対象の全体像を描こうとしました。ただし、性生活というプライバシーには触れずに。たぶん当時は人間の性的側面はとくに重要とはみなされず——それゆえ、とくに有益な情報とはみなされなかったのでしょう」

「フロイトが性衝動を万事の中心にすえるまでは?」心理学のフェローのマックス・アロットソンが言った。

「まさしく!」マヴェラック博士は嬉々として叫んだ。「しかし当然、われわれの時代の誰もがフロイト主義者というわけではありませんから、伝記作家たちが登場人物の性的遍歴をこまごまと書き立てれば、〝暴露屋〟かもっとひどい汚名を着せられます。さらには当事者の親族、法定相続人およびその承継者たちを逆上させ、知的財産権の管理者たちもピリピリ神経をとがらせることになる。だが本来それは純粋に理論的な問題——性的側面を人格の中心にすえる、伝記執筆上のセオリーのひとつにすぎないのです」

「だがフロイト流の解釈はあきらかに、今ではすたれかけているのでは？」ランヤードが尋ねた。「今後は何がそれに取って代わると思われますかな、マヴェラック博士？」

「脱構築です」マヴェラック博士はきびきびと答えた。「人生には何の意味もないというセオリーですよ」

「しかし、それならなぜ伝記など書くのかね？」とランヤード。

「古い記録や資料を発掘し、整理することには歴史学的価値があるんじゃないのかな」サイクスが言った。

「現代最高の伝記作家の一人であるレオン・エデルは」マヴェラックは答えた。「そうしたことを仕事上の〝雑用〟と呼びました。エデルによれば伝記作家の真の務めは、あらゆる男女が人生の屈辱から身を守るために使う嘘と幻想を発見し、白日のもとにさらすことです。つまり、人々が自ら築いた自尊の砦の薄っぺらい壁を打ち崩すこと、と言ってもいい。わたしも同じ意見です」

「どうやらあなたは」学生監が言った。「嘘のない人生などありえないとおっしゃりたいようですな。己《おのれ》を欺《あざむ》かずとも人生に意味を見いだせる純朴な人々など存在しないと」

「そのとおりです」マヴェラック博士は微笑んだ。「かのバイロンも、人間は他者より己に対して嘘をつくことが多いようだと言っている。同感ですね」

「では人生を価値あるものにしている種々の意味づけはすべてまやかしだと？」学生監の声に

は憤《いきどお》りがにじみはじめていた。

「まあ世の中さまざまな意味づけだらけで、すべてが真実とは思えないし、どれひとつ真実ではない可能性もあるでしょう」マヴェラック博士は答えた。「いずれにせよ、要は誰しも種々の昏迷《こんめい》や己の無力さから目をそらすために、自分に嘘をつくということです。むろん中には比較的有益な嘘や、害の少ない嘘もあるでしょうがね」

「だが人間の価値や真の業績、あるいは確たる根拠のある自尊といったものは存在しないというわけかな?」と学寮長。こちらは憤慨《ふんがい》しているというより、面白がっているような口ぶりだ。はたしてマヴェラック博士は、こんなふうに自説を開陳することの危険性に気づいているのだろうか? 相手はみな学問や政治の世界で栄誉をほしいままにしている、ケンブリッジ大学セント・アガサ・カレッジきっての上級メンバーたち――もしも彼の主張が正しければ、多くのものを失う人々なのだ……。「言っては何だが、あまり心はずむ考えではありませんな」学寮長は言い添えた。

「しかしあなたは、伝記文学の教授に元気づけられると思っておられたのですか?」とマヴェラック。「さぞ自尊心をかきたてられるだろうと? まさかねえ」

「だからレオ・マヴェラックなんか放っておけと言ったのよ」ホリーがイモージェンにささやいた。「彼は自説のいちばんの見本みたいな人なの」

けれど、なぜかマヴェラック博士に反感を抱きそうな気がしていたイモージェンは、むしろ感銘を受けていた。彼のほうも今夜はたしかに何度かイモージェンに好意的な目を向けてきたようだ。マヴェラックの態度には、快い熱気があふれている。それに彼が刺激的な話者であることは間違いないだろう。

5

翌朝、イモージェンはじっくり考えてみた。ゼファーというのはとうてい、一般的な姓とは思えない。けれどイモージェンはその昔、小学校でパメラ・ゼファーと同級生だった。今でもはっきり思い出せるが、パメラは黒髪に青いヘアクリップをつけた不安げな女の子で、毎週みんなのまえで読みあげられる学力テストの順位を自分のアルファベット順の席次（ゼファーはZで最後尾）よりもあげようと必死になっていた。

もうずいぶん長年、パメラのことは考えなかったし、姿を目にしたこともない。サマーフィールドのファイルにゼファーという名が書かれているのを見ても、すぐには記憶に浮かばなかったほどだ。それでもいちおう電話帳で彼女の番号を調べてみた。すると、いくつかのザック、ザワーダとジノフィーフのあいだに、ひとつだけゼファーという名が載っていた。住所はウォーターービーチ。ここから決して遠くはない。イモージェンはとつぜん電話する口実を何か考え出そうとした。けれど何も浮かばないまま、とにかく思いきってその番号にかけてみた。

あんがいたやすく――女性の声が応じた。

「そちらはパメラ・ゼファーさんですか?」イモージェンは尋ねた。

「ええ。でも百科事典や二重ガラスを買う気はありません」その声は言った。

「イモージェン・クワイよ、パメラ」

「あらまあ――懐かしい。小学校時代によく算数の宿題をやってもらったわ」

「そうだった? 答えが合ってたのならいいけど」

「どのみち、わたしがやるよりはましだったはずよ。今はどうしてるの? どこに住んでるの?」

「ケンブリッジで元気にやってるわ。ところでパメラ、マーク・ゼファーはあなたのご親族?」

しばしの間。そのあと答えが返ってきたときには、がらりと声の調子が変わっていた。「ええ、彼はわたしのきょうだいよ――もういないけど」

イモージェンはぎょっとした。なぜか、マークはパメラの父親かおじの一人ではないかと考えていたのだ。「ちょっと彼のことを話しにいってもいいかしら? いつか近いうちに」

「何でも話しにきてちょうだい。よければ、今すぐにでも。寂しくてならないの」

「三十分後にはカレッジへ行かなくちゃならないんだけど……仕事を終えてから車を飛ばせば、三時ごろにはそちらに着くはずよ。それでどう?」

「すてき。楽しみに待ってるわ」

イモージェンはカレッジで平穏な一日をすごした。いちばんのハイライトはレディ・Bとすばやく意見交換をしたことだ。

「ねえ、彼はそれほどひどい人かしら?」とレディ・Bが医務室のドアから首を突っ込んで尋ねてきたのだ。

「それは誰と比較するかによるんじゃないでしょうか」イモージェンは用心深く答えた。

「それじゃ――大学教師としては?」

「過去にはもっとひどい人もいたような気がします」とイモージェン。

「このカレッジに?」

「わたしには彼がここの史上最低のメンバーになるとは思えませんが――どうでしょう?」

「ふむ。たしかにね。それでもやっぱり、うちのフェローたちが彼を仲間に入れたがるとは思えないけど」

「まあ、彼はじっさいあくの強いタイプみたいですから」イモージェンは言った。

「今はどんな仕事をしているのか尋ねられたとき、彼がサマーフィールドの件に触れなかったことに気づいて?」

「ええ、気づきました。あれはちょっと妙ですよね、だってサマーフィールドは……」

「セント・アガサの一員だった。ええ、わたしもそう思ったの。ひょっとして、じっさいの仕事はぜんぶあなたのお友だちの学生がしているからかしら?」

「でもその本はマヴェラック博士の名義で出版されるみたいですよ」

「まあ、だったら」とレディ・B。「当然ながら、それがきまり悪くて話に出さなかったのかもしれないわ。さて、もう行かないと。明日はコーヒーを飲みにこられる? 仕事がはじまるまえにでも」

「では十時ごろに――喜んで」イモージェンは答えた。

　キクの花束を乗せた車をパメラ・ゼファーの家へと走らせながら、イモージェンは思いめぐらした。自分は無意識のうちに、亡くなったマーク・ゼファーはかなりの年配だったのだろうと決め込んでいた。しかし、ゼファー家の子供たちは驚くほど年齢差が開いていたのか、あるいはマークが義兄だったのでもないかぎり、それは間違っていたようだ。パメラの気持ちにせいぜい配慮しなければ。

　目当ての家――道路から少し引っ込んだ、感じのいいヴィクトリア時代の一戸建て住宅だった――に到着し、ドアを開けたパメラを最初に目にしたときは、まるで別人のように思えた。あの黒い髪はこめかみのあたりが白くなり、頭のうしろで小さくまとめられている。だが彼女はまだヘアクリップを着けていた――品のいい鼈甲《べっこう》色のふたつのクリップで、耳の上の髪を留めている。それに、にっこり笑みを浮かべていた。

「さあさあ、入って」パメラは言った。「ああ、久しぶりにあなたと会えてすごく嬉しい！」

　彼女はイモージェンのコートを受け取り、少々散らかった愛らしい居間へと導いた。サイドテーブルの上には午後のお茶《アフタヌーンティー》が用意されていた。ナッツ入りのチョコレートビスケット、キュウリのサンドウィッチ、それに手の込んだケーキまである。

「まあ、そんなに気を遣ってくれなくてもよかったのに……」イモージェンは言った。

「旧友との再会なんて、そうそうあることじゃないわ」パメラはまだ笑みを浮かべたまま、「そもそも、友だちと会うことだってめったにないし」と悲しげに言い添えた。

やはりあのパメラだ――イモージェンの記憶にくっきり刻まれた小さな少女の不安げな表情が、とつぜん目のまえの大人の女性の顔にぴたりと重なった。「あなたはあんまり変わってないわ、イモージェン」というパメラの言葉に、「あなたこそ」とイモージェンが応じ、二人は陽気に声をあげて笑った。

「わたしたち、どうして音信不通になってたの?」サンドウィッチとお茶のカップを受け取りながら、イモージェンは言った。

「あなたがアメリカへ行って以来よ。あちらの住所を教えてもらってたんだけど、ここへ引っ越すときに失くしちゃったの」

「それでなのね。でもアメリカにはあまり長くいなかったの。婚約が破綻して……今もまだニューナム地区の家にいるのよ」

「わたしはあなたがあちらへ発って間もなくマークとここへ移ってきたの」パメラは言った。

「そういえば、あなたはマークのことを訊きたがっていたけど、理由は話してもらってないわ」

「わたしの大好きな友人が、サマーフィールドの伝記の執筆を引き継いだのよ」とイモージェン。

「それじゃ、できればとめてあげて。あれはひどい仕事だった。マークはそれで死んだようなものよ」

「その仕事のせいで?」イモージェンは思わず、ぞっとした口調になるのを抑えられなかった。

「あら、もちろん文字通りの意味じゃないのよ。ただ、あれのおかげで彼の最後の日々が憂鬱《ゆううつ》なものになったから、わたしはいまだにそれを悔やんでいるの。もちろん当時は二人とも、それが彼の最後の日々になるとは知らなかったわけだけど」

イモージェンは切り出した。「気が進まなければそう言ってね、パメラ。いろいろ辛いことを訊きにきて申し訳ないと思ってる。でもそのことをぜんぶ話してもらえれば、とても助かるわ」

「みんな理解できないのよね」パメラは立ちあがってぶらぶらフランス窓に近づき、立ちどまって外の庭に見入った。「きょうだいの死にこれほど打ちのめされるなんて、驚きでしかないの。いい大人にはあるまじきことなのよ。われながら、自分はほんとに大人なのかしらと思えてくるわ。でもマークはいつでもわたしの面倒を見てくれた。いろんな意味で。あれこれ料金を支払い、計画を立て、休暇旅行の手配をし、友人たちをわたしに会わせに連れてきた。子供時代からずっと、わたしをからかった男の子たちと取っ組み合いをしたりして、世話を焼いてくれたの。だから妻に捨てられたあと、わたしとここに越してきたのよ。それまでの家と子供たちを彼女のもとに残して、マークはここに移ってきたの。二人ともすごく幸せだったわ、イモージェン、本当よ——みんなにうまくいきっこないと言われたけど。世間にはよほどすさんだ家庭が多いのね、男女のきょうだいが仲良くするだけで驚かれるなんて」

「わたしは驚かないわ」とイモージェン。「ちょっと妬《ねた》ましいだけ。わたしは一人っ子だから。

だけど残念ながらマークのことは憶えてない。あなたよりかなり年上だったの？」

「ううん、彼のほうが二歳下。だからわたしのために戦うのはすごく勇敢なことだったのよ。自分よりずっと年上の男の子たちを相手にしなきゃならなかったんだもの」

「彼はその喧嘩に勝ったの？」

「ええ、たいていは。マークはすごく小柄だったけど、心底怒り狂ってたから！　みんなに〝火の玉小僧〟と呼ばれて、敬遠されてたわ！」それを思い出してパメラはまた笑みを浮かべた。

「ねえパメラ、例のサマーフィールドに関する仕事の何がそんなにひどかったの？」

「ずばり一語、というか、二語でいえば、ジャネット・サマーフィールドよ」

「サマーフィールドの夫人？」

「あのすさまじい、狂暴なガミガミ女よ！」パメラは言った。「彼女は頭がどうかしているの。夫の伝記じゃなくて、聖人伝をほしがっていた。だからマークのことが気に入らなかったのよ──彼はその手の仕事には向かなかったから。彼女はしじゅうここまで押しかけてきて、令状がどうの知的財産権がこうのとわめいて資料を取り返そうとしたり、マークの原稿を逐一チェックする権利を主張したりしていた……マークは何と彼女から逃げ出したのよ、イモージェン、信じられる？　大の男が自分の家からこそこそ抜け出すはめになるなんて。ほんとに、ひどいったらなかったわ」

「なぜ彼はさっさと仕事を放り出さなかったの？　彼女のせいで、まともに書けなくなっていたのなら」

「だってほら、彼は〝火の玉小僧〟でしょ？　打ち負かされるのは我慢ならなかったの。不当な、理性を欠いたふるまいにも。それに残念ながら、ほかにも理由があった。あの仕事の報酬がとても必要だったのよ。彼は離婚手当を払っていたし、いちばん上の娘は私立学校に進んで……」

「弁解なんかしないで」とイモージェン。「お金のために仕事をするのは当然でしょう？　何ひとつ恥じることはない、立派な動機よ。もっとさもしい理由で伝記を書く人はいくらでもいるんじゃないかしら」

「あなたと話せてよかった」パメラは言った。「あなたは頭脳明晰だけど、心の冷たい人じゃないのよね。あの鬼婆が最後に何をしたかわかる？　きっとあなたには想像もつかないわ、イモージェン！　何とマークが亡くなった翌日に、裁判所命令を持った弁護士と二人の用心棒をここによこして、サマーフィールドの書類を回収させたのよ。まさに翌日！　ほんとにぞっとした。それにもちろん、マークが遺した書類のどれが彼のものでどれがサマーフィールドのものなのか、こちらには見当もつかなかったわ。だのに彼らはさっさと彼のデスクを片づけて、そこにあったものを残らず段ボール箱に放り込んだの。恐ろしかった。さいわい、近所に法律家——しかも裁判官が住んでいるから、わたしは裏口から走り出て彼を呼びにいったの。もどったときにはホールに段ボール箱がずらりと並べられ、今にも彼らの車で運び去られようとしてたけど、その法律家——マックスが待ったをかけて、箱の大半を元の部屋にもどさせたのよ。

彼らは認められた権利を大きく踏み越えてたの」

「そうでしょうとも！」イモージェンはあきれ返って言った。

「彼らはオフィスにもどったらすべてを整理して、サマーフィールドと関係ないものはあとで返すつもりだと言ったわ。けれどマックスはサマーフィールドと関係ないものはいっさい持ち出せないように、今ここで整理しろと主張した。すごい議論になったわ。彼らはマークの小切手帳まで没収していたの。マックスはえんえんと抗議し続け、そのうちに彼の息子が何を手間取ってるのか様子を見にくると、ちょうど近くの競技場に集まっていたクリケットチームを呼びにいかせてね。すぐにチームの全員がやってきて、バットを手に立ち並んだの。それでいくらかはやめに片がついたわけ。鬼婆の弁護士は威嚇《いかく》行為だと主張したけど、マックスはぴしゃりとやり返したわ――村のクリケットチームがクリケット場のすぐそばで試合直前にバットを持っているのが威嚇行為だと、どうやって法廷で証明するつもりかね、って」パメラは陰気な笑みを浮かべた。

「ジャネット・サマーフィールドはマークの仕事の何がそんなに気になったのか、見当がつく？」イモージェンは尋ねた。

「とくには考えつかないわ。彼が何かスキャンダルを発見したとも思えないし……しじゅうサマーフィールドはひどく退屈な男だとこぼしてたのよ。それにもう、仕事はかなり進んでいたの。ほんのひとつかふたつ確認すべきことが残ってるけど、それさえすめば草稿を書きあげ、あちこち磨きをかけて最終稿にできると言ってたわ」

「ところがそこで……何が起きたのよ？」

「マークはジャネットから食事に招《よ》ばれて、おっかなびっくり出かけたの。どうにかなだめすかして、いろいろまるくおさめたかったのよ。それにひとつ、彼女から聞き出したいことがあるとか言っていた。彼女なら知ってるはずだからって……」

「それが何だったのかはわからない？」

「何か休暇旅行に関することよ。詳しくは訊かなかったけど。どうやらそれが——つまり、マークのご機嫌取りが——うまくいったみたいで、彼は以前のような快活そのものの様子でもどってくると、その夜はわたしをしゃれたレストランへ連れ出してくれたの。二人ですてきな時をすごしたわ。そのあと車にもどると、マークがとつぜん疲労を訴えたので、わたしが家まで運転して彼をまっすぐ寝床へ行かせたの。けれど彼は眠れなかった。熱に浮かされてしじゅうよろよろ水を取りにいくから、こちらまで目覚めてしまってね。それで翌朝いちばんに医者を呼ぶと、今すぐ入院させろと言われたわ。でもマークは病院に着くまえに意識を失い、午後のうちに亡くなったのよ。人はえてして急死するものだと考えようとはしてるんだけど……わたしにはひどいショックだった。想像がつくでしょ？」

「原因は何だったの？　髄膜炎《ずいまくえん》？　食中毒？」

「それがよくわからないのよ。医師たちは髄膜炎だと考えていたけど、検査室がいっぱいで、確認できないうちにマークは亡くなってしまったから。てっきり髄膜炎で死ぬのは子供だけかと思ってたのに、そうじゃないみたいね」

「たしか、このところ何度かちょっとした流行があったのよ。それにしてもパメラ、ほんとにお気の毒だわ。さぞ辛かったでしょうね」

「どうにか立ち直りつつあるわ。少しずつ。今でも困ってることのひとつは、一緒に何かをできる人がいないこと。マークは歩くのが好きで、いつも週末は二人でどこかに出かけてたんだけど、どうも一人じゃその気になれなくて」

「あら、わたしも歩くのは好きだから、そこは手を結びましょう」とイモージェン。「リントンの丘陵地帯とローマ街道の周回コースを知っている？」

「ええ。しばらく行っていないけど」

「じゃあ、近いうちに一緒に歩かない？　ついでにパブでランチでもどう？」

「わあ、楽しそう！　でもあなたはほんとにそんな暇があるの？」

「せっかくあなたと再会できたんだもの。せいぜいこれまでの埋め合わせをしましょう」

しばらくしてイモージェンが帰り支度をはじめると、パメラが言った。「例のあなたのお友だちによく注意してあげてね？」

「ええ、そうするつもり。でもマークはほとんど仕事を終えていたんでしょ？　それなら、フランはもうそんなに苦労せずにすむんじゃないかしら」

「いくつか未解決事項があるみたいなの。おまけに、いかれた夫人に対処しなきゃならないし。でも、どうかしら——あるいは彼女はマークのことが気に食わなかっただけで、ほかの人には温厚そのものなのかも。ひょっとしたらね。マークはよく、彼の前任者はあの鬼のジャネットとどう折り合いをつけてたのか不思議がってたわ。もちろん本人には訊けなかったけど」

ホールでコートを着ようとしていたイモージェンは、その場ではたと動きをとめた。「彼の前任者？」

「あら、知らなかった？　サマーフィールドの伝記を依頼されたのはマークが最初じゃなかったの。彼が引き継いだときには、もうかなり仕事が進んでたのよ」

「マークのまえは誰だったの？」

「メイ・スワンとかいう人」

「で、その人は？」

「行方知れずなの。わたしはよく彼女がひょっこり姿をあらわして、仕事を奪い返してくれないかと思ったものよ。こちらはあの本の報酬がなくても、どうにかやっていけるはずだったから。だけど彼女はとうとう姿を見せなかったの」

「でもパメラ、人はとつぜん消えたりはしないわ……」

「まあね、わたしもそう思ってた。でもけっこう消えるみたいよ。警察には行方不明者の膨大なリストがあるの。彼女はある朝どこかへ出かけたきり、家にはもどらなかった。いまだに消息がつかめないそうよ。おかしな話よね」

ひょっとしたら、おかしな話どころではないのかも……。パメラに別れを告げたイモージェンは、懸命に前方の道路に注意を集中して家へと車を走らせた。運転中に不安のあまり上の空《うわそら》になったりショックで呆然としていれば、呼気検査にひっかかるわけではなくても、飲酒運転と同じぐらい危険なはずだ。イモージェンはひたすら安全運転に努め、A45号線の交差点では、あまりの慎重さに苛立《いらだ》った後続車のドライバーにクラクションを鳴らされたほどだった。

その間もずっと、頭の中では単調な声が鳴り響いていた。「おかしな話どころではない、深刻な事態かも……」

6

問題は、フランに話すかどうかということだった。話すとしたら、正確には何を——どんなタイミングを選んで話すかだ。

パメラを訪ねたイモージェンが帰宅したときには、フランは家じゅうに響き渡るような大声で歌いながら風呂に入っていた。彼女が手にしたすばらしい仕事は地雷なみに危険なものだと納得させるのは、さぞかし至難のわざだろう！ フランは猛反発しかねない。無理もないではないか？ こちらだって同じような立場に置かれたら、用心深い中年じみた忠告を受け入れただろうか？ それに正確には何をフランに話すべきなのだろう？ 彼女はすでに前任者が志《こころざし》なかばで死亡したことを知っているのだ。

イモージェンは軽い夕食をすませると、書棚から古いノートを取り出して居間に腰を落ち着けた。まずは前回の書き込みの下にラインを引く——どれも昨年、カレッジの学部生が亡くなったさいに記入したものだ。ノートの表紙に貼られたラベルには、〈患者の病歴・背景〉とある。今も考えがまとまらなかったり、何かを注意深く考える必要が生じると、イモージェンはしばしば看護学生時代に学んだ手法に立ちもどった。患者から聞き出したこと、自分の気づいたことを残らず書き留め、その意味を探ってみるというやり方だ。

彼女は新たなページに〈サマーフィールドの伝記〉という見出しをつけ、あれこれ書き込みはじめた。近ごろは友人たちに手紙を書くときも、太字のペンで大胆にささっと走り書きするのだが、このノートに向かうとなぜか看護師時代の几帳面な、丸っこい、読みやすい文字になる。看護の仕事では常に、次の担当者が——必要ならすばやく——読み取れるメモを残すことが肝心なのだ。

さて、要はどういうことなのだろう？　サマーフィールドはほとんど取るに足りない学者だったが、ひとつだけ輝かしい業績を残し……彼の伝記の執筆者たちは不運続きで、マーク・Zは急死、彼の前任者は失踪している。奇妙な偶然？　もしかしたら。それに現在の（公式の）執筆者がこの仕事を下請けに出し、一人の学生をいわば〝矢面《やおもて》に立たせた〟のも、奇妙な偶然と考えられなくもない。

イモージェンは鉛筆をおろし、暖炉の中で静かに揺らめく人工的な炎に見入った。今しがた書き留めたことはどうにも支離滅裂だった。想像力の暴走といったところだ。イモージェンは厳しく自問した。あなたは退屈しているの？　悪趣味な刺激を求めずにはいられなくて、故意に恐怖と疑念をかきたてようとしているの？　いくらかためらったあと、そうではないと結論を下した。自分は今の穏やかな日々に満足しきっていると、無理なく断言できる。ただし、すでに心は決まっていた。まだフランに何か言うのは時期尚早だ。そのまえにもっといろいろ確認しなければ。

そうこうするうちに、風呂からあがったフランが頬をバラ色に染め、ふわふわのガウンをまとって姿をあらわし、ホットチョコレートでもどうかと声をかけてきた。イモージェンはそれを受け入れ、二人でしばらくモーツァルトを聴きながらカレッジ内のゴシップを交換したあと、寝床へ向かった。

翌日、カレッジの勤務時間が終わると、イモージェンは友人のマイク・パーソンズに電話した。彼はケンブリッジ署刑事部の巡査部長で、以前にイモージェンが事故の応急手当を学びなおすために参加した、聖ヨハネ救急隊の研修で出会って以来の付き合いだった。当時は妻との仲が危うかった彼からあれこれ相談を受け、今ではときおり互いの専門知識を伝授し合うよき友人となっている。

「ちょっと助けが必要なの、マイク。いつかパブで軽い夕食でもどう?」

「いいけど、急を要するのかい? ぼくは激務への当然のご褒美として一週間の休暇をもらってね、明日からスペインのランサローテ島へ行くんだよ。霧の季節がはじまるまえに。帰ってからでもかまわないかな?」

「もちろん」イモージェンは落胆をおし隠そうとした。

「どうやら本音は〝どんでもない〟ってところみたいだぞ」とマイク。「なあ、ぼくはどうしても家で荷造りしなきゃならないんだ。だけどそっちが今からここへ来るっていうのはどうだ？　やかんを火にかけとくから、たまたまセインズベリーのまえを通りかかったらサンドウイッチでも買ってきてくれるかな」

「宅配サービス、至急お届けします」イモージェンは答えて電話を切った。

マイクはチェスタトン地区のフラットに住んでおり、イモージェンのおんぼろ自転車でも――バスケットにジュースとサンドウィッチを満載しても――それほど遠くは感じられなかった。

彼は戸口で彼女を迎えるなり、「ひょっとして、きみはアイロンをかけられるかい？」と尋ねた。ポリエステルのシャツの前身頃に大きなアイロン形の焦げ跡がついている。

「かけられますとも」イモージェンは答えて、ずんずん室内へ歩を進めた。居間のほとんどすべての平面に衣服が広げられていた。テーブルの上には蓋の開いたスーツケースがあり、その中にも衣服が山と積みあげられ、てっぺんには靴が一足とパジャマの上下が載っている。

「バーバラはどこなの？」イモージェンは即座に尋ねた。マイクは今でもときおり妻との仲がおかしくなるのだ。

「べつにそういうわけじゃなく」マイクは言った。「彼女は実家の母親と子供たちを連れて、一足先にあっちへ行ってるんだよ。ぼくは一週間しか休みを取れなかったから、途中で合流することになっているんだ」

「そして、いつもはバーバラがあなたの分も荷造りしてくれる。そういうことね？」イモージェンはサンドウィッチの包みを開き、ジュースをグラスに注いだ。マイクはすぐさま割り当てられたサンドウィッチを両方取りあげ、むさぼるように平らげた。さいわい、イモージェンは彼のために二パック買ってきていた。

そのあとアイロンをかけにゆくと、何がまずかったのかすぐにわかった。給水タンクが空っぽなのに、スティームアイロンが高温にセットされていたのだ。

「あなたにこれの使い方を教えるか、それともさっさとわたしがかけることにする？」イモージェンは尋ねた。

「それぞれ得意なことをしよう」マイクはにやりと笑った。「きみはアイロンをかけ、こっちは例の急を要する相談とやらに応じる。何をやらかしたんだ？　大先生の一人を殺したのかい？　挑発されたと主張するのがいちばんだぞ」

「いいえ。残念でした。わたしの手は学者の血にまみれたりはしてないわ。誰にも挑発なんかされていないし」

「あんな連中を相手に平静でいられるなんて、きみは聖人なみの忍耐心があるにちがいない！」マイクが言いながら、山盛りのスーツケースの靴の上にセーターを放り込む。「で、まじめな話、何が気になっているんだ？」

「ある行方不明者の件よ」とイモージェン。「わたしの知人じゃないけれど、姿を消したときの状況をぜひもう少し知りたいの。それに、どんな調査がされたのかも」

「うちの管区で？　ケンブリッジの人間なのかい？」

「どうかしら。とくにそう考える理由はないわ。わたしが知っているのは彼女の名前だけ。でも失踪人の一覧表みたいなものがあるんでしょ？」

「スコットランドヤードにね。DBの年恰好や何かを失踪人のデータと照合できるようになっているんだ。めったと役には立たないけど」

「DBって？」

「死体《デッドボディ》だよ。身元を確認する手がかりが何もない死体を見つけたときに、その一覧表と照合してみるんだ」

「じゃあ誰かが自宅から忽然《こつぜん》と姿を消した場合は……」

「まあ、必ずしも捜査の対象にはならんよな。借金を踏み倒すか何かしないかぎりは、逃げ出したって法に触れるわけじゃなし。救世軍は人の行方をたどるのが大の得意だぞ。あそこを当たってみたらどうかな。それにしても、なぜそんなことに興味を？　何がきっかけで？」

「その失踪人がやりかけていた仕事よ。彼女はメイ・スワンという名で、うちのカレッジのフェローの一人の伝記を書いていた。なのにとつぜん姿を消してしまったの」

「うんざりして？」

「あんがい、それに近い理由かも！」イモージェンは声をあげて笑った。「とにかく残された書類は彼女の住居から回収されて、ほかの伝記作家に渡されたみたいでね。そちらはその後、かなり急に亡くなったのよ」

「死因は？　何か犯罪の気配があるのかい？」

「いいえ、そうは思えない。髄膜炎《ずいまくえん》だったみたいなの」

「だがスリラー小説ファンのわが友は、不可解な偶然の一致と見たわけか。なるほど」

「じっさい不可解な偶然の一致よ」

「ああ。少しばかりね。彼女が姿を消したのはいつだ？」

「正確には知らないけど、たぶん一年半ぐらいまえだと思う。そのスコットランドヤードの一覧表を調べさせてもらえるかしら？」

「だめに決まってるだろう。すべてマル秘事項だし、そもそもきみは近親者どころか、親友でさえないんだから。ぼくがかわりにやるしかないだろう」

「それじゃ、旅行からもどったら……」

「やるなら今だ。電話してみるよ。いいからきみはアイロンがけを続けてくれ！」

マイクはホールへ出てゆき、背後のドアをぴしゃりと閉めた。イモージェンはさらに二枚のシャツにアイロンをかけ、きれいにたたみ終えると、ひどい混乱状態のスーツケースをあきれ返って見つめた。ドアの向こうから、マイクの声がかすかに聞こえてくる。「ええ、このまま待たせてもらいます……」

イモージェンはスーツケースの中身をそっくりソファの上に空け、一から詰めなおしはじめた。

「わかったのはこれだけだ」やがてマイクがふたたび姿をあらわした。メモ帳を片手に、そこに書かれたことをずらずら読みあげる。「〈失踪時の年齢は四十一歳。エドモントンのビーチクロフト・ロード十三番地に住んでいた。最後に目撃されたのは一九九二年の三月二十二日、見たのは家主の女性だ。失踪届けは一九九二年四月十五日に、甥のデイヴィッド・スワンが提出。以後、目撃情報はなし。年恰好の一致する身元不明のDBもなし。未解決のファイルに載ったままだ〉ほら。いちおう持っていくといい」マイクはメモ帳のいちばん上のページを破り取ってイモージェンに渡した。そこで初めて、スーツケースに目をとめた。

「ちくしょう、イモージェン――それをぼくが詰めたなんて、バーバラが信じるものか。彼女はきっとぼくがここにほかの女を連れ込んだと思うぞ！」

「あら、そのとおりじゃないの。じゃあ彼女によろしく、休暇を楽しんできて」イモージェンはコートを着ると、メモをたたんでバッグに入れた。

電話番号案内に問い合わせると、七人のデイヴィッド・スワンが見つかった。この新たな顧客サービスの利点のひとつは、住所がわからなくても姓名だけで全国の該当者を探せることだ。今回の七人は、スコットランド南部のピーブルズからロンドン北部のフィンチリーまで、国内各地に散らばっていた。

イモージェンはまずピーブルズのデイヴィッド・スワンにかけてみることにした。メイ・スワンが姿を消してから失踪届けが出されるまでの期間を考慮してのことだ。届出が遅れた理由としていちばんありそうなのは、彼女の甥が遠方に住んでいて、あまり頻繁に訪ねていなかったからだろう。しかしピーブルズのデイヴィッド・スワンは、メイ・スワンという名にまったく心当たりはないという。彼の対応はかなりそっけなく、その後の四人も同様だった。考えてみれば無理もない。だしぬけにこんな電話をするのは厚かましいにもほどがある。二重ガラスの販売員なら、突撃セールスといったところだ。それに、少なくとも販売員には提供できるものがある。理論的には、相手がそのろくでもない窓ガラスをほしがっている可能性もあるのだ。次に彼らが電話をよこしたら、せいぜい礼儀正しく応じなければ。

イモージェンはコーヒーを一服したあと、フィンチリーの番号にかけてみた。とつぜん幸運《つき》がめぐってきた。

「あら、ええ！」電話に応じた声は言った。女性の声だ。「それはデイヴィッドの伯母です。何か彼女についてのニュースでも？」

「いえ、そうではなくて」イモージェンは答えた。「わたしはケンブリッジのセント・アガサ・カレッジの職員で、ここのフェローだったサマーフィールドの伝記の進み具合を確認しようとしているんです。メイ・スワンのご親族なら何かご存じかと思って」誤解を与えるような説明をしたことにかすかな良心の疼《うず》きを覚えたものの、嘘はついていなかった。こちらはじっさいセント・アガサ・カレッジで働いているし、サマーフィールドはそこのフェローだったのだ。

「それなら、デイヴィッドと話しにいらしたら？」電話の声は言った。「彼がお役に立てるとは思えませんけど。当時もできるだけのことはしたんですよ。まったく恐ろしい出来事だったわ」

「ええ、本当に」とイモージェン。「ご主人はわたしと話すのはご迷惑じゃないかしら？」

「そんなことはないでしょうけど、ただ、たいてい帰宅するのは八時すぎで、それから夕食なんです」

「じゃあ土曜日は？　土曜日にうかがってみてもかまいません？」この週末はフランも出かけるはずだし、イモージェンの予定表は二日とも空白だ。

「いいわ、午後にいらしてね。それならわたしの母が子供たちを連れ出してくれるから、少しはゆっくり静かに話せるはずよ」

「よかった。じゃあ今度の土曜日、三時ごろでどうかしら？」

「ええと、そちらはどなたでしたっけ？」

「イモージェン・クワイ。綴《つづ》りはQ－U－Yで、発音はホワイと韻《いん》を踏むんです」

「ケンブリッジの近くのクワイ村みたい」相手は言った。「わたしはエミリー・スワン。あなたがいらっしゃることをデイヴィッドに話しておきますね」


　スワン一家の住まいはノース・フィンチリー街道から少し離れた静かな通りにある、一九三〇年代の棟割り住宅だった。エミリー・スワンはお茶を用意してくれていた。そこらじゅうにおもちゃが散らばって、家具も傷だらけだが、明るく陽気な感じの家だ。

　デイヴィッド・スワンは少々疲れた様子のひょろりと背の高い男で、おもての居間に通されたイモージェンは、彼のデスクに〈マーシャル&スワン会計事務所〉というラベルの貼られたファイルが並んでいるのに気づいた。彼はイモージェンに腰をおろすようにすすめた。

「さてと、どういうご用件でしょう?」

「わたしたちは先日お話ししたギデオン・サマーフィールドの伝記の進捗状況について、できるかぎりのことを調べ出そうとしているんです。聞くところによれば、あなたの伯母様は姿を消された当時、それを執筆中でいらしたとか」イモージェンは言った。「あるいは、その仕事と何かかかわりがあったのではないかと……」

「あったとしても、ぼくには知りようがありません。伯母は何も話してくれませんでしたから」

イモージェンはしばし、続きを待った。

「伯母とはぜんぜんそりが合わなくて」デイヴィッド・スワンは言った。「ぼくは彼女の存命する最後の親族だから、ときどき義理で訪ねてはいましたけどね。あちらは会計士の相手なんかしてる暇はろくになかったんですよ。会計士はみな守銭奴《しゅせんど》で、欲のかたまりだと考えてたんです。無礼千万とは言わないまでも、ひどく馬鹿げた考えだ。でもぼくがいつぞや、彼女の献身的な学術的業績は驚くほど報酬が少ないことを指摘して以来、伯母は決してぼくを許さなかったんです」

「でしたら、伯母様がサマーフィールドの伝記を執筆中だったこともご存じなかったのでしょうね?」

「いや、それは知っていました。ぼくは計算が得意だし、サマーフィールドは数学者だったから、伯母はぼくなら彼の仕事を理解して、どういうことか説明できるはずだと考えたんですよ。ぼくはやってみると言いました。そうすればときおり会いにいったとき、少しは共通の話題ができるんじゃないかと思って。でもそれは幾何学《きかがく》の論文で——ほんとに、会計とはこれっぱかりも関係がなかった。だから申し訳ないが無理だと話したら、伯母は手間賃を払うと言いだしたんです」

「つまり、こんなふうに決めつけて? あなたが力を貸せないというのは……」

「金以外のものにはいっさい興味がないから。まさにそれです。ぼくはひどく苛立《いらだ》ちましたよ——控えめに言っても。それで二か月ぐらいあちらへ行かなかったんです。次に行ったときには、彼女はいなくなっていた」

「やりかけの仕事を持って?」

「ああ、いや、ぼくに把握できたかぎりでは、何ひとつ持たず、二週間分の家賃も未払いのままです。衣服だってほとんどそのままで、小切手帳も残されていた。ただし、伯母は出てゆく前日に預金を二百五十ポンド引き出し、週末旅行用の小さなスーツケースを持っていったようです。家主の女性にも二、三日留守にすると話しただけで、行き先は告げなかったとか」

「もしもその小旅行が例の伝記と何か関係していたのなら、彼女のファイルを調べれば行き先をつかめたんじゃないかしら……」

「ぼくもそう思いましたよ。しかしこちらが伯母の家へ行くまえに出版社がファイルを回収していたんです。彼らによれば、伯母がもどったら連絡してくれてもかまわないが、もう時間的猶予がないのでほかの誰かに本を完成させる権利を行使するとかいうことでした。じつはそれで伯母の失踪を警察に届け出て、調査を頼む気になったんですよ。彼女はろくでもない頑固婆さんだったけど——汚い言葉を使ってすみません、ミス・クワイ——それでもたしかに仕事をとても大事にしていたんです」

「ほかにも伝記を書かれてたんですか？」

「いくつかね。どこかそこらにあるはずですよ。ぼくは読んだことがないけど。どれも退屈きわまる人物のものでね。まあ、せめて人気ゴルファーか、ジャズ・プレイヤーの伝記なら……というわけで、ぼくはお役に立てそうもありません」

「もうじゅうぶん助けてくださってます。伯母様がどこまで仕事を進めていらっしゃったかはご存じですか？」

「すでに数か月はあの仕事に費やしていました。正確にはわかりませんが。伯母はいつでもスズメの涙ほどの報酬のために、すごい時間をかけて仕事をしていたんです。時給を計算したら、一ポンドにもならないでしょう。馬鹿げた話ですよ。たんにそうしていれば〝文筆家〟とか〝伝記作家〟とか名乗れたからです。彼女はタイプを打てたし、書類の整理も得意だった。ちょっとした事務職に就いて、安楽に暮らすこともできたはずなのに……からきし、そんな気はないときた！」

「それじゃ、サマーフィールドに関する伯母様の書類をごらんになったことはないんですね？」

「ああ、いや、目にはしましたよ——いつも彼女のフラットのあらゆるテーブルと棚の上に広げられていたから。でも読んだことはありません——伯母がぼくに説明してほしがった、サマーフィールド自身の論文を除いては」

「ミスター・スワン、あなたは伯母様の身に何が起きたと思われますか？」

「彼女は何か災難に見舞われたのだと思います、ミス・クワイ。マンチェスターでバスに轢《ひ》かれたか、物盗りに殺された……あるいは足をすべらせて川に転落し、溺れ死んだか、記憶を失くしてどこかの病院に閉じ込められているのか……とにかく、やりかけの仕事を放り出すなんて彼女らしくもない——というか、らしくなかったですからね。それを言うなら、家賃を清算しなかったのも妙な話だ。そんなふうに逃げ出すような人じゃなかったのに。もちろん、ぼくが後始末をすると見越してたのかもしれないけど……やっぱり彼女らしくない。ほら、ミス・クワイ、人は金に困ってるときほど、やけに律儀に支払ったりするでしょう？　伯母はそんな感じだったんですよ。そうした事情を説明すると、警察もわかってくれました。全国に緊急司令を出して、伯母の年恰好を知らせたんです。たぶん今も見つけようとはしてるんでしょう。だけどまだ成功していないみたいだ」

7

人はいったいどんな理由で、書きかけの本を残して姿を消したりするのだろう？　うんざりしたから？　それにしても、まさに死ぬほどうんざりしなければ、自分の慣れ親しんだ生活をまるごと捨てて逃げ出すはずはない。サマーフィールドがどれほど退屈な男だったのか、いずれフランに尋ねてみなければ。

さしあたり、イモージェンは家へと車を走らせながら、もうひとつの計略を考え出して注意深く練りあげた。もちろん、実行するのは月曜日まで待つ必要がありそうだ。

家に着くと、留守番電話の小さなランプが狂ったように点滅していて、ほかにも心配の種ができたらしいことがわかった。学寮長の秘書が午後じゅう三十分おきに電話をかけてきていた。録音された最後のメッセージはレディ・Bからの、「もどりしだい連絡をちょうだい。月曜日まで待たないで」という簡潔なものだった。

イモージェンは自己保存の本能に駆られてやかんを火にかけ、キッシュを一切れオーヴンに入れたあと、学寮長の宿舎に電話した。

「残念ながら、トラブル発生よ」レディ・Bは言った。「うちの若者たちの一人が優等卒業試験での不正を摘発されたの。凡庸《ぼんよう》そのものの学生が、天才的な小論文を提出したとかで」

「誰ですか？」イモージェンは尋ねた。

「ボブ・フラミンガムよ。哲学専攻の」

「ああ、ええ。わたしも知っていると思います」

「彼は言い訳——というか、説明をしてるの、イモージェン。あなたにもらった薬のおかげで、異常に頭が冴えてすらすら書けたのだとね」

「わたしにもらった薬?」イモージェンはしばし呆然とした。

「彼はそう言っているのよ。それでいつになく成果をあげられたとか」

「でも、彼が試験の直前に医務室へ来たのなら、大したものは渡さなかったはずだわ。そういう場合は痛みや熱を抑えて試験前夜にぐっすり眠れるように、パラセタモールを二錠だけあげる程度で……あとはドクターの診察を受けに行かせるんです」

「いつも必ず?」

「それでも本人は頑固に言い張ると思うわ、イモージェン。弁護士まで雇おうとしているようだから」

「たとえパラセタモールだけでも、じっさい彼に渡したのなら台帳に書いてあるはずです」

「なるほど――あなたは記録をつけているのね」

「すべて書き込んであります。薬品名と渡した分量、日時、その理由……わたしたちは細心の注意を払わないと……」

「わたしたち?」

「学寮付き保健師です。わたしたちがミスを犯せば、所属するカレッジが責任を問われますから。じつのところ、パラセタモールが必要なら友人にもらうか、〈ブーツ(ドラッグストアのチェーン店)〉へ飛んでく人のほうが多いんじゃないかしら。そのほうが面倒がないんです」

「パラセタモールを飲むと、がぜん思考力に磨きがかかったりもするの?」

「そんな話は聞いたこともありません。こちらが試験期間中はことさら慎重になって、不調を訴える学生たちを診療所へ送り込むのは、むしろ正反対の理由――まともに成果をあげられなかったと非難される危険を避けるためなんです。もっといい成績を取れたはずなのに、保健師に飲まされた薬のせいで――とか言われないように」

「とにかくこの件は教務主任の担当だから、あなたの記録のコピーをできるだけはやく渡してもらえるかしら？　それと、イモージェン――こんなことになってごめんなさい」

「あなたのせいじゃあるまいし」イモージェンはどうにか理性的に答えた。「明日にでもカレッジへひとっ走りして、台帳の問題のページをコピーしておきます」

「じゃあついでに、ちょっとジョン・スパンドレルのところに寄って話してみてくれる？　彼が教務主任としてこの頭の痛い問題に対処してるの」

「あなたにもざっと事情を知らせておいたほうがいいと思ってね、イモージェン」ジョン・スパンドレルはそう言って、「シェリー酒でもどうかな？」とつけ加え、暖炉のわきの肘掛け椅子にかけるよう、身ぶりでうながした。

　彼の部屋はいかにも古風で薄暗く、大きなどっしりとしたカウチと椅子が置かれていた。周囲の壁には、さまざまな時代のカレッジの版画がずらりと並んでいる。それにローマの広場や、トスカーナの田園風景の版画。堂々たる梁《はり》の下のいちばん暗い一角には、天使たちと十二宮図が描かれた巨大な振り子時計が置かれ、それがチクタク時を刻む音が室内に響き渡っていた。

彼は使うのがもったいないような、らせん状の脚がついた繊細な彫り込み模様入りのグラスにシェリー酒を注いでくれた。

「ありがとう、ジョン」イモージェンは言った。「で、その不心得者は何をしでかしたんですか？」

「どうやら見えすいた不正のようでね」ジョン・スパンドレルは言った。「フラミンガムは普段はごく平凡な能力しかない。それが優等卒業試験のさいに、ほかの受験者のものと〝一語一句たがわず〟とは言わないまでも、驚くほどよく似た哲学の小論文を提出したんだ。しかもどちらの小論文も、もう一人の学生のランダム記念賞受賞作と酷似している。フラミンガム以外の二人は、うちの学生じゃない――一人はペンブローク、もう一人はガートン・カレッジの学生だ」

「ちょっといいですか、ジョン――ランダム賞ってどんなものなのかしら？」

「哲学的なテーマの小論文に与えられるものでね。選考方法はちょっと試験のようで――応募者たちは指定された朝に会場へおもむき、その場で小論文を書かなければならないんだよ。けっこう権威があって、受賞者には七百ポンドの奨学金が出る。じゅうぶん、挑戦する価値のあるものだ」

「実施されるのは優等卒業試験よりもまえなんですか？」

「まる一か月まえだよ。今年度の受賞者はメルヴィン・ラフィンコットという学生で、ほかの二人の小論文は彼の受賞作を切り貼りしたようなものだった。不正の全容が露見したのはまったくの偶然で、たまたま優等卒業試験の採点者の一人がランダム賞の審査員も務めていたんだ。普通は教職員の負担を分散させるから、同一人物に両方を務めさせることはない。だが今年は誰かがとつぜん病気になり、ピーター・プレストウィックがかけもちをしたんだ。もちろん彼はすぐに何か不正行為があったことに気づき、注意を喚起した。すると、ほかの採点者の一人が自分の読んだ解答の中にもそれとそっくりのものがあったことを思い出したというわけさ。しかも何と、うちのカレッジのうつけ者——あなたにもらった薬のおかげで頭が妙に冴え渡ったとか言っている学生の解答用紙は、四つに折りたたまれていた。制限時間よりはやく書き終えたから、暇を持てあまして解答用紙を折りたたみ——あとでそれを広げて提出したそうだがね。馬鹿らしい！」

「どういうことか、よくわからないんですけど……」とイモージェン。

「つまり、うさん臭い解答用紙には驚くほどしばしば折り目や、丸められた跡があるんだよ。あらかじめ答えを記入した紙をきれいに広げたまま試験会場に持ち込むのは、ほとんど不可能だからね」

「なるほど。で、ほかの二人の当事者は何と言っているんですか？」

「ガートン・カレッジの学生は、まったくわけがわからず、どうしてこんなことになったのか見当もつかないそうだ。彼の解答用紙には折り目がなかったし——彼は会場でフラミンガムの隣にすわっていたわけでもない。だがじっさい二人はごく親しくてね。どちらも同じ討論のサークルに所属していて、ラフィンコットもそこのメンバーなんだ。ラフィンコットのほうは大いに憤慨《ふんがい》し、二人のどちらにも助力したり、小論文のコピーを渡したことはいっさいないと言っている」

「当のラフィンコットは自分の小論文のコピーを持っているのかしら？　会場で監視を受けながら書いて、それを提出したんですよね？」

「ああ、賞の応募規定は試験とまったく同じわけじゃないんだ、イモージェン。大きなちがいのひとつは、審査が終われば参加者たちは応募作を返してもらえることだよ」

「そしてそれが返却されるのは……」

「優等卒業試験の三日まえだ」

「そんな問題を解決しなきゃならないなんて——お気の毒だわ、ジョン」

「ありがたいことに、わたしが解決する必要はない。これはひとつのカレッジではなく、大学全体の問題だからね。懲罰委員会が処理することになるだろう」

「懲罰委員会？」

「学内の法律家たちの一団と、素人の古参メンバーで構成される委員会でね。彼らがこの件を審理するはずだ。フラミンガムは代理人を立てる権利を与えられている。彼の生活指導係がその役を買って出て、彼の主張を代弁すると言っているんだが、フラミンガムはその申し出を退《しりぞ》け、自分で弁護士を選ぶつもりらしいぞ。何はともあれ、おかげでエムリン・ベントは責任を免《まぬが》れたわけだ。鍛えられた法律家でもなければ、告発どおりの罪を犯したとおぼしき者を精力的に弁護できるわけがない。ただし、このカレッジは完全に難を逃れたわけじゃない——懲罰委員会は例の薬がどうとかいう話について、あなたから証言を聞きたがるはずだ」

「わかりました」

「そこでだが、イモージェン、われわれ――つまりカレッジの評議会は、いささか心を痛めているんだよ。あなたにそんな審理の場への出席を強《し》いてよいものか……この国の法律とは何の関係もないのだし、こんな不当な言いがかりがまかり通る時代はとうにすぎ去ったのだから」

「ご心配なく。出席を拒む気はありません。カレッジから給与をいただいている仕事の延長と考えることにします」

「だがあまり愉快なことにはなりそうもないぞ。あちらは全力をあげて巧妙に、あなたが不適切な薬物を渡したように見せかけようとするだろう。そこでこちらはカレッジが費用を負担して、あなたも法律家に相談できるようにすべきだと考えているんだ」

「せっかくですけれど、ジョン、それには及びません。わたしに関するかぎり、これはごく単純な問題ですから。わたしは台帳に記録をつけているんです。だからフラミンガムの言うような効果のある薬を渡していないのはたしかだし、求められればそう断言できます。わざわざ法律家を雇うのは警戒しすぎじゃないかしら。まるで自分は弁護が必要なことをしたと考えてるみたいだわ」

「ふむ。だがよく考えてみてくれ、イモージェン。たとえば、あなたは何か台帳に書かれていないものを渡し、それを忘れているのかもしれないとほのめかされたら？　カレッジはいつでもあなたのために法律家を雇うはずだよ。そちらが求めさえすれば」

「ほんとに、そんなことをしたはずはないんです」イモージェンは言った。「うっかりそんなひどい職務怠慢を犯したなんて、ぜったい考えられません。でもわかりました、もういちどよく考えてお返事します」

それやこれやで、さしあたりメイ・スワンについて考えるどころではなくなった。それにフランは日曜の晩は姿を見せなかったので、イモージェンは彼女と話す機会がないまま月曜の朝に〈レクタイプ&ディス〉社に電話して、偽りの問い合わせをすることになった。

伝記書担当の編集者と話したいと言うと、アンジェラ・キングズウィアなる女性に電話がつながれた。

「ちょっとお尋ねしてもいいかしら?」イモージェンは切り出した。「じつは旧友に連絡を取ろうとしているんですけど、たしか彼女はギデオン・サマーフィールドという人の伝記を書いていて……」

「メイ・スワンね?」と電話の声。

「ええ、そう!」イモージェンは明るく言った。「彼女の住所はわかります?」

「いいえ、わかりませんね」ミズ・キングズウィアは答えた。「あいにくお役には立てません」

「でもその伝記は……」

「ミス・スワンは仕事を放棄したんです。それを当社に報告すべきだとは考えもせず、理由も、転居先も告げずに。おかげでこちらは少なからぬ面倒と出費を強いられ、前払金の一部も未回収なんですよ。こちらこそ、ぜひともあのご婦人と連絡を取りたいところだわ」

「まあ」イモージェンは言った。「何てひどい。だけど、おかしな話だわ。ほんとにあの人らしくもない……彼女は無事でいるのかしら？」

「わたしが知るわけないでしょう」電話の声は言った。「でもこのプロジェクトが呪われてることはたしかです。それに、前払金を持ち逃げした作家は彼女が初めてじゃないはずだってことも」

「そのプロジェクトが呪われてるって、どういう意味ですか？」イモージェンは尋ねた。

「次から次へと災難続きでね。たとえば、メイ・スワンの家から資料を回収するのがどれほど大変だったか……そのために弁護士を雇わなきゃならなかったほどです。なにせ故人の著作物管理人が怒り狂って——」

「資料って？」イモージェンは頭が鈍いふりをした。

「サマーフィールドの生涯に関する資料ですよ。その大半は彼の遺言によって指定された管理人のもので、ミス・スワンに貸与されてたんです。正当な目的に使用し、のちに返却されることを前提に」

「遺言によって指定された管理人？」

「だから、サマーフィールドの知的財産権を管理する人ですよ。とにかくそうした資料がなければ、もちろんほかの伝記作家が仕事を進めることはできません。あなたの旧友は前払金を持ち逃げしたとき、そんな大事なものを放り出していったの」

「まあ、でもきっとそんなつもりはなかったんだと……」

「作家というのは」電話の声は言った。「じつに信用ならないんです」

イモージェンが次にフランと顔を合わせたのは、月曜の晩だった。フランは元気よく家に飛び込んでくるなり、腹ペコなのだと宣言した。それなのに買い物するのを忘れてしまった、何か夕食の準備を手伝わせてもらえれば……。

イモージェンは笑いながらフランを招き入れ、彼女が食器を並べるあいだに手早くカレーを作った。

やがて小さなダイニングのテーブルのまえにゆったり腰を落ち着けると、例の大仕事の首尾はどうかとフランに尋ねてみた。

「それがね、まだ書きはじめてないの。だからある意味、よくわからない。もしかしたらわたしも友だちのミッチェルみたいに、ろくに文章が書けないことがわかるかも」

「どうして今さら文章が書けないなんて気づくの？　あなたはもう何年も小論文を書いてきたはずよ。それにミッチェルって誰？」

「友だちの一人――っていうか、ジョシュの友だちの一人。すごい大金持ちの息子で、小説家になりたがってるの。それで彼がケンブリッジに残って本を書けるように、お父さんが援助してくれてるみたい。ミッチはすごく頭がよくて、山ほどアイデアを抱えてるのよ。ところがなぜか作品を書きはじめられなくて、いつもリサーチをしたり、ノートを作ってばかり。わたしもそんなふうかもしれない」

「あなたはちがうんじゃないかな。たぶんそのお父さんのせいよ。あなたの友だちも仕事に就かざるをえなければ、もっと書くことに集中できるはずだわ」

「あなたらしくもない意地悪な言葉ね、イモージェン」とフラン。

「今どきの若者言葉では〝図星〟のことを〝意地悪〟と言うの?」イモージェンはぴしゃりとやり返した。「それはともかく、あなたはまだ書きはじめていないのね……」

「でも今じゃあの山ほどの資料をかなり把握できたわ。ひとつだけ空白があって——サマーフィールドが一九七八年の夏の一部をどこですごしたか調べ出す必要があるの。それがすめば彼の生涯の記録が完全にそろって、執筆に取りかかれそう」

「マーク・ゼファーのメモもヒントにならないの?」

「ぜんぜん。その点だけは誰にもわからなかったみたい」

「ゼファーにもメイ・スワンにも?」

フランは奇妙な目でイモージェンを見た。それから何か言いかけ、口をつぐむと、かわりにこう言った。「そのマンゴーチャツネを取ってもらえる?」

「じつは、マーク・ゼファーはわたしの友人の弟だったことがわかってね」イモージェンはチャツネの瓶を渡しながら、切り出した。「彼は気の毒なことに、髄膜炎《ずいまくえん》で急死したんですって。それでもまだ元気なころから、ジャネット・サマーフィールドに少々手を焼かされてたみたい。それにあの仕事を依頼されたのは彼が最初じゃなかったそうよ。わたしたちのにらんだとおり、彼のまえにはメイ・スワンがやってたの。ねえ憶えてる？　彼女は今はどうしてるの、とあなたは言ってたわよね？」

「いい質問でしょ。答えは永遠にわからないと思うけど」

「たしかにそのとおりかも。ちょっとあちこち探りを入れてみたら、彼女は失踪したことがわかったの。〈レクタイプ＆ディス〉社から前払金を受け取って、貸与された資料はそっくり家に残したままね。みんなが彼女らしくもないことだと見ているわ――小説家は何でもやりかねないと考えてる出版社の人たちを除いては」

「だけどなぜ、あなたはあちこち探りまわったの、イモージェン？」

「友人としての興味よ」

「わたしへの？」

「まあ、ともかくサマーフィールドへの興味じゃないことはたしかよ。気にさわった？」

「そうでもないけど。どういうことか聞かせて」

イモージェンはパメラ・ゼファー、それにデイヴィッド・スワンとのやり取りの要旨をざっと話した。話の最後にたどり着いたのは、食事を終えて皿を洗っているときだった。

「すごい！」フランはそっけなく言った。「まったくみごとだわ。で、イアン・ゴリアードはどうなったの？」

「それは誰？」

「メイ・スワンのまえにあの本を書こうとしてた人」

「いやだ、フラン――ほかにもいたの？」

「それはたしかよ。あきらかな痕跡が残ってるから。すべてを整理してみると、驚くなかれ――前任者が三人。みんな途中で挫折してるの」

「かなりの、気味の悪い偶然ね……偶然に決まってるけど。少なくとも、マーク・ゼファーの件は偶然のはずよ。書類の山から髄膜炎を移されたはずはないから。それはぜったいにたしかだわ」

「でもじつは、見かけよりも大きな偶然なのよ」フランは言った。「このプロジェクトは三回とも同じところで頓挫してるの。つまり、調査段階の同じところで」

「どういうことかわからない……」

「なぜかこの三人が仕事をやめたのは、そろいもそろって、偉大なるサマーフィールドが一九七八年の夏の一部をどこですごしたのか模索してる最中だったのよ。イアン・ゴリアードはそれほど作業を進めていなかった。彼はサマーフィールドの誕生から学生時代、それにカレッジ在職中の行動をざっとたどって、住所や休暇中の滞在先を書き添えた年譜みたいなものを作ったの。たしかに、すごく冴えたアイデアよ。あとでいろんな資料や記録をその一覧表と照合してくつもりだったんじゃないのかな。とにかく、その年譜は一九七八年の春まではあれこれ細かく書き込まれてるのに、そのあとぷつりと途切れてるの。〈八月――出奔??〉というメモを最後にね」

「だけどフラン、どうしてそれがメイ・スワンかマーク・ゼファーじゃなくて、ゴリアードとかいう人の書いたものだとわかるの?」

「用紙がちがうし、仕事のやり方も、筆跡もちがって……」

「ああ、わかったわ」

「それにどのみち、彼のファイルの書類はすべて左下の隅に小さな文字で署名が書き込まれてるの。もちろん、後継者たちが保存しなかったものがもっとあったのかもしれないけど。とにかく現に彼の名前が書かれた年譜みたいなものがあって、それなりにすごく綿密にできてるのよ」

「そしてそれは……」

「一九七八年の八月で途切れてる。サマーフィールドが休暇旅行に出かけたあとよ。彼と妻はモルヴァン丘陵のコテージを借りてたの。その年譜によればね。一か月間の賃借契約で、さまざまな友人たちが数日間ずつ訪れては去っていた。ところがどこかの時点で何かのいさかいが起き、サマーフィールドは数日間ほど逃げ出した——どこかへね。どこへかは、不明よ」

「一人で?」

「そうじゃないみたい。でも誰と一緒だったのかはわからない。それきり記録はないの。少なくとも、ゴリアードの年譜には」

「じゃあ彼はそこで挫折して、あとはメイ・スワンに託されたわけ?」

「そのようね。メイ・スワンはとても丹念に仕事をしてるわ。ほら、渡された一次資料にひとつひとつ番号をふったりね。彼女はゴリアードの年譜の題目をノートに書き写し、日付と場所を書き添えて、符合する資料を見つけられるかぎりリストアップしてるの。それは一九七八年の夏以降にまで及んでて、彼女はその方式でサマーフィールドの死に至るまでの記録を作ったのよ。ほとんどすべてのページに何かが書き込まれてるわ――たとえ事務的な手紙や、ある特定の学期に彼がした一連の講義に関する告知だけでも。そして彼女はべつのノートに、例の伝記の草稿を書きはじめたわけ」

「それじゃ彼女は一九七八年の八月よりずっとあとまで調査を進めていたの？」

「いちおうはね。その年の八月の数ページは空白のままよ。それ以外のページには――サマーフィールドの誕生から死に至るまで――どれほど些細《ささい》なことでも、何かが書かれてるのに」

「でもメイ・スワンが姿を消したとき、その空白を埋めようとしてたのかどうかはわからないんでしょ？」イモージェンは藁《わら》にもすがる思いで尋ねた。

「ところが、わかってるんだ」フランは嬉々として答えた。「彼女はかなり時間を気にしてたみたいでね。作業工程表を作っていたの。毎週月曜日にその週の仕事をざっと書き出して、それぞれの部分にどれぐらいかかりそうか見積もっていたのよ。その工程表の最後の書き込みは〈一九七八年八月の件を突きとめる〉――黒々と下線が引かれてて、日付は三月二十日。彼女が姿を消す二日まえよ」

「フラン……」

「あなたはゼファーについて訊くつもりでしょ。ええと、これはたんなる推測だけど……彼はメイ・スワンの調査記録を引き継いで、ひとつずつ確認して整理しはじめた。そしておそらくこれは信頼できると気づき、彼女の調査結果をそっくり受け入れて、原稿を書きあげることにしたのよ」

「ただし例の一九七八年の休暇旅行については、彼女の調査結果を受け入れることはできなかった……」

「結果は出ていなかったから。そのとおりよ。ついさっきあなたも話してくれたでしょ? 彼のお姉さんによれば、あとひとつだけちょっとしたことがわかれば執筆にかかれるはずだったとか——何かそんなようなこと」

「ええ」とイモージェン。「彼女はたしかにそんなふうに言ってたわ」

「だったら、その〝ちょっとしたこと〟っていうのはまず間違いなく、一九七八年の八月の件なんじゃない?」

「それはパメラに訊けばいいわ」イモージェンは言った。

けれど、フランがテーブルの上を片づけているあいだに電話で尋ねてみると、パメラは思い出せなかった。

8

「ちょっとあなたの車を貸してもらえない?」翌朝、フランが尋ねてきた。「夜までかかりそうなんだけど」

「今日の？　だったらかまわないわよ。わたしが使いたいのは明日だから」イモージェンはなかば上《うわ》の空《そら》で答えた。トーストを食べながら《インディペンデント》紙を読んでいたのだ。

「ありがとう」とフラン。「車でないと、ろくでもない大旅行になっちゃうの」

「へえ、どこへ行くの？」昨夜は〝不可解な偶然〟に関する話が哲学的な問答へと変わって深夜まで続けられたため、イモージェンはいささか眠気をもよおしていた。

「キャッスル・エーカー（古城と小修道院の廃墟があるノーフォーク州の村）。夕食の時間までにはもどれないかも。ガソリンを少し補充しとくわね」

「助かるわ。例のサマーフィールドの謎の夏季休暇については、どうするか決まった？」

「ええ。訊いてみることにした。それしかなさそうだもの」

「放っておく手もあるわ。適当にごまかすか、たんにその件には触れずに……」

「わたしがそういうのは苦手だってこと、わかってるでしょ」

「でも誰に訊くの？」

「ジャネット・サマーフィールドよ。それで車を借りたいの。彼女はキャッスル・エーカーに住んでて、ここの電話帳には載ってないから、一か八か行ってみるしかなさそうなのよ」

「みんなの証言からして、会えてもガミガミ食いつかれるだけよ」イモージェンは言った。

「どうしても彼女と接触しなきゃならないの？」

「当然よ。たとえ彼女自身はそのいまいましい逃避行についていかなかったとしても、彼がどこへ行ったかは知ってるはずだわ」

「フラン、もう気づいていると思うけど、今はあなた自身がまさにあの……」

「ほかのみんなが挫折した地点にいる？　だからこそ挑戦し甲斐があるんじゃない？」

「だけど……」イモージェンはいかにも過保護で逆効果になりそうな〝気をつけて……〟という言葉を呑み込み、かわりに「運転には注意して」と言った。フランが使うのはこちらの車なのだから、それぐらいは言う権利があるはずだ。

そのあと仕事場へ向かう途中で、クレア・カレッジのフェローズガーデンが公開されているのに気づいたイモージェンは、少しだけ寄り道して秋の色どりを楽しむことにした。川辺の木や、芝地のそこここに淡い色を添えるイヌサフラン、それにボーダーガーデンのアスターなどだ。

イモージェンの生活様式の利点のひとつは、時間に追われないことだろう。セント・アガサ・カレッジでの仕事はパートタイムだった。以前はほかにも仕事をかけもちし、合計するとフルタイムの職員よりも長時間働いて、稼いだ金で楽しむ暇もないほどだった。けれどあるとき、金銭で買える最高の贅沢は余暇だと気がついた。それでいちばんのお気に入りを除き、すべてのカレッジの仕事をやめたのだ。今でも――パートタイム労働者の多くがそうであるように――給料分よりはるかに長い時間を仕事に費やしてはいるが、それでも多少の節約を強《し》いられるのが苦にならないほどの特権を享受《きょうじゅ》している。日々の勤務時間を自ら定め、ゆっくり買い物や散策、考えごとができる特権だ。

たとえばこのさわやかな秋の日も、公式の〈診察時間〉がはじまるまえに仕事場で書類の整理や片づけをしようとはやめに家を出たので、気の向くままに計画を変更し、秋の陽射しを浴びる桜の木々のバター色の葉っぱを眺めてすごすことができたのだ。葉っぱの一部はまだ枝にしがみつき、残りは下の草地の黄金《こがね》色の日だまりの中に散っている。あの鮮やかなコントラストをキルトで表現するにはどんな布地を使えばいいのか、イモージェンは想像しようとした。日なたはそこそこ暖かかったので、湿ったベンチにしばし腰をおろしてこの快い日を楽しむことにした。

だがその間も、頭の奥ではフランに関する懸念が渦巻いていた。もちろん、マーク・ゼファーの何かがジャネット・サマーフィールドを苛立《いらだ》たせた可能性もある。生前のマークを知っていれば、なぜジャネットが彼を攻撃したのか理解できるのかもしれない。どのみち彼女は最後まで彼をいびり続けたわけではなく……パメラによれば、彼は病に倒れるまえにジャネットから食事に招《よ》ばれ、上機嫌で帰宅したのではなかったろうか？

それに正気の人間なら誰でもフランに好意を抱かずにはいられないはずだ。一部の人々がみなに一目で好かれる理由を挙げるのは簡単だ――率直さ、明るさ、心の温かさ、といった言葉を使えばいい。だが結局のところ、真の理由は謎なのだ。そもそもイモージェンの見るところ、その手の好意――穏やかなタイプの愛情――は、どうにもつかみどころのないものだ。まとめて〝友情〟という言葉でカバーすることになっている。

けれど友情とは、何と偏狭なイメージに縛られていることか！　この言葉からは、心配性の——しかもずっと年上の——女家主の姿は思い浮かばない。イモージェンがフランのことを心配し、彼女の安全と成功を切に祈るのは、ただの越権行為になってしまうのだ。

イモージェンはため息をついた。そのとき、周囲に影が落ちたのに気づいて目をあげると、レディ・バックモートが彼女を見おろしていた。

「何か考え込んでいたようね、イモージェン」レディ・Bは言った。「例のカンニング騒ぎが気がかりなのでなければいいけど」

「あら、いえ」イモージェンは立ちあがった。「それとはまったくべつのことなんです。いやだわ。こんなすてきな木々の中でふさぎ込むなんて、馬鹿みたい」

「まあたしかにね。カレッジへ行くところなの？　一緒に歩いていきましょうか？」

「ぜひ」

「じつはちょっとニュースがあるの」風情たっぷりにかしいだ欄干《らんかん》の上に大きな丸石が並ぶクレア・カレッジ橋を渡りながら、レディ・Bは言った。「カレッジのお歴々はマヴェラック博士にフェローの座をさし出したのよ」

「本当に？」イモージェンの声には内心の驚きがそのままあらわれていた。「むしろ逆の風向きかと思ってました」

「たしかに誰もとくに乗り気じゃなかったの。だけど、さらにひどい候補者が浮上してね。ほら、学内のカレッジはそうした行き場のない学者たちをほぼ均等に受け入れることになっているでしょ――いわば、割り当て制で。ただし、その分配システムが発動されるのは歓迎されざる候補者の場合だけ。普通は熾烈《しれつ》な獲得競争が起きるわ」

「でもマヴェラック博士の場合はちがいますよね？」

「そのとおりよ。ところが風の噂に、次の宿無し博士はヒューゴ・オブヴァースだというニュースが流れてきてね。彼はとうてい問題外だから、カレッジはすぐさまマヴェラックに飛びついたわけ。さすがに、二人の嫌われ者を続けて受け入れることは期待されないはずだから」

「じゃあマヴェラックを受け入れるのは一種の防衛策なんですね？」イモージェンは笑った。

「どうしてみんな、オブヴァースのほうがさらにひどそうだとわかったのかしら？」

「簡単よ」とレディ・B。「オブヴァースの悪名は英語圏全域にとどろき渡っているの」

「何がそんなにひどいんですか？」イモージェンは尋ねた。

するとレディ・Bはカレッジの門に着くまでずっと、〈恐るべきヒューゴ〉についての逸話でイモージェンを楽しませてくれた。この学界のモンスターがいまだ犯していない悪事があるだろうか？　学生たちを――男女かまわず――誘惑し、同僚たちといがみ合い、ハイテーブルで泥酔し、二日酔いのまま講義をしたあげくに、試験の答案を紛失する。仕事仲間のコンピューターに侵入して画面に卑猥《ひわい》なジョークを残すかと思えば、合衆国までの航空運賃を中西部の四つの大学から四重取りし、そのどの大学にも約束の講義をしにあらわれない……。

「彼はなぜ下界へ追放されないんでしょう？」イモージェンは尋ねた。「どうしてケンブリッジへ呼ばれたりするのかしら。なぜそんな妄挙を許されてるんですか？」

「オブヴァースは天才なのよ。世界屈指の頭脳の持ち主。そしてケンブリッジが求めるのは好感度ではなく頭脳なの。とはいえ、心配は無用よ。こちらがマヴェラックで手を打てば、オブヴァースに悩まされるのは誰かほかの人たちですからね」

「でもマヴェラックはちょっと鬱陶《うっとう》しいタイプだわ」とイモージェン。「それに対してオブヴァースは……」

「少なくとも面白そう？　じっさいには、すぐに食傷させられるんじゃないかしら」

それでも――イモージェンはレディ・Bと別れたあと、仕事場へと中庭を横切りながら考えた――ヒューゴ・オブヴァースなら伝記作家にとっては、ギデオン・サマーフィールドよりははるかに楽しい素材になりそうだ。サマーフィールドはとくに若げの過ちを犯した形跡もなく、少々はめをはずしたのは、優に中年に達してからの一夏かぎりのことなのだから。


当然ながら、イモージェンはフランの帰りを今か今かと待ちわびていた。不安のあまり、かすかに身を震わせて。玄関の扉が開くのを耳にするなり、小走りにホールに出てゆくと、コート掛けに上着をかけようとしているフランに尋ねた。「首尾はどうだった？」

「微妙なところね」とフラン。「ねえイモージェン、トニックウォーターはある？　上の部屋に少しだけジンが残ってるから、一杯やりたいの！」

「トニックウォーターはないけど、レモン入りソーダならあるわ。よければウィスキーをあげるわよ」

「いいの、やっぱりジンを取ってくる。そのあとすぐにぜんぶ話すわ」

イモージェンはとうていまともな夕食を作る気にはなれなかったので、近所のデリで仕入れたサラダとパンとチーズ、それに薄切りのハムをテーブルに並べ、自家製ピクルスの瓶を添えた。

「ごくつましい夕食だけど、一緒にどう?」フランがもどってくると、イモージェンは言ってみた。彼女自身はあまり空腹を感じていなかった。

「じゃあ物々交換」とフラン。「わたしのジンをちょっぴりあげるかわりに、あなたの補給品を食べさせてもらう」

「了解」イモージェンはうながした。「じゃあ話して」

「午前中いっぱいは、ぶらぶら時間をつぶすことになったわ。彼女は出かけてて、近所の人たちによれば、いつも火曜の朝はキングス・リンへ買い物に行くみたいなの。それで村の中を見てまわったら――すごくすてきでね。いっぽうの端に大きな教会、反対側にはノルマン時代のお城があって、いいパブもあるのよ。そこでコーヒーを飲んだあと、ちょっと周囲を偵察してみたわ。彼女は村の緑地に面した、すごく可愛いジョージ王朝時代のコテージに住んでるの。そうこうするうちに、彼女がもどってきたわけ」

「どんな感じの人だった?」

「いくらか――太めね。髪を青く染めてて、服はベルベットとモリス風プリントよ。風をいっぱいにはらんだ帆船みたいだった」

イモージェンは微笑んだ。「で、あなたは歓迎された？」

「ええ、最初は。買い物袋を車から家に運び込むのを手伝ってあげたの。彼女は喘息《ぜんそく》で、ちょっと息切れしてたから。そのあと、こちらの用件を知ると、彼女は警戒心をあらわにしたわ」

「あなたはすぐには話さなかったのね？　何て言ったの？」

「初めはただ、わたしはケンブリッジの者で、彼女の夫の仕事に興味を持っているとだけ」フランは答えた。「それで彼女はわたしのことを数学者だと思い込んだの。買ったものをぜんぶしまい終わると、お茶を淹《い》れて、わたしを居間にすわらせてくれたわ。そのあともう少し詳しく説明したら、彼女は肝を抜かれたみたい」

「いやだ――度肝を抜かれた、でしょ」

「どっちでもいいけど。とにかく、彼女はあきらかに、マヴェラック教授が伝記の仕事を下請けに出したのを知らなかったのよ。だからこちらは大急ぎで自分の、というか、彼のしたことをごまかすしかなくて、わたしは彼の教え子で、かわりにちょっと下調べをしているのだと話したの。ほんとはぜんぶ自分がやってることはおくびにも出さずにね」

「ふむ。厄介なこと……」

「まったくよ。でも彼女はそれを聞くとがぜん協力的になって、家族写真のアルバムを取り出して見せてくれたの。すでに私的な資料を山ほど貸し出してあって、そちらは今はマヴェラック教授の手元にあるはずだと言ってたわ。ばらの写真はぜんぶその中にあるけど、アルバムの写真は剥《は》がしたくなかったから、そのまま取っておいたんだって。それでしばらく一緒にその写真を眺めてすごしたの。まるで古い友人同士みたいにね。もちろんこちらはずっと、小さな添書きのひとつに〈七八年夏〉と書かれてないか期待してたわけだけど。そんなうまくはいかなかった。しかもしじゅうスナップ写真の中の彼女に気づかずにドジを踏んじゃって……」

「切手なみの大きさしかない、ぼやけた白黒写真だったから？」イモージェンは空になったグラスをキッチンへ片づけ、もどってくると、フランにテーブルの向かいの席に着くようにうながした。

「それもあるけど。もうひとつには、彼女がたえず変わってたからよ。つまり、わたしの横でソファの半分以上を占めてすわってる人が、一九五五年のブルターニュの海岸に水着姿で立ってる細身の女性だとは思えなくてね」

「おお、移ろいやすき日々《フィガス》よ！」イモージェンはわけ知り顔で言った。「そりゃあ、以前と同じに見える人なんてめったにいないわ」

「ええ、でも……」

「でも？」

「彼女の場合は一度だけじゃない。何度もくり返してるのよ」

「何を？」

「変身よ。太ったり痩せたりの。といっても、細身に見えるのはごく若いころの写真だけ。その後はやや太めとすごい肥満体――〝ミシュラン・ウーマン〟とでも呼びたいような体形のあいだを行ったり来たりなの。おかげで彼女がこのスナップに写ってるのは誰それだと話してくれてるときに、何度も『そちらの人は?』なんて訊いて、少々ご機嫌をそこねちゃってね。あんたは馬鹿かと言わんばかりに、『それはわたし』と返されたけど、正直いって同じ人だとは思えなかった。今の彼女はその両極端の中間ってところよ」

「で、七八年の夏の写真はあった?」

「ううん。だから結局、はっきり尋ねてみたの。そしたら彼女はたけり狂ったわ」

「どういう意味? もっと詳しく話して」

「ジャネットは大声でわめきはじめたの。そして言ったわ……ええと、正直こちらは泡を食っていたから、彼女の言葉を正確に思い出せるか自信がないけど、要はこんなところよ。彼女はみんなに何度も何度も、あの夏のことはどうでもいいと言ってきたはずだ、そんなことにはかまわず、さっさと無視して仕事を続けろ、どうせ何の意味もないのだからと。誰も彼も、彼女には何の権利もなく、そんな御託《ごたく》は屁でもないと言わんばかりに耳を傾けようとしないけど、彼女はあきらかに、可哀想なギデオンについて知るべきことはすべて知っている、なにしろ人生のあらゆる瞬間を彼に捧げてきたのだから。彼がある年の夏にどこへ行こうが、彼女がどうでもいいことだと言えばそれまでのはずなのに、よくも偉そうに大事なことだなどと……とか、がんがん迫ってくるの。こちらは思わず、ソファから立ちあがって飛びのいちゃった」

「あらあら、フラン。無理もないわ」

「そのあと、ジャネットはさらに猛烈な剣幕で続けたの——ギデオン・サマーフィールドの資料はすべて彼女のものだから、彼女の同意なしには伝記など書けないし、彼女はあの夏の件が省《はぶ》かれるようにしっかり手を打つつもりだ、それでもだめなら法的手段に訴えて、この本の出版を差し止めさせてやる。マヴェラック博士にはいたく失望させられた、彼は思慮深い人物だと保証されたから、てっきり理解しているものと思っていたが、この伝記は現代の偉大な思索家の業績を記録するためのもので、私生活の些細《ささい》なことをほじくりまわすためではない……云云よ。そしてわたしは放り出されたってわけ」

「手荒なまねはされなかったんでしょうね？」

「あら、ええ。こちらもぐずぐずしてはいなかったから。上着とノートをひっつかんで、さっさと逃げ出したのよ。彼女は庭の小道の先まで追いかけてきた。こぶしをかためて、同じことを何度も叫びながらね」

「完全にどうかしてるみたいね。彼女は狂っているとパメラも言ってたわ」

「まあ、そうかもしれないけど……」フランは疑わしげだった。「ねえ、イモージェン、よくわからない。こんなふうに話すと頭がおかしいみたいだけど、あのときは……」

「でもあなただって、彼女がごく正常だとは思わなかったはずよ」

「もちろん。だけどやっぱり、あの大騒ぎは必ずしも狂気のせいだとは思えなかった。彼女は自制を失ってるというより、敵意のかたまりみたいだったわ。うまく説明できないけど……とつじょカッときて、頭に浮かんだことを片っ端からわめきたてたというより、もっと計算された感じでね。彼女は故意にわたしを怯《おび》えさせてたの。何だか、キッチンの蛇口でもひねって怒りをほとばしらせたみたいに」

「それで、あなたはどうするつもり?」

「まあ、明日の朝一にこのことをマヴェラック教授に話すしかなさそうね。彼がジャネットの話を聞くまえに、こちらの言い分に耳を傾けてくれることを祈るばかりよ。そして何より肝心なのは、例の休暇旅行のどこが問題なのかを探り出すこと。何があっても、ぜったい突きとめてやるわ」

「ねえフラン、わたしたちはただの偶然を大げさに考えすぎてるのかもしれない。だけどあなたもその問題を深追いするのは縁起が悪いどころか——ひどく危険かもしれないことに気づいているんでしょ?」

「でもイモージェン、これはいったいどういうこと?」フランは叫んだ。「あの退屈な中年男が休暇中に何をしたっていうの? しかもずっと昔のことなのよ?」

「銀行強盗?」イモージェンは言ってみた。「どこかで子供を作ったとか」

「さっきからあなたはろくに食べていないけど」フランはとつぜん言った。「だいじょうぶなの?」

「じつは、ちょっとふらふらするの」とイモージェン。「もう寝たほうがいいかしら」

「あはは」フランは言った。「とうとう、わたしがあなたの世話を焼くチャンスがやってきたわ。下宿人のリベンジよ。じゃあもう行って、あとで湯たんぽを持っていってあげるから」

9

インフルエンザはじつに恐ろしい。さいわい、一度かかっても次にかかるまでは、この病気がいかに厄介か忘れてしまうのだが。そうでもなければ、イモージェンのように常に多くの相手と接して病原菌にさらされている者は、たえず感染の危険に怯《おび》えることになるだろう。

翌朝、みごとに発熱して全身にくまなく痛みを感じたイモージェンは、しばらく寝床を離れないことにした。フランは彼女の苦難に同情するどころか、日ごろの恩義に報いる好機到来とばかりに嬉々として、病人がベッドで食べられるような朝食——トーストとマーマイト、フレンチスタイルのミルクたっぷりのコーヒーを運んできた。トレイをさげたあとには、ベッドの中でさっぱりと身体を拭けるよう、電子レンジで温めた熱々の濡れタオルを取り出した。

そのあと、イモージェンの寝室の隅に置かれた明るいブルーの小さな籐製《とうせい》の肘掛け椅子に腰をおろすと、フランは言った。「わたしがしばらく出かけてもだいじょうぶかな?」

「もちろん。少し眠ればよくなるわ」

「どうしても今日の昼まえにマヴェラック博士——つまり教授をつかまえて、いくつかのことをはっきりさせておかなきゃならないの」

「こちらは心配なしよ。難敵を相手にせいぜい頑張って……」最後まで言い終えないうちに、イモージェンはうとうと眠りに落ちていた。

やがて、玄関のドアを猛然とたたく音で目が覚めた。誰かがヴィクトリア時代の鉄製のノッカーを力いっぱい打ちつけながら、平手でドアをばんばんたたいている。あんなふうにノックしている者がそう簡単にあきらめて立ち去るはずはない。いったい何の騒ぎだろう？　ここの煙突が炎をあげているとか？　いや、まさか——イモージェンは起きあがり、スリッパに足をすべり込ませた。

よろめきながら部屋を横切り、フックからガウンをはずして身にまとう。その間も、ドアをたたく音は続いていた。頭がくらくらし、両膝が痛むのを感じながら、イモージェンはゆっくり歩を進めて階下へおりた。弱り切った身には、戸口の騒ぎがなぜか重荷に思え、彼女は玄関へ向かうかわりに居間に入っていった。そこの張り出し窓にかけられた目隠し用のメッシュのカーテンごしに、せまい前庭の小道にたたずむ人々がぼんやりと見えた。

一人の男がドアをノックしている。その背後には、黒っぽいコートを着た女が立っていた。どちらも見知らぬ人物だ。イモージェンはしぶしぶ、ゆっくり戸口へ向かった。

「どなたですか？」と叫んでみた。

「開けてください」と断固たる声。

イモージェンはチェーンをかけて、ドアを少しだけ開いた。するとたちまち、外側の男がドアを押し開けて中に踏み込もうとした。チェーンがぴんと張りつめる。

「あなたは誰？　何の用なの？」イモージェンは尋ねたが、病気のせいで声が震えて、どうにも威厳に欠けていた。

「ここはフランセス・ブリャンの住まい？」女のほうが尋ねた。

「そうですけど。彼女は出かけています」

「彼女に会いたいわけじゃないの。彼女はわたしが所有するある種の文書を持っているのよ」女は言った。「わたしたちは、それを回収しにきたの。だから中に入れて、この家のどこがミス・ブリャンの住まいなのか教えてもらえれば、こちらはできるだけはやく目当てのものを見つけられるわ」

「ミス・ブリャンの留守中に彼女のフラットを調べまわらせて、そこのものを持ち去らせるなんて——とんでもないわ。どうぞ帰ってください」とイモージェン。

「わたしには自分の所有物を取りもどす権利があるわ」女は言った。

そうか、これがジャネット・サマーフィールドにちがいない。

「この家はわたしの所有物です」イモージェンは切り返した。「あなたがたにはわたしの同意なしに踏み込む権利はないはずよ」

「こいつは安っぽいちゃちなチェーンだ」男が言った。「難なくぶち切ってやれるぞ」

「押し入りは犯罪よ」とイモージェン。「それにわたしがここから動かなければ、このせまいホールでわたしの横を通りすぎるには暴行罪も犯さなければならないわ。じっさい、わたしは一歩も動きませんからね。ミス・ブリャンに対して何か合法的な用事があるのなら、合法的な方法で果たしてちょうだい」

ジャネット・サマーフィールドは不意に顔をゆがめた。ひょっとすると、愛想笑いのつもりだったのかもしれない。「ねえ、こんなにいがみ合うことはないわ」彼女は言った。「これはごく単純な話で、家主さんを巻き込んだりする必要はまったくないの。ミス・ブリャンにわたしの書類がいくつか貸し出されていて、こちらはそれを返してもらう必要がある、それだけのことよ。どれがその書類かは簡単に見分けられるわ。部屋じゅう荒らしまわったり、錠前破りをしたりするわけじゃない。ほんのいくつか書類を選び出して……」

「あなたには見分けがつくかもしれません」イモージェンは冷ややかに言った。「でもわたしにはわからない。どれがあなたのものでどれがミス・ブリャンのものか、知りようがないんです。彼女のフラットから何ひとつ持ち出すのを許すわけにはいきません。もう帰ってください」

開いたドアの隙間から吹き込む冷たい風がちくちく足首を刺し、イモージェンは震えはじめていた。高熱を出した者が寒さの中に立っているのは賢明ではない。それに、彼女は少々怯えてもいた。ジャネット・サマーフィールドは敵意に満ち、独善的な怒りらしきものをみなぎらせていた。おまけに彼女の正体不明の連れはでっぷり太り、何やら愚かな表情をして、肉付きのいいこぶしでドアチェーンを握りしめている。ジャネットはいったいどこからこんな男を連れてきたのだろう?

やがてとつぜん、イモージェンは救い出された。訪問者たちの背後の通りから、ひとつの声が呼びかけてきたのだ。「だいじょうぶですか、ミス・クワイ?」

見るとジョシュだった。去年までここの下宿人だったサイモンと、ほかの二人の友人たちもいる。みな若く、いかにもスポーツマンらしい体形で、友人たちの一人はジャネット・サマーフィールドの用心棒に負けないほどの巨体の持ち主だ。ジョシュがおもてのフェンスをひょいと飛び越え、戸口へやってきた。

「何か揉めごとでも？」彼は男の肩ごしにイモージェンに尋ねた。

「この方々はもうお帰りになるところよ」イモージェンは言った。

「やあ、よかった。だったら、ぼくらもしばらくここでお見送りしようかな」

彼の重量感たっぷりの友人が門扉を開け、馬鹿丁寧にお辞儀した。

「今に見てなさい！」ジャネット・サマーフィールドは息巻いた。「また来ますからね！」だがとにもかくにも、彼女は退却しはじめていた。白髪まじりのくしゃくしゃの髪をいただく黒いコートの広大な背部がイモージェンに向けられ、連れの男がしぶしぶあとを追う。あきらかに彼はドアに体当たりしてチェーンをぶち切る許可を待ち望んでいたのだ。

「うひゃあ、イモージェン」サイモンが言った。「あの太っちょは何者ですか？　差し押さえの執行官かな？　ちょうどぼくらが通りかかってよかった。こちらはジェイソン、あっちはウェイス。彼らもぼくと同じぐらい、コーヒーとビスケットに目がないんですよ」

イモージェンはチェーンをはずして若者たちを中に入れた。「みんな大歓迎よ。でもコーヒーは自分たちで淹《い》れてもらうしかなさそう。わたしはベッドにもどらないと……」身体がかすかにふらついていた。

「やかんを火にかけろ、ジェイソン」ジョシュは言うなり、イモージェンをまるごと抱えあげ、二階へ運んでそっとベッドの端におろした。「あなたには湯たんぽと、レムシップ（湯に溶かして服用する粉末の風邪薬）を少々ってところかな」彼は言った。「ぼくらが帰るときには玄関のほうはチェーンをかけたままにして、裏口から出るようにしますよ。でもこっちが帰るのを見てやつらがもどってこないように、しばらくここにいさせてもらいます。それにしても、あなたはいったい何をやらかしたんですか？」

「わたしじゃなくて……」イモージェンは毛布を顎まで引きあげ、その快いぬくもりに、安堵《あんど》のあまり息を呑みながら答えた。「フランなの」

「それはいよいよ興味津々《きょうみしんしん》だ」とジョシュ。「ねえ、ぼくはすぐそこのチェドワース・ストリートでサイモンとルームシェアしてるんです。あなたのメモ帳に電話番号を書いておくから、必要なときは呼んでください。いつでも駆けつけますよ」

「ありがとう、ジョシュ。あなたはいい友だちね。ほんとに今も、またとないタイミングで来てくれた」

「そりゃあヒーローだもの」ジョシュはしたり顔で言った。「じゃあ、あなたは少し眠ったらどうかな？」

　けれどしばらくは、あちこちが痛んで眠れなかった。そうこうするうちにジョシュがレムシップの入ったマグと湯たんぽを持ってあらわれたので、イモージェンは湯たんぽを爪先の下に押し込んだ。いつしか太陽が家の周囲をめぐり、彼女の寝室を朝の光で満たしていた。外の通りを行き交う足音や、ときおり走りすぎる車の音が聞こえる。階下で響く客人たちの話し声や、マグとスプーンのカチャカチャ触れ合う音が、なぜか心をなごませてくれた。イモージェンは子供時代からずっと、誰かがほかの部屋で話したり動いたりハミングしたりしている――隅々にまで生活感が満ちあふれた――こんな感じの家が好きだった。

若者たちが立ち去るのは聞こえなかった。きっとそれまでに眠りに落ちていたのだろう。

目覚めると、室内にフランがいた。家にもどったばかりだとみえ、まだジャケットを着たままだ。

「少しランチでもどう?」フランは言った。

「それより、何か飲み物をもらえる?」とイモージェン。喉がカラカラだった。「教授との話し合いはどうだった?」

「最悪よ。あなたにスープを持ってきて、それから話すわ」

イモージェンはどうにかベッドの中で上体を起こして待った。やがてフランはコンソメスープが入ったマグとコップ一杯の水、それにアスピリンを数錠手にふたたび姿をあらわした。

「何かほかにほしいものはある?」

「例の件がどうなったのか話して」

「教授はわたしに腹を立ててたわ。ものすごく」

「どうして?」

「ジャネット・サマーフィールドを――彼の言葉を借りれば――うるさく悩ませたから。どうやら、わたしは出すぎたまねをしたってことみたい。わたしはいっさい調査なんかせずに、与えられた資料で伝記を書きあげるはずだったのよ。教授は余計な穿鑿《せんさく》はしないと約束していたの。だから彼を納得させるのは大変だったけど、わたしは彼が自分で書くつもりはないことまではジャネットに話していないと断言しておいた。もちろん、彼女がそれを知らないのはあきらかだったから、話さなかったわけだけど。ただ……」

「あなたは彼女にどこへ来れば書類を取りもどせるか察知させるだけのことを話したのね、フラン」

「どういう意味なの、〝来れば〟って。彼女はここに来たの？」

イモージェンは今朝の大騒動をフランに話したが、そのただならぬ不快さについてはいくらか表現を控えた。

「わたしはどうすればいいの？」フランはしょげ返って言った。「マヴェラック教授の支持がなければ、いろいろひどく厄介なことになりそう。でもなぜ教授はわたしを支持しようとしないわけ？　伝記についての彼の持論はこうなのよ――人はみなろくでなしで、過ちを隠し、己《おのれ》を欺《あざむ》き、偽りの貌《かお》を世間に向けている。ゆえに伝記作家の役割は、彼らがすがり続ける嘘を暴《あば》くことである」

「たぶん彼は一度ぐらい謎の休暇があっても、興味深い嘘にはならないと考えてるのよ」

「じゃあ三人の消えた伝記作家たちは？」とフラン。「あの休暇の件が重要じゃないのなら、なぜそんなことが起きたわけ？　じつはね、イモージェン、最初はマヴェラック教授はわたしの名前を本の扉から追い出して、謝辞も書かずに成果を独り占めするつもりなのかと思ったの。でも今は、むしろその逆のような気がしてきた……」

「どういう意味なの、フラン？　あまりよく頭がまわらなくて……」

「ごめんなさい、具合が悪いときにこんなややこしい話をして。つまりね、だんだん彼はあの本についての責任をそっくりこちらに押しつけるつもりじゃないかと思えてきたの――自分の名前はどこにも出ないようにして。それなら、彼が例の件を適当に片づけたがるのも説明がつくんじゃないのかな」

「晩餐会《ばんさんかい》で会ったアメリカ人の女性も、マヴェラックは自説のみごとな見本だとか言ってたわ」イモージェンは考え込んだ。「ねえ、やっぱりこれは勝ち目がなさそうよ。サマーフィールド家の書類は返すしかないと思う。結局のところ、あれはジャネットのものなんだもの。ただし、前任者たちが書いたものまでは渡さずにすむように頑張ってみる価値はありそうね。どう見ても、マーク・ゼファーのファイルやメイ・スワンのノートがジャネットの所有物だとは思えないでしょ？　だからぜんぶきちんと仕分けしておいたらどう？」

「でもあちらはまた取りもどしにきたりできるのかな？」

「彼らにどんなことができるのかはわからない」イモージェンは答えた。「わたしもこんな事態に遭遇したのは初めてだから」内心感じているとおりの、眠たげな声だった。結局、フランが部屋から出てゆくまえにまた眠り込んでしまったとみえ、彼女が立ち去ったのには気づきもしなかった。

翌朝には、イモージェンの体調もいくらか上向き――入浴して着替え、しばらく階下におりられるぐらいには回復していた。身体の痛みや震えは徐々におさまり、ひたすらけだるい気分だった。食べられるだけの朝食をすませ、クロスワードパズルをママレードの瓶に立てかけたまま、ただぼんやりテーブルのまえにすわっていると、勢いよくドアをノックする音がした。

扉を開くとジャネット・サマーフィールドが立っていた。今度は黒っぽいスーツを着た男と、警官を一人連れている。

「わたしの依頼人の希望により、昨夜、裁判所の判事室で当方の申し立てが審理され――」ジャネットの弁護士とおぼしき、スーツ姿の男が言った。「こちらの住所に居住するフランセス・ブリヤンなる人物に対し、〝マレヴァ型差し止め命令〟が出されました。フランセス・ブリヤンは在宅ですか?」

イモージェンの背後で、いつの間にか階段をおりてきたフランが答えた。「はい、わたしです」

「ではこの令状をお渡しするしかありませんな」とスーツ姿の男。

「でしたら、どうぞ」フランはイモージェンと並んで戸口に立ったが、イモージェンはさっと手をのばし、フランが細長い封筒を受け取らないように彼女の手首をつかんだ。

「〝マレヴァ型差し止め命令〟というのは?」イモージェンは尋ねた。

「暫定《ざんてい》的な差し止め命令です。ジャネット・サマーフィールドおよびフランセス・ブリヤンの申し立てが双方の立ち会いのもとに審理されて判決が下されるまで、前述のフランセス・ブリャンもしくは彼女の代理人が係争中の文書を破壊、汚損、隠匿、あるいはよそへ持ち出すことを防ぐための。すなわち、前述のフランセス・ブリャンがしかるべき審理の場で返還を拒む正当な理由を提示できないかぎり、問題の文書が無傷のまま全点ジャネット・サマーフィールドに返還されることを保証するもので……」

「そんな必要はありません」フランが言った。「わたしは書類の返却を拒んだわけじゃないんですから。でも……ミセス・サマーフィールド――」彼女はわずかに声を高め、弁護士の背後のジャネット・サマーフィールドに呼びかけた。「仕事を終えるまえに資料を取りあげられたら、こちらは完成後の本の正確性に責任を負えませんからね」

「たしかに、あなたに責任はないはずよ」ジャネット・サマーフィールドは言った。「ほかの伝記作家を見つけることになるでしょうから」

「とにかくこの令状をあなたにお渡しします、ミス・ブリャン」弁護士が言った。「どうか、お受け取りください」

フランが彼から封筒を受け取ると、使節団の三人はくるりと背を向けて立ち去ろうとした。

「あら、あの書類がほしいんじゃなかったの？」フランは言った。「ちょっと待ってもらえない？」封筒をイモージェンの手に押し込むと、フランは階段を駆けあがっていった。

「誰も書類の返却を拒んでいないのに、こんな令状が出されるなんてどういうこと？」イモージェンは言った。インフルエンザのせいではなく、怒りで身体が震えていた。

「わたしの依頼人の宣誓供述書によれば、文書の返還を求めたが拒まれたということでしたがね。双方が立ち会って審理が行われたさいにその主張が事実に反することがわかれば、必要な罰金は支払うとの誓約もなされ……」

「彼女はどうかしてるのよ！」イモージェンは言った。「このまえは、ミス・ブリャンの留守中に訪ねてきたからおことわりしただけなのに……」

フランが書類の詰まった段ボール箱を戸口の階段の上に置いた。

「これでぜんぶですか？」弁護士が尋ねる。

「いいえ、そこにもう一箱あります」とフラン。「すぐに取ってきますね」

「この品物の受領書をいただかないと」イモージェンは、はたと思いついて言った。

「すべてそろっていると、どうしてわかるの？」ジャネット・サマーフィールドが食いついた。

「彼女は資料の一部を取ってあるのかもしれないわ」

「このふたつの箱には」フランがふたつ目の箱をひとつ目の箱の横に置きながら答えた。「三百六点の書類が入っています。その大半は一枚だけのもので、四十点ぐらいは数枚綴《つづ》りのもの。わたしがマヴェラック博士のかわりに〈レクタイプ＆ディス〉社から受け取った一次資料はすべてここにあります」

「ただし、受領書がなければお渡しはできません」とイモージェン。

「自分の所有物の受領書なんてあげるものですか！」ジャネット・サマーフィールドは息巻いた。

「受領書を求めるのは法的に認められた権利ですからね、応じるべきですよ」彼女の代理人がとつじょ口をはさんだ。「三百六点の書類が入っているとされる、内容は未確認のふたつの段ボール箱の受領書を渡したらどうかな」

「でも……」ジャネット・サマーフィールドは言いかけた。

「応じたほうがいい」弁護士は頑として言った。「あなたの宣誓供述書が事実と異なっているのなら、こちらは法廷で厄介な立場になるでしょう。どんな形であれ、これ以上理性に反するふるまいをすれば、あなたは信用ならない中立人ということになりますぞ……」彼は話しながら、ノートに何やら書き込んでいた。そのページをビリビリ破り取り、ジャネット・サマーフィールドに渡して署名させた。

そうして騒ぎは幕を閉じた。フランは受領書を手にし、ふたつの箱は戸口から抱えあげられ、通りの向かいに停められたメルセデスへと運ばれてゆく。

イモージェンは彼らの背後でドアを閉ざした。

「どのみち、もう手遅れよ」フランが言った。「あれには残らず目を通して、役立ちそうなものはコピーしたから。わたしはね、イモージェン、誰が何と言おうとギデオン・サマーフィールドの真の姿を描くつもりよ——殊勝ぶった夫人や誉《ほま》れ高い教授、〈レクタイプ&ディス〉社の全社員が何と言おうと！」

「それにわたしが何と言おうと？」とイモージェン。

「ええ、もちろん」フランはきっぱりと答えた。

10

インフルエンザの余波か、気分は落ち込むいっぽうだった。ベッドから出ているのも、ベッドにもどるのも気が進まない。フランは上階へ姿を消していた。

今朝の配達で届いた郵便物は、三通のダイレクトメールと呼出状――大学の紋章入りの便箋に記された、十日後に懲罰委員会の審理に出席せよとのお達しだった。イモージェンはそれを呆然と見つめた。もう怒りを燃やす気力すらない。例の学生は厚かましくも、自分のしたことをイモージェンのせいにしようとしているのだ。けれど度重なるジャネット・サマーフィールドの侵略のあとでは、怒りも涸れ果てていた。

イモージェンはとつぜん衝動的にコートを着て家の外に出た。晴れ渡った、じつにすてきな日だ。彼女はそのまま通りの端まで進んだ。まだベッドを出た初日だから、その先のグランチェスターへ続く小道をぜんぶではなく、少しだけ歩いてみるつもりで。けれど結局、柳の木々のあいだを蛇行する川を一望できるところまでは行かれず、幸運な一握りの若者たちがポニーを飼っている小放牧地のまえで、もうじゅうぶんだという気分になった。ふり向くと、通りの向こう端からシャールとパンジーがやってくるのが見えた。どちらも小切れが詰め込まれた枕カバーを持っている。イモージェンが手をふると、二人は立ちどまり、彼女がもどってくるのを待った。イモージェンは二人が来ることになっていたのを忘れていたのだ。

「ひどい顔色ね、イモージェン」パンジーが明るく言った。「出かけたりしていいの？」

「ううん、ほんとはだめなの」とイモージェン。「もう家にもどるわ。さあ入って、仕事にかかりましょう」

「そんな元気がありそう？」シャールが尋ねた。「どうしたの？　インフルエンザ？」

「その後遺症。感染の恐れはなしよ」

「よかった、じつはあなたの意見を聞きたかったの。十二のブロックをうまく配置して、ボーダーのデザインも決めなきゃならないから」

「意見を言うぐらいで死にやしないわ」イモージェンはにっこりした。「居間のテーブルは片づいてるし。それを並べてみて」

けれどテーブルだけでは広さが足りなかった。半時間後にフランがおりてきたときには、三人の女たちは居間のカーペットの上にパッチワークのブロックをずらりと並べ、床を這いずりまわっていた。

「うわっ」とフラン。「いったい何ごと？　その四角い布の星みたいな模様、好きだなあ！」

「これはひとつずつ見ると羅針盤の星の絵みたいでしょ」パンジーが説明した。「ところがほら、つなぎ合わせるとどうなるか見て」彼女は床の上で一群の四角いブロックを近づけ、それぞれのあいだにカーペットが見えないように、裁ち放しの縁《ふち》がわずかに重なるように並べなおした。そうしてつなげると、個々のブロックの縁の部分に細切れに見えていた布地――中央の大きな星の光のあいだの細長い三角形の部分——が結合し、いくつもの無地の星が浮かびあがった。全体的には、無地の背景の上に多彩な羅針盤の星模様を配したキルトにも見えるし、複雑に絡み合う色とりどりの図柄の中に無地の星をちりばめたキルトにも見える。最初はそのどちらか、次はもういっぽうというように、見方によってぱっと切り替わるのだ。

「うわーっ！」フランは歓声をあげた。「すごい！　そんなすてきなものだとは考えてもみなかった……」

「なかなかでしょ？」シャールが得意げに言う。

「最高よ。お婆ちゃんがよくキルトを作ってたから、みんなあんなものかと思ってた。お婆ちゃんはいろんな色や模様の端切《はぎ》れをぜんぶ同じ形に小さく切って、適当に縫い合わせるだけだったの。そんな効果を出せるなんて、ちっとも知らなかった。イモージェンが夢中になるわけね」

「これは赤十字の福引大会用の作品よ」パンジーが言った。「手伝う気はある？」

「もちろん。何をすればいい？」

「まずは、すてきな縁取りを考え出さなきゃならないの」とパンジー。「あとはそれにぴったりの布地をあれこれ選んで、必要な分量を割り出し、厚紙で型紙を作ったら、それに合わせて布地をカットする。そのあと、いろんな色と形のピースをおよそ一フィートの縁取りに必要な分だけあの小分け用のビニール袋に詰めて、われらが陽気なお針手チームに渡して縫いあげてもらうのよ」

「たったそれだけ?」フランは笑った。「じゃあ何か初心者向けの仕事をやらせて。ちなみに、〝お針子〟なんて言わないあなたの男女平等意識はみごとだわ」

「それじゃ布地を正確にカットできるように、アイロンをかけて平らにのばしてもらえる?」とイモージェン。

「これを手伝う人は誰でも色合わせも手伝えることになってるの」シャールが言った。「それと、残念ながらパンジーはとくに男女平等意識が強いわけじゃなく、たんに〈キルト愛好会〉の縫い手の一人は男性なのよ。じつのところパンジーはけっこう頭の古い前近代的な女性よ」

「だけど、継ぎ目をあなたよりまっすぐ縫えるわ」パンジーが落ち着きはらってやり返す。

「どんなデザインにもあんな連続模様があるの?」アイロン台に向かったフランはその新たな視点から、床に並べられた布地に目をこらした。

「視覚的な効果はさまざまだけど」シャールが答えた。「だいたいどこかに反復されるパターンがあるの。あなたのお婆ちゃんが作ったようなキルトでは、ひとつの形がずらりと並ぶわけだし――これは同じ図柄のブロックが何度も使われる。ひとつ置き、ふたつ置きに並べる手もあるし……」

しばらくするとフランはアイロンがけを卒業し、布地に印をつけてさまざまな形にカットする作業に移った。四人の女たちはあれこれおしゃべりしながら、着々と楽しく作業を進めた。

イモージェンはふと、シャールがペティクリー横丁の弁護士事務所でパートをしていることを思い出し、〝マレヴァ型差し止め命令〟なるものを知っているか訊いてみた。

「一種の財産凍結命令よ。何かの争いが解決するまで、すべてを現状のままにしておくの」

「なぜマレヴァ型なの？」

「マレヴァは船名よ。たしか入港税か何かの件で揉めて、その船は英国の司法権の及ばないところへ逃げ出そうとしていたの。それで判決が下るまで、今の場所に係留しておくように命令が出されたわけ。詳しくは知らないけど。必要なら調べるか、ボブに訊いてみるわよ」

「いいの」イモージェンは言った。「ちょっと興味があっただけ。その危機はもうすぎ去ったしね」

そこで当然ながら、イモージェンとフランは例の資料の奪還騒動をめぐるドラマチックな顚《てん》末《まつ》や、フランがマヴェラック博士のかわりにしている仕事について話すことになった。フランは前任者たちの件には触れず、サマーフィールドの謎の八月について説明しはじめた。するとパンジーがとつぜん、爆弾発言をした。

「わたしならギデオンについて何か知りたければ、メラニーに訊くわ」と言ったのだ。

「メラニーって？」フランは尋ねた。

「メラニー・ブラッチよ。長いこと彼の愛人だった人。彼女なら知ってるかもしれないわ」

布地を切ろうとしていたフランは肝をつぶして、鋏《はさみ》を宙に浮かせたままパンジーを凝視した。

「彼には愛人がいたの？」

「それも一人や二人じゃないんだから、とんだ助平よね。でもおもな相手はメラニーだった」

「でも……ぜんぜんそんな形跡はないのに。今しがた話した資料のどれにも、そんなことはほのめかされてもいなかったのよ」

「みごとに隠しとおされた秘密ってわけ？」とイモージェン。

「それどころか、彼は週に一度メラニーとお茶を飲むことになっていて、都合が悪くなると、ジャネットがかわりに電話で予定を変更してたのよ。こちらは考えただけでぞっとしたものだけど、メラニーは気にしてなかったみたい。それに彼女は夏に何度か、サマーフィールド夫妻が借りたトスカーナの別荘に一緒に行ったりもしていた。それがおぞましいのか進歩的なのかは、見方によるわ」

「だけどパンジー、どうしてそんなことを知ってるの？」イモージェンは尋ねた。

「メラニーはわたしの親友——というか、その一人なの」

フランは顔をしかめて両目を見開き、イモージェンをふり向いた。「ジャネット・サマーフィールドはきっと資料の一部を隠しておいたのよ。愛人がいたことを示すようなものは抜き取って……」

「それじゃなぜ、あんなに書類を取りもどそうと躍起になるの？　貸し出すものを検閲したのなら」

「ミスをしたから。彼女はミスを犯したの。それで、あの資料の中に何か愛人の件を知られてしまいそうなものがあったことに遅まきながら気づいて……」フランは途方に暮れたように言葉を切った。「でもそれが何だったのか見当もつかない。そんなことを匂わせるものはいっさいなかったのよ……」

「パンジー、その話はぜったい間違いないの?」シャールが尋ねた。

「間違いない。メラニーは彼に首ったけだったのよ」

「じゃあ彼女が勝手に空想してたとは考えられない?」

「何十年も? どうしてそんなことをするの? やけに長たらしい、手の込んだ芝居よね。とにかくわたしが言いたいのは、なぜ彼女に訊かないのかってこと」

「誰に邪魔されたって、訊きますとも」フランは言った。「彼女はどこに住んでるの?」

「ヒストン・ロードを少しだけ行ったところよ。以前はずっとバックデンに住んでたんだけど、介護付き住宅――高齢者用のフラットに移ったの。住所を持ってるわ」

パンジーがバッグに手を入れてアドレス帳を取り出すと、すぐにも貴重な情報を書き留めようと勢い込んだフランはアイロンを端切れの上に置き、黒々と焦げ跡をつけてしまった。

シャールが落ち着きはらって焦げた部分を切り取りながら、非難がましく言った。「わたしがシャツやカーテンを作るときは、あなたに助けを求めないように注意してもらわなきゃ」

「あの愛人の件が、人間性のどんな側面を示してるのかわからないけど――」やがてシャールとパンジーが立ち去ると、居間のほとんどあらゆる平面に残された糸くずと布切れをイモージェンと片づけながら、フランは言った。「とにかく今までに浮上した偉大なるギデオンに関する、唯一の興味深い話だわ」

11

インフルエンザのせいで、イモージェンはしばらく休みを取ったため、仕事場では新たな学生たちのファイルが山と待ち受けていた。彼女は午前中いっぱいせっせと書類を整理して、新入生たちが書き込んだ調査用紙にすばやく目を通し、何か自分が心にとめておいたほうがよい医学的な情報はないかチェックした。

正午には、へとへとに疲れきっていた。当然の報いよ、イモージェン――彼女は胸に言い聞かせた。これまでどれだけインフルエンザの犠牲者に、はやく仕事にもどりすぎだと小言を垂れてきたことか。だが当然の報いであろうとなかろうと、昼食まえにシェリー酒でも飲みたい気分だったので、ふと思い立ち、以前カレッジが感謝のしるしに与えてくれた特権を行使して、上級職員用の休憩室へ一杯やりにゆくことにした。

その休憩室はヴィクトリア時代に建てられた学舎の一角にあるみごとな部屋で、城跡の塚がある広々とした庭に面している。晴れた日には細長い窓いっぱいに陽が降りそそぎ、斜めに差し込む温かい光の中に、ごく小さな昆虫のように埃《ほこり》の微粉が漂っていた。ここには高級な社交クラブに通じる没個性的な心地よさがある。サイドテーブルにはあらゆる全国紙がずらりと並び、昨日の《ケンブリッジ・イブニング・ニュース》も置かれていた。いったい誰が最初に恥を忍んで《サン》と《スター》をリクエストしたのかは不明だが、おかげで誰もがわざわざ自分で買わなくても、ここに来ればそれらの大衆紙を読める――少なくとも、〝ちら見〟はできる――ようになっていた。カレッジのフェローたちはじゅうぶん事情に通じた上で、そうした煽情的《せんじょうてき》な低俗紙への軽蔑を示せるというわけだ。

イモージェンは堂々たるサイドボードに並んだデキャンタのひとつからシェリー酒をグラスに注ぐと、このカレッジのフェローが寄稿した記事――花粉化石による年代測定に関するものだ――が載った《ニュー・サイエンティスト》を選び取り、巨大なふかふかの肘掛け椅子のひとつに腰を落ち着けた。

するとたちまち、それまで部屋の向こう端にのんびりすわっていた誰かが立ちあがり、こちらへやってきた。マヴェラック教授だ。イモージェンは紙面に視線を落とし、記事に読みふけっているふりをしたが、彼はかまわず向かいの椅子に腰をおろして声をかけてきた。

「ご一緒してもかまいませんか？」

イモージェンはうなずいた。結局のところ、「いいえ」と言えるわけがない。

「じつは」しかるべき間を置いて、マヴェラックは切り出した。「フランセス・ブリヤンはお宅の下宿人だと聞きまして」

「そのとおりです」とイモージェン。

「どうやら、そのうえ――あなたとごく親しい間柄だとか」

「それなら嬉しいですけれど」イモージェンは彼にひたと目を向け、冷ややかに答えた。

「申し訳ない。差し出がましい口をきくつもりはないんですが……誰か彼女に影響を与えられそうな人がいないか尋ねまわっていたら、ベント博士にあなたをすすめられたんですよ」

「でもあなたは彼女の指導教官では？」とイモージェン。「ご自分で影響を与えられないんですか？」

「ええ、じゅうぶんには」マヴェラックは答えた。「すみません、あまりうまく説明できなくて。だが本当に、ミス・ブリャンについて誰かと話し合う必要があるんです。デリケートな問題なのはわかっていますが……」

イモージェンは好奇心に打ち負かされて、少しだけ口調をやわらげようとした。「話ならいつでもお聞きしますよ」「それがわたしのおもな仕事ですから」

「ありがとう」とマヴェラック教授。「つまりその、わたしは考えなしにミス・ブリャンを厄介事に巻き込んでしまったような気がするんです。あるいは……こちらの思いすごしなのかもしれない。それならいいんだが、しかし……」彼はみじめな顔で、ふつりと言葉を切った。

「マヴェラック博士」イモージェンは厳しい口調で言った。「よもやあなたはフランを危険な立場に追い込むのを承知の上で、サマーフィールドの伝記の執筆を任せたとおっしゃるつもりじゃないでしょうね？　もしもそうなら、彼女の友人があなたの言葉に耳を傾けるはずはありませんもの」

奇妙にも、マヴェラック博士はほっとしたようだった。「じゃあ思ったより、説明すべきことは少ないわけだ」彼は周囲を見まわし、話が聞こえる範囲の肘掛け椅子に誰もかけていないことを確かめた。「どうか信じてください、彼女を危険な目に遭わせるつもりなどさらさらなかったんですよ。出版社からの前払金が彼女の役に立つはずだと考えただけで。むろん、あのプロジェクトが難航してきたのは知っていました。だがどんな障害があったのかは見当もつかなかった。じつのところ、今でも半信半疑で……たぶんこちらが勝手にあれこれ想像して……」

彼は心を落ち着けようとしているようだった。「フランセスはふたつの点でわたしを驚かせました。まず最初に、この仕事の前任者は一人だけではなかったと発見したこと。わたしも前任者がいるのは知っていましたよ。だが三人——三人も！——いたなんて、このまえ彼女に聞かされるまでぜんぜん知らなかったんです。そして第二に、わたしは学者を目ざしている院生は、何というか……従順なものだと思い込んでいたんです。答えのない問題は無視しろと言えば——どんな伝記にも、未解決事項や失われた情報があるものだと言い含めれば——黙ってそれを受け入れ、余計な穿鑿《せんさく》はやめるはずだとね。ところが何と、彼女はわたしに公然と歯向かい、本人の言葉を借りれば〝天地がひっくり返ろうと〟真理を追究すると宣言したんです」

「それでこれ以上の調査はやめるよう、フランに忠告してみてほしいというわけですね？　でも言わせていただけば、そんな真理への情熱はよき学者としての資質を示すもので、あなたはそれに水を差すより、むしろ喜ぶべきなんじゃないかしら」

「あなたは統計学者ではないのでしょう」とマヴェラック。「けれど三人の人間が次々と妙なことになり、忽然《こつぜん》と姿を消してしまったりしたときに、その全員が同じ仕事をしていたとしたら——その奇禍《きか》が問題の仕事とは何の関係もない、たまたま起きた、たんなる偶然である確率はどれぐらいだと思いますか？」

「たしかにちょっと奇妙ですよね」イモージェンは認めた。「ただ、その三人のうちでマーク・ゼファーだけはいくらか事情がわかっていて、彼は髄膜炎《ずいまくえん》で亡くなったんです。正直いって、それが伝記の執筆とどう関係していた可能性があるのかさっぱりわかりません」

「まあ、わたしはその相次ぐ災難については何も知らないんですが」マヴェラックは言った。「要はこういうことなんです。もしもそれらが偶発的な事故なら、めったに見られない偶然だし――一件ごとに、ただの偶然である確率はいよいよ低下しているはずだ。そしてもしも偶然でないのなら、たんなる事故でもない。というか、わたしにはそんなふうに思えてね」

「そしてもし、たんなる事故でなければ？」

「それなら、サマーフィールドの伝記にかかわるのはひどく危険ということになりそうだ。しかもミス・ブリャンは……つまり、こちらはひどく責任を感じてるんですよ。わたしのせいで彼女が危険な立場になっている――かもしれないんですから」

「マヴェラック博士」イモージェンは言った。「あの仕事をご自身でやらずに、一人の学生に任された理由を正確に話していただけます？」

「いささか怠慢に見える、という意味ですか？　ええ、そう見えるのはわかります。まったく、皮肉なものですよ。さぞ退屈な仕事だろうと思いましてね。わたしの専門家としての興味は、欺瞞《ぎまん》を見つけ出すことです。人々が生きるようすがとしている、哀れな、虚飾に満ちた自己の理想化を看破して……だがあのサマーフィールドには、虚像をぶち壊す楽しみはなさそうだった。

壮大なまやかしの仮面を作り出す想像力など、持ち合わせないタイプですから。ちなみに何人かの数学者に当たってみたら、彼の業績は本物——正真正銘の大発見とみなされているのがわかりましたよ。まあ、ペンローズの後追いだったようですが。ペンローズは例の不可思議な平面充填法——二種の図形をあらゆる方向へ非周期的に並べ、ところどころにおぼろな五角形らしきものが見えるタイル模様を無限に広げてゆく方法を発見し、その業績で数学界をあっといわせた。えらく面白いものだそうですよ。サマーフィールドはそのバリエーションとも言える、おぼろな七角形が見えるパターンを考え出したんです。やはり面白い業績です」

「容易にはぶち壊せないような?」

「たしかに、数学者でない者には無理でしょう」

二人のあいだに、考え込むような沈黙が広がった。そのあと、「マヴェラック博士……」

「レオと呼んでください。でないと、自分のことだとは思えない」

「博士というのはまやかしの仮面?」イモージェンはついつい、面白がって尋ねた。彼はかすかに赤面するだけのたしなみを持っていた。「じゃあレオ——このことを警察に話すべきかしら?」

「それはもう試してみましたよ。青二才の警官にえんえんとややこしい供述をさせられて、彼がそれを一語残らず書き留めた。わたしの懸念は、そうした調査にたずさわる警官たちに報告されるということでした。だがあきらかに、彼らはわたしを頭のいかれたやつだとみなしていました。そこまで伝記作家たちの邪魔をする動機は何だと思うかと、しきりに知りたがっていましたよ。もちろん、わたしにはわかりませんでした」

「当然ながら、それはわたしも考えてみました。ジャネット・サマーフィールドはたしかにひどく好戦的な人のようだし……」

「しかし、伝記を書かせたがっているのは彼女なんですよ。ウェイマーク賞に間に合うように出版させようと躍起になっているのは……」

「でも何か後ろ暗い秘密があれば、彼女は隠しておきたいんじゃないかしら？」

「どんな後ろ暗い秘密を？」

「ひょっとして、夫の愛人とか」イモージェンは言ってみた。

「ああ、あれね。だがあれは彼の知人ならみんな知ってることですよ。とうてい隠しておけるわけがない」

「フランは渡された資料の中に愛人に関するものはいっさいなかったと言っていました。彼女がその件を知ったのは、まったくの偶然なんです」

「本当に？　ずいぶん妙な話だ。メラニーはぜんぜん恥ずべき存在じゃないのにな……少なくとも、今の時代なら。わたしならむしろ、あの退屈な男の唯一の勲章と考えるところですがね。すごくきれいな人でしたよ」

「彼女を知っていらしたの？」

「彼らみんなを知っていました、昔はね。われわれみんなが若かったころ――わたしがアメリカへ行くまえの話です。ともあれ、イモージェン。この件にどんな隠れた事情があるにせよ、どう見てもフランセスはできるだけはやく、当たりさわりのない本を書きあげるのがいちばんですよ。もう資料をあさりまわったりするのは、いっさいやめにして。そうすれば彼女に危害が及ぶ恐れはなくなり、こちらもみなリラックスできる。ところが、彼女はわたしのそんな忠告に猛然と食ってかかったんです。いやはや、少しは分別をわきまえるようにあなたから話してもらえるとありがたいんですが」

「やってみることはできるでしょう。でも成功する望みはあまりなさそう。彼女はとても独立心の強い女性《ひと》ですから」

「百も承知してますよ！」マヴェラックは恨めしげに言った。「わたしは平等主義には大賛成なんです、心の底から。しかし、おかげで女性たちが闘争的になるのも事実だ！」

イモージェンは立ちあがった。如才《じょさい》なく音量をしぼったベルがランチタイムを告げており、今日は大食堂で食事を取るつもりだったからだ。今では大いに不本意ながら、レオ・マヴェラックにいくらか好意を抱いていた。

「ほかにもわたしにできそうなことがあるので、やってみます」イモージェンは言った。「この警察署に友人がいるから、あなたの供述がほんとにゴミ箱ゆきになったのか、それとも何か手が打たれているのか確かめてみます」

「いい考えだ」マヴェラックも向かいの椅子のふかふかのクッションから腰をあげた。「それがわかればすっきりするでしょう。だがそら、肝心なのは、フランセスの安全を確保することですよ。万が一にも……」

「ただの事故ではない、悪さをされたりしないように？」

「まさしく」

「努力してみます」イモージェンは言った。

しばらくして、カレッジをあとにしようと門塔のアーチを通り抜けていると、各種のちらしやポスター、告知がところ狭しと並んだ掲示板に、ミル・レーン講堂での特別講義の知らせが貼り出されていた。ホリー・ポートランド博士による、十八、九世紀の絹および木綿のプリント地の年代測定に関する講義だ。イモージェンは立ちどまり、日時を手帳に書き留めた。これはぜひ聴きに行こう――シャールとパンジーも都合がつきそうならば誘って。


フランに忠告するのがむずかしそうなのは、イモージェンも覚悟していた。けれどもなぜか、燃えるような怒りを買おうとは予想もしていなかった。話をはじめて数分もたたないうちに、イモージェンはマヴェラック教授と話したことを白状させられていた。フランは身をこわばらせ、部屋の反対側からイモージェンを冷ややかに見つめた。

「そしていずれは、二十世紀伝記文学への女家主の貢献に関する研究論文がいくつも書かれることになるわけ？」

「フラン……」

「いいえ、イモージェン。これはちょっとした救急処置とはわけがちがうの。あなたはわたしに決して詳しく話そうとしない若いころの一時期を除けば、はっきり言って、これといった専門家としての経験も、実績もない。他人《ひと》のプロとしての仕事について、何を調査すべきだとかすべきじゃないとか、意見する立場にはないはずよ」

「フラン、ちょっと落ち着いて……」

「しかも、こそこそ隠れてわたしの指導教官とわたしのことを話し合うなんて……」

「フラン……」

「あなたが実の母親だって怒り狂うとこだけど、あなたはわたしの遠い親戚ですらないのよ、イモージェン。余計なお節介はやめてもらえる？」

それだけ言うと、フランはばたんとドアを閉めて飛び出していった。

「ふぅ！」イモージェンはどさりと腰をおろした。しばらくしてショックがおさまれば、どうしようもなくみじめになるのはわかっていた。だがそうなるまえに、電話のベルが鳴った。

「帰ったよ」マイクの声だった。「どこかで軽くランチをして、散歩でもどうかな？」

「まあ、ええ、マイク。楽しそう。今度の日曜は？」

「もう少しはやく。よければ今日にでも」

「仕事中じゃないの？」

「休暇ぼけを癒すために、ちょっと余分に休みを取っておいたのさ。どうしたんだ、イモージェン？　何かまずいことでも言ったかな？　いつもの〝電話をもらえて嬉しい〟って声じゃないぞ」

「あらマイク、もちろん嬉しいわ。ただちょっとショックなことがあって――あなたとは関係ないことよ。それに、今日なら大歓迎……」

「たしかにマイク・パーソンズお兄ちゃんがちょっぴり元気づけてやったほうがよさそうな感じだな。ぼくと関係ないのなら、行方不明者たちと関係のあることかい？」

「少しだけ。今しがた誘ってもらった散歩のときに話すわ」


「そりゃあ、マヴェラック教授の訴えがちゃんと調査されてるか探り出すことはできるさ」マイクは言った。「だがまず間違いなく本人の印象どおり――連中は彼を満足させるために供述を書き留め、ファイルにおさめて、仕事にもどったんだろう」

二人はリヴェイ・ヒルの頂上に立っていた。給水塔のすぐ向こうの、木々がまばらになるあたりで、眼下にはみごとな景色が広がっている。といっても、ここは必ずしも高い丘ではない。標高百フィートにも満たないはずだが、それでもごく平坦なこの地域ではとびきりの眺望を楽しむことができた。どこまでも穏やかに波打つ青みがかった大地を一望におさめ、リントンの小さな町――それとも大きな村だろうか？――を見おろすのは、それだけで最高の気分転換になる。去年はふもとの畑一面がアブラナのまばゆいほど鮮やかな黄色に染まっていたものだが、今年はアマのくすんだ青色におおわれ、曇り空の下のよどんだ湖さながらに見えた。

「でもマイク、なぜ？　どうして警察は興味を示さないわけ？」

「彼らの仕事は犯罪を解決することで、なぞなぞを解くことじゃないからさ」

「だけどこれは犯罪、それも数件の犯罪かもしれないのよ」

「そうは言うけど——どんな根拠がある？　ひとつの奇妙な偶然。それに大事な友人の身に何か起きかねないという、きみなりの懸念。その友人は目下のところ、元気でぴんぴんしてるんだ」

「でも……」

「いいから聞いてくれ。きみの質問に答えてるんだから。さて、かりに三件の犯罪が起きたとしよう。まずは何か知らんが、イアン・ゴリアードにふりかかったこと。うさん臭いメイ・スワンの失踪。それに一見、自然死のようだが、どうにも不自然だときみがほのめかしている——」

「そんなふうに言った憶えはないわ。髄膜炎は……」

「いや、きみはそうほのめかしてるよ。そうとしか思えない。で、それらの犯罪が起きたとすれば、犯人の動機は異例の——奇怪きわまるものだ。いつも警察が扱い慣れているものとは似ても似つかない。ただの情欲や嫉妬、さもしい金銭欲、復讐や怒りじゃないし、自己防衛ともちがう。伝記がどうとかいう、何やら常人にはうかがい知れない動機——それも法を守って退屈きわまる人生を送ったらしい、今は亡き大学教師の伝記をめぐるものだ。正直なところ、イモージェン、話にならないよ。それに警察は忙しいんだ」

「わかるわよ。でもまんいちフランに何か起きたら、どうなるの？」

「そりゃあ、それなら少々笑いごとじゃなくなるだろうな」

「じゃあ三つの遺体は偶然かもしれないけど、四つ目になれば……」

「おいおい、まだ三つの遺体があるわけじゃないぞ！　例のメイ・スワンはすぐにもひょっこり姿を見せるかもしれないんだ――生死はべつとして。それにイアン・ゴリアードがどうなったのかは、誰にもわからないだろ？　ひょっとすると彼はサッカーくじでも当てて、フロリダへ移住したのかもしれない」

「調べ出せるかしら？」

「かもな。わかったよ、やってみる。いいね？　さてと、ぼくの休暇について何か訊く気はないのかい？」

12

「ごめんなさいね」フランが言った。

「いいえ、わたしのほうこそ」とイモージェン。

「そんなつもりじゃなかったのに……」と同時に切り出し、二人は声をあげて笑った。

「もちろん、わたしにはあなたのことを心配する権利なんかないわ」イモージェンは言った。

「いつから大の親友には心配する権利がないことになったの？」とフラン。「わたしはちょっと過敏になってるんだと思う。脅しに屈して不本意な仕事をしたりはすまいと意地になるあまり、味方も敵も見境なく攻撃しまくってるの」

「いい説明ね」イモージェンは悲しげに言った。「でもあの非難は的《まと》を射ていた」

「どっちでもいいから、もう仲直りしましょ。あなたに話したいことが山ほどあるの」フランは言った。

よく晴れた気持ちのいい朝で、二人の女たちは裏のドアから小さな庭に出ていった。キッチンの窓の下の、ヨークストーンが敷き詰められた南向きの一角には、風雨にさらされて銀灰色になった古い頑丈な木製のベンチが置かれている。そのすぐ横のフェンスを這いのぼっている一株のコウシンバラが、ほんのいくつか色鮮やかな遅咲きの花をつけていた。ちっぽけな芝地の向こうでは、節くれだったリンゴの古木が裏庭の幅いっぱいに枝を広げ、まだ固い小さな青い実と、まだらに降りそそぐ金色の光に点々とおおわれている。

二人はベンチに腰をおろして両目を閉じ、明るい十月の朝の光をふり仰いだ。

「メラニーに会ったの」とフラン。

「それで?」イモージェンは両目を開いて、居ずまいをただした。

「いろんなことがわかった。彼女はとめどなく話し続けてね。逃げ出すのが大変だったぐらいよ」

「ねえ、はやく聞かせて」

「ええと、要はこんなところかな。彼女は生涯を通じて、サマーフィールドとたいそう親しかった。学校で一緒になるまえからよ。二人はパルマーズ・グリーンのテニスクラブで出会ったの。メラニーは彼にちょっぴり心を引かれてたけど、ほかにもボーイフレンドがたくさんいた。

そのあと彼がケンブリッジに進学すると、ジャネットが猛然とアタックしてきて、なりゆきを静観したメラニーは彼を失った。ただし、その後も彼と——彼らみんなと——ちょくちょく会っていた。親しい友人同士の小さなグループがあって、たえず連絡を取り合ってたの。意外なことに、マヴェラック教授もその一人だったみたいよ——仕事でアメリカへ行くまでは。あなたはそれを知っていた?」

「彼が話してくれたわ」とイモージェン。

「そんなこと聞いてない……」

「話すチャンスがないうちにあなたに食いつかれたからよ。さあ、続けて」

「そのうえ、何と!——例のイアン・ゴリアードとやらもそのグループの一員だったの」

「ほっほー。筋書きが込み入ってきたわね……」

「そうでしょ? で、メラニーはイアン・ゴリアードについてもいろんなことを知っていた」

「たとえば、彼は今どこにいるかも?」

「ううん、それは知らないって。でも彼があの伝記の執筆を何よりもまず、旧友への手向《たむ》けとして引き受けたことはたしかだそうよ。どうやら、ゴリアードは大金持ちみたいでね。伝記はお金のためじゃなく、偉大なるギデオンの格調高い回想録になるはずだったの。でもその構想は急速にしぼんでいった。メラニーによれば、彼はジャネットにしじゅう追いまわされて、家族の記録やら古い日記やらを、百科事典がまるまる一冊できるほど押しつけられてたの。ゴリアードが考えてたのは、偉大な学者の学界への貢献に的《まと》をしぼった薄めの本だったのに……ジャネットときたら、彼に何か月もかけてギディの洗濯物のリストまで読むように迫ってたのよ」

「誰のですって？」

フランは笑った。「おかしいでしょ？　わたしはすっかり彼のことを干からびた古老みたいに考えてたのに、メラニーは〝懐かしいギディ〟なんて呼ぶのよ！　ねえイモージェン、彼女がほんとに愛情深い、楽しげな口調で彼のことを話すから、わたしにもサマーフィールドの生身の姿が見えてきた。彼をほんとに好きだった人がいるんだって思ったら――わかるかな？

ええと、どこまで話した？」

「ゴリアードの件よ。彼は洗濯物のリストまで読まされたとか……」

「そのくせジャネットは彼がギデオンの足跡をたどって、ギデオンが生前に訪ねたあちこちの場所へ行こうとすると、敵意をむき出しにしたの。メラニーによれば、ゴリアードは詩人で、いくつかささやかな詩集を出していた。彼としては、すべての背景をなす風土――あの偉人が歩んださまざまな土地にまで話を広げて……そんなたぐいの本にしたかったのよ。ジャネットがそれを阻む気なのがわかると、彼は国外へ逃げ出した。さっさと伝記の企画を出版社へ投げ返してね。メラニーがそれを知っているのは、ざっと包んだだけの書類の返送を彼に頼まれたからよ」

「それで、彼はどこへ行ったの？」

「おそらくはタイ。あるいは中国。彼は裕福だし、世界じゅうにボーイフレンドがいてね。好きなだけぬくぬく隠れていられるの。友人たちも彼の住所を知ってたためしがないそうよ。手紙はロンドンの銀行宛てに書くんですって」

「ともあれ、これであの伝記の数奇な来歴が解明できたようね。以前のあらゆる書き手のことがわかったわけだから」

「ええ。それにわたしには、ジャネット・サマーフィールドが何かを隠したがってるのがいよいよはっきりしたみたいに思える……」

「そしてその〝何か〟は、どこかの場所に関係がある……」

「ギデオンが例の一九七八年の謎めいた夏の一部をすごした場所に。そんなふうに見えない?」

「で、そのこともメラニーに訊いてみたの? 彼女は何と言っていた?」

「彼女はすごく協力的だったけど、あまり役には立ちそうもない」

「説明して」

「ええと、彼らはたいていみんなで一緒に休暇をすごしたみたいでね」

「みんなって?」

「ジャネットと〝ギディ〟とメラニー――彼女は仲間内では〝メロン〟と呼ばれてたらしいけど――、それにイアンとほかの何人かの、ケンブリッジ時代の友人たちよ。メレディスとかいう人や、一度はマヴェラックまで一緒だったみたいでね。彼らはアルプスの山小屋《シャレー》やエクスムーアや湖水地方のコテージを借りて、何ケースものワインやフォートナム・メイソンの籠詰め《ハンパ》食料品《ース》、それにスクラブルボード（字並べ遊び用のゲーム盤）――ギデオンはスクラブルが大の得意だったそうよ――を持って、みんなでそこへくり出したの。そして乱痴気騒ぎをしたり、互いのベッドにもぐり込んだり、朝寝坊したり、毎日午後には散歩をしたりした。懐かしのギディはそれを夏の〈底抜け騒ぎ〉と呼んでたみたい」

フランの口調のかすかな変化に気づき、イモージェンは尋ねた。「あなたはどう思う、フラン？ つまり、そういうはめのはずし方について」

「ぞっとする。滑稽《こっけい》よ」

「たぶん当時の彼らには、すごく解放的な感じに思えたのよ」

「あら、ええ、そうなんでしょうね。おかげでメラニーにもチャンスができたわけ。わたしなら、そんなチャンスはつかまなかったと思うけど。すごくみじめだったはずだもの。とりわけ休暇が終わってみんなが家にもどるときには。ジャネットとギデオンはボティシャムの夫婦の寝床へ、メラニーはひとりぼっちのフラットへ向かうのよ」

「でもそこへ彼が毎週のようにやってきて……」

「彼は行かされてたの」

「え？」

「ジャネットが行かせてたのよ。女好きの夫が処女メラニーを凌辱したのなら、彼女がほかに満足させてくれる相手を見つけるまで相手をするのが彼の務めだと考えたみたい。ところがメラニーはほかの相手を見つけず、その訪問は長年続くことになった。何と、彼が亡くなるまでね」

「父がよく言ってたものよ、『世の人々ほど奇妙なものはなし』って」イモージェンは言った。

「まさにそう」とフラン。「しかもじつはさらに奇妙でね、イモージェン。メラニーとギディはすぐにまともにセックスをしたがらなくなったのよ。あるとき例の〈底抜け騒ぎ〉のあいだにほんの何度か、ワインとトスカーナの陽射しに誘われてそんな関係になったからって、ほんとはいつまでもそれを続けたいわけじゃなかったの」

「でも、それならどうして……」

「彼は自分が必要とされていないことをジャネットに打ち明けたくなかった。メラニーのほうも狡猾《こうかつ》なライバルに、自分には魅力がないなんて打ち明けたくなかったの。二人は互いに好意を持っていたしね。だからときにはほかの逢引の隠れ蓑《みの》にしたりして、ただ静かにお茶を飲みながらおしゃべりしてたのよ。初めは、いずれジャネットにも話すつもりだったんじゃないかな。だけどそのうちに、週に一度の気楽なおしゃべりが習慣になって……ともかく、ついにジャネットには話さなかったの」

「でもあなたはそれを——ごく一部だけでも——ジャネットを含むみんなが読むはずの伝記に書けるわけ？」

「ええ、そうしたければ。メラニーはかまわないそうよ。ギデオンの存命中はジャネットと揉めごとを起こしたくなかったでしょうけど、今はもうどうでもいいみたい」

「それにしても、妙な話ね」イモージェンは考え込んだ。「誰かと寝てないことを隠しておかなきゃならないなんて……」

「まあ、あの人たちはみんないくらか変人だから」フランは陽気に言った。「でもわたしはちょっとわかる気がする。だってほら――彼がそれほど長年欠かさずメラニーを訪ねてたのに、それがセックスのためじゃなかったのなら、愛のため――真の愛情からだとしか思えないでしょ。そして法律上の妻のほうは、ほかの女と真の愛情を分け合うよりは、愛しい夫は性欲が過剰で予備の相手が必要なんだと考えるほうがはるかに楽なんじゃないかな……わたしはそう思う」

「たぶん、そのとおりなのよ」とイモージェン。「不可思議な話だけど、真相はそんなところでしょうね。それを見抜いたあなたはほんとに鋭いわ。だけどメラニーも例の謎の休暇のことは知らないわけ？　彼女ならほとんど何でも知っていそうなものなのに」

「ええ、でもそれは知らないって。ただし、彼女は一九七八年の八月のことははっきり憶えてるのよ。その夏はモルヴァン丘陵のコルウォールにコテージを借りたの。みんなであちこちの丘にのぼって、観光客でいっぱいの広々とした野原を見おろすつもりでね。ところがじっさいは、ひどい喧嘩騒ぎになったのよ。そのコテージはせますぎて、何人かが友人を連れてきたら、ぎゅうぎゅう詰めになってしまったの。しかも、ギデオンがスクラブルでずるをしたと言いだす者があらわれて……みんなでさんざんなじり合い、ギデオンは出ていったらしいわ」

「ジャネットを連れて、それとも置き去りにして？」

「ジャネットは連れずに、メレディスの友人と一緒に。メラニーには彼らがどこへ行ったのか見当もつかないそうよ。とにかく四日後にもどったときには、その二人は互いに口もきかなくなってたの。おかげで誰にとっても、その夏のお楽しみは台なしになったわけ」

「そうでしょうとも！」

「でもメラニーは本当に嘘偽りなく、ギデオンがどこに行ったのかは知らないそうよ。当時は彼のふるまいにすごく腹を立ててたから、以後もその件には決して触れなかったの。メレディスも翌年は友人を連れずにやってきたし……」

「無理ないわ……でもフラン、あなたはこのあとどうするつもり？」

「さあ、わからない。じっくり考えてみる」

「それだけの新情報で満足する気はないの？　今しがたわたしに話してくれた顚末《てんまつ》を書いて、その四日間のことは放っておくという意味だけど」

「ないわ」フランはぐっとのびをして、立ちあがった。それからぶらぶら歩を進め、大きなしおれかけたバラの花に鼻を突っ込んだ。たちまち、彼女の足元に花びらが盛大に舞い落ちた。

「たぶん、わたしはほかの誰より先へ進んだはずよ。今ここでやめたら、腰抜け《カワーディ》カスタード（子どものはやし言葉）もいいとこよ。それはそうと、カスタードのどこがそんなに腰抜けなのかな。知ってる？」

「見当もつかないわ。若いころは、立ち向かうのに少々勇気のいりそうな手ごわいカスタード（カスタードには〝ゲロ〟の意味もある）に出会ったものだけど……」

「それはみんな同じでしょ？」フランは陰気に言った。

13

布地の年代測定に関するホリーの講義は、五時にミル・レーン講堂で行われることになっていた。ときおり横殴りの雨が降る荒れ模様の寒々とした午後で、一気に冬が訪れたようだった。シャーリーとパンジーがイモージェンを迎えにくると、三人の友人たちは会場まで車で行き、まんいちシルヴァー・ストリートに空きがなければ、近くのショッピングセンターに駐車することにした。

町じゅうが芝居がかった不吉な光におおわれていた。濡れそぼった路面のきらめき、黒々と垂れ込めた雲を縁取《ふちど》る、銀色の輝き。雨水でつやめく傘をさした人々が小走りに行きすぎ、あちらこちらのビルが薄暮の中にぬっと姿をあらわす。その中でほんのいくつかの商店の窓の奥の温かい金色の灯火が、舗道に菱形の光を投げかけていた。

講義の会場はがらすきで、聴衆はせいぜい三十人といったところだったが、この天候が格好の言い訳になりそうだった。イモージェンはシャーリーとパンジーのあいだに腰をおろした。三人とも、新たな知識を学び取ろうとノートと鉛筆を持参していた。ホリーは演台の奥にすわってスライドを回転式トレイに入れ、そのかたわらで技術者がプロジェクターをセットしている。

やがてホリーが顔をあげて誰かに手をふったので、イモージェンが周囲に視線をめぐらすと、マヴェラック教授が部屋のまえへと進んでゆくのが見えた。ここ数分のあいだに講義室はかなりいっぱいになっていた。聴衆はほとんど女性ばかりなので、マヴェラック教授の姿は少々目立ち、イモージェンもつかのま驚かされたが、そういえばホリーは彼と親しいのだと言っていた。おそらくマヴェラックは講義のテーマより、演者のためにやってきたのだろう。さらに開始直前になって、お偉方の一団がぞろぞろ姿をあらわした。フィッツウィリアム博物館の理事たちと、後援会の委員たちだ。ホリーが立ちあがってマイクに向かい、話しはじめた。

その後の一時間に、イモージェンは山ほど多くのことを学んだ。十八世紀の全般を通じて、インド産のチンツ——柔らかく、耐久性に富み、水洗いしても美しい染柄が色褪《いろあ》せない綿布——が西洋人たちにどれほど熱狂的な人気を博したか。インドの人々はいかにして、西欧の製造業者よりもはるかにはやく高度な染色法をマスターしたか。そうした布地の着用を禁じたり、莫大な関税を課したりして、国内のウールやシルクの生産者を保護しようとした西欧側の試みが、いかに悲惨な失敗に終わったか。その結果、人々は貴重なチンツをほんの小さな端《はぎ》切れまで大事にため込んで、キルト作りに再利用するようになったのだ。

ホリーはスライドを使ってチンツのデザインの変遷をたどってみせた。おもなきっかけは、ロンドンの東インド会社がインドの製造業者に、英国人好みの色や柄をリクエストしたことだった。〈以後はできればもう少し白地の部分が広く、キルトに使用する小切れの中央に、枝付きの花が色とりどりに描かれたものを送られたし。現在は入荷する布地の大半がくすんだ赤い

地色で、あらゆるバイヤーに喜ばれるものとは言いがたく……〉
その後間もなく、英国の裁縫好きの女性たちはインドのデザインをまねた刺繡《ししゅう》やステッチをするようになり、かたやインドの製造業者は綿布に英国風の図柄を取り入れるようになったので、ついにはメーカー側の嗜好《しこう》と消費者の嗜好は渾然《こんぜん》一体となってゆく。そうした流れは、港で密輸業者たちから没収された木綿製品の目録からも大まかにたどることができ……イモージェンはホリーが次々と映し出す古い布地のスライドに夢中で見入った。

いちばん興味深かったのは、後半の一連のスライドだ。ホリーはアメリカで生まれた新たな産業、アンティーク・キルトの偽造について語りはじめた。年代物のキルトがしだいに高値で取引される稀少品になってゆくと、当然ながら、新品を古く見せかけて不正に儲けようとする人々があらわれたのだ。

ホリーは色褪せて擦り切れたとても魅力的なキルトを映し出してみせた。続いて、その中の布片《ピース》のひとつの傷んだ部分の拡大画像と、本物の古いベッドカバーの色褪せたピースの画像。そうして並べると、違いは一目瞭然だった。偽物のほうは傷みが不ぞろい――というか、ホリーにうながされて注意深く見ると――目立つところに集中している。本物の古いキルトでは、傷みはむしろピースの端に集中していた。布と布が引っ張り合う継ぎ目や、縫いしろが重なり合って生地が分厚くなっているところ。それに羊毛をざっとほぐしただけの詰め物が毛玉になって膨らんでいるところだ。さらに、偽物は退色が縫い目にまで広がっているのに対し、古いキルトは糸をほどくと縫い目の布地は色鮮やかなままだという。いずれにせよ、少しでも観察眼のある者なら、布地の染め模様のいわく言いがたい雰囲気だけで古いものか見分けられるはずだとホリーは言い、それはイモージェンにも理解できる気がした。

最後にホリーは制作年代の入ったキルトの画像をえんえんと映し出してみせた。現存する英国最古の作品と言われる一七〇八年作の〈レヴェンズ・ホール〉の寝台用カーテンを皮切りに、二十世紀なかばまでのキルトを年代順に並べたものだ。例の枝付きの花々が主流になってゆく過程を示した一連のスライドと同様に、今度はおよそ二世紀半にわたる図柄や色の流行の変化が見て取れた。その歴史的なカタログがイモージェンの誕生後の時代に達すると、驚くほど見覚えのあるデザインが登場し――どのキルトも彼女自身か友人たちの服から作られたのかと思うほどだった。硫黄色や鮮やかなターコイズブルーが使われた五〇年代のプリント模様には、いまだにたじろがずにはいられない！　ただし布地が変わっても、パッチワークの基本的なパターンや、それが何度も反復される構造は変わらない。千差万別の色調や模様の小切れで作られてはいても、パッチワーク・キルト自体は何世代にもわたって女たちに受け継がれてきた、きわめて伝統的なものなのだ。素朴な名前を持つ種々のパターンが時を超えて何度も登場することからも、この工芸が母から娘へ、あるいは教会の裁縫クラブで連綿と伝えられてきたのがわかる。

講義が終わると、ホリーは崇拝者たち――レオ・マヴェラックもその一人だ――に取り囲まれてしまったので、イモージェンは静かに会場を離れ、二人の友人たちと〈錨亭《アンカー》〉で一杯やったあと、家路についた。

その夜は一冊の本を手に寝床へ向かったものの、それを読むのも忘れ、ホリーが見せてくれた多くのキルトについてあれこれ思いめぐらした。もちろんあの作品の一部は、金銭で買えるものより手製のものを好む、時間と懐《ふところ》に余裕のある良家の婦人が作ったものだろう。けれども多く——というより、ほとんどのキルトは、貧しい平凡な女たちが必要に迫られて作ったものだ。巧みな裁縫の腕ばかりか、あんな色彩と構図のセンスを持っていたその人々は、いったい何者なのだろう？　たとえつたない作品でも、画一的な工業製品にはめったに見られない魅力と愛らしさがあるし、とびきりの達人たちの作ともなれば、息を呑むほどすばらしい。家のベッドにかぶせて、ぼろぼろになるまで洗濯するかわりに、画廊の壁に飾れば人気をさらうこと間違いなしだ。

イモージェンは最近、なぜ偉大な画家はみな男性なのかを論じた本を読んだばかりだった。著者はいくつもの理由を挙げていて、どれもそれなりにうなずけたが、女性は油絵や水彩画ではなく、布や編み物で表現したからだという指摘は見当たらなかった……。

イモージェンはそうした過去の女性たちすべてに、計り知れないほどの温かい連帯感を覚えた——芸術とはみなされない手仕事に黙々といそしんだ、社会の片隅のエリザベスやジェーンたちに。そしてさきほど目にしたパターンのひとつをベースにした、自分なりの傑作を夢想しはじめた。

やがてそっとドアをたたく音がして、ごく低いフランの声が聞こえた。

「イモージェン……起きてる？」

「どうぞ！」イモージェンは答えた。

フランは室内に入ってくると、小さな育児椅子に腰をおろした。イモージェンは毎晩その椅子に脱いだ服をかけておくのだが、それは無造作に床に投げ出された。

「きっと起きてると思った」フランは言った。「明かりが見えたから」

「ちょっと考えごとをしてたのよ」とイモージェン。

「おかしな偶然ね。わたしも考えごとをしてたの」

「どんな？」

「何と、伝記作家について。つまり、誰かの伝記を書くことについてよ。たとえば、相手は生涯に一度だけ輝かしい一年間をすごした人物で……」

「キーツみたいに？」

「……その人のことを十年がかりで調べて伝記を書くとしたら？　すごく大変なことじゃない？　そこまで他人の人生に自分の人生を注ぎ込むなんて。理論上は、一生かけて他人の一生を解明したっていいわけだけど、それは自分より相手のほうがずっと重要な興味深い人間でなきゃ割に合わないはずでしょ？　つまり、どう見ても伝記の題材になるのはそんな人たち——他者の人生の一部を奪うだけの価値がある生涯を送った人たちであるべきなのよ。ところが現実には、出版されてる伝記の多くはさほど重要でもない人たち——かすかに聞いた憶えはあってもほとんど忘れ去られた人たちや、有名人の妻に関するもので……」

「わたしの経験では、当の本人より妻のほうが面白い場合が多いけど」イモージェンはチクリと言った。

「あら、さっきの発言は女性を軽んじたわけじゃない――有名人の夫にだって当てはまるはずよ」

「わたしのほうも、べつに男性を軽んじたつもりはないわ。一組のカップルがいたら、たいていは有名じゃない人のほうが面白いってことよ」

「それは気づかなかったけど、あなたの言うとおりかも」

「ともかく真の問題は、なぜみんなが長年かけて二流のセレブを世に喧伝《けんでん》するのかってことね?」

「生活費を稼ぐため?」

「プロの作家になる足がかりとして?」

「知識の普及に何がしか貢献するため?」

「世間の記憶から葬り去られるのを防ぐため?」

「題材と著者自身の両方がね……」

「だけど、あなたの伝記の場合は著者のほうがあっという間に葬り去られそう……」

「せいぜい気をつけてるわ――本当に」

「はやく自伝の研究に取りかかってくれたほうがこちらは安心よ」

「いったいどうすればあなたのお気に召すのかわからないけど、イモージェン」フランは言った。「ほんとはこれを訊きにきたの――何日かウェールズへ行きたくない?」

「あなたと？　いいわね。いつ？」

「明日か、あさってに発つのはどう？」

イモージェンは手帳に手をのばし、すぐに都合が悪いことに気づいた。「あさってはケンブリッジにいなきゃならないの、フラン。来週にのばせない？」

「あらら！」とフラン。「だったら、一人で行くしかなさそうね。それとも、そちらの予定を変えられるかな？」

だが例の懲罰委員会の審理の日だ。「そりゃあ、できればそうしたいのよ」イモージェンは悲しげに言った。「でもウェールズは逃げ出したりはしないはずだし……」

「じゃあ、またべつの機会に」フランは言った。「おやすみなさい」

懲罰委員会の審理は、大学の旧校舎《オールドスクールズ》で開かれた。奇妙なもので、イモージェンはこれまで幾度となくトリニティ・レーンをたどり、キングズ・カレッジの構内を横切ったり、クレア・カレッジのすばらしく美しい庭を通り抜けたりしてきたのに、どこか近寄りがたくそそり立つこのゴシック復興様式の旧校舎にはついぞ足を踏み入れたことがなかった。けれど入り口のアーチを通り抜けると、ヴィクトリア時代の改装者たちが何とか壮麗に見せようとした中庭の奥には、美しい教会のような中世の建物が慎ましくたたずんでいた。南側のドアのひとつから中に入ると、そこは現代の大学事務局が何とかオフィスらしく整えようとした近代的な部屋で、イモージェンは二階へあがるように指示された。

不正を告発された若者は、通例どおり審理の一部始終をカメラにおさめるように求めていた。大学側の二名の上級メンバーとともに陪審団に加われるはずの二名の下級メンバーは指名されていない。たしかに同じ学生仲間に裁かれたがる者などめったにいないはずだし、その審理が公開されるのを望む者は、さらに少ないはずだった。そんなわけでイモージェンが着いたときには、テーブルの奥の席に着いているのは三人の男たち——議長と二人の上級メンバーだけで、問題の学生フラミンガムは、カレッジの教務主任の横に青ざめた顔で身をこわばらせてすわっていた。結局のところ、彼が雇うと息巻いていた弁護士の姿はない。

やがて規律監督官が大学当局にかわって正式に苦情を申し立て、検察官役を務める法務部長が審理すべき案件について説明しはじめた。

それによれば、被審理者は先の優等卒業試験で天才的な、完璧とすらいえる解答を提出した。その問題は論理的な思考を要するものだったが——被審理者の推論が書かれた解答用紙は、いったん折りたたまれたあと、平らにのばされていた。その用紙は彼が使った九枚のうち三枚目のものだった。折り目があるのはその一枚のみで、それには彼が高評価を得る根拠となった重要な部分が記されていた。しかもそれは折りたたまれていたのみならず、四辺に小さなへこみが確認された……。

法務部長はまっさらな紙を一枚取りあげ、四つに折りたたむと、ペンをクリップで留めつけた。それからペンをはずして紙を広げ、被審理者の解答用紙と比較してみるよう一同にうながした。

二枚の紙が手から手へとまわされ、注意深く調べられた。みなが次々と光にかざし、ためつすがめつしている。イモージェンは後方の席に静かにすわってそれを見守った。とりわけ、フラミンガムに目をこらして。

彼はしゃちほこばった姿勢ですわり、唇を固く引きむすんでいた。目のまえのテーブルにメモ帳を置き、ときおり何かを走り書きしている。肩から突き出た頭の角度がどこか奇妙で――首がこってでもいるように、顔をわずかにあげ、それを補《おぎな》うように視線を下へ落としている。反抗？　虚勢？　いや、みじめでならないのだろう。あきらかに、全身から失意がにじみ出ている。まあ結局のところ、不正行為を告発されるのが楽しいはずはない。

その後は事実がひとつずつ慎重に確かめられていった。ランダム賞を受賞したラフィンコットの小論文について。フラミンガムの解答とラフィンコットの受賞作の驚くべき類似性と、折りたたまれた跡のある解答用紙について……どれもたしかに、フラミンガム青年にいささか分《ぶ》が悪く見える。

法務部長が彼にじかに質問しはじめた。

「なぜこの解答用紙は折りたたまれていたのかな？」

「ぼくはかなりはやめに書き終えたんです。それで暇つぶしに、解答用紙をあれこれいじくって……それは無意識に折りたたんだのだと思います」

「きっちり四つに？」

「神経が昂《たかぶ》ったときの癖なんですよ。一部の人たちが鉛筆を嚙《か》むのと同じで、ぼくは紙を折る」フラミンガムは自分のメモ帳をさし出した。今しがたまで何か書いていたページがふたつに折りたたまれている。

　おかしいわ、とイモージェンは考えた。彼が紙を折るのは見ていなかった。法務部長も、いささか妙だと考えたとみえる。

「きみは緊張のあまり、九枚の解答用紙のうち一枚だけを折りたたみ、しかもそれはきみの論文の肝心かなめな部分だったというわけか」

「ぼくは何も考えずに折ったんです。それがたまたま、あの一枚だったんですよ。きっといちばん上にあったんじゃないかな」

「そしてきみの神経質な癖は、折りたたんだ紙の端にペンをクリップで留めつけることにまで及んでいるのかね？」

「さっきも言ったように、暇を持てあましてたんです」

「ほとんどの者はその間に自分が書いたことを必死にチェックするものだが。きみは気にならなかったのかね？」

「ええ」とフラミンガム。「どうして気にしなきゃならないんです？　うまく書けたのはわかっていたのに」

「ほかの学生のランダム賞受賞作とそっくり同じに書けたことがわかっていたんだな」

「ある意味では。でもあなたの言うような意味じゃありません。ぼくはあの問題をラフィンコットやその他の連中と仲間内で議論したことがあるんです。みんなであれこれ話して、最上のアプローチを考え出したんですよ。それのどこが悪いんですか？　ラフィンコットのほうは、ぼくからアイデアを盗んだと責められたりはしていないのに！」

「どうやらラフィンコットはケンブリッジに入学して以来、ずっとトップクラスの成績だったようでね。彼が理論上の難問に独自のアプローチを考え出しても、誰も驚かないのだよ。かたやきみの指導教官は、きみがそれをしたと知って驚愕している」

「あの人とは馬が合わないから」フラミンガムは言った。「あの人はぼくが好きじゃないんです」

「彼が個人的な反感からきみの能力について虚偽の報告をしたというのかね？」

「必ずしもそういうわけじゃないけど。ぼくもあの人が好きじゃないから、あの人のために猛勉強したりはしなかった。わざと怠けてたんですよ。それであちらはぼくの本当の能力を知らないんです」

「するときみは自分の能力が指導教官にどう見られていようと、この解答をもっぱら自力で書いたというのだな？」

「はい」

左右の席にすわったカレッジの生活指導係と教務主任が、懸命にフラミンガムの注意を引こうとしている。

「……つまり、たしかにそうだけど、薬の影響もあったんですよ。いつになく頭が冴えて、高速回転してる感じだったのを憶えてる」

「その件で、きみは証人の喚問を希望しているようだが」

「はい。ミス・クワイです」

気づくと、イモージェンは前方へ呼び出されていた。

「あなたはぼくに薬をくれたのを憶えているでしょう?」フラミンガムが尋ねた。「あなたに睡眠を助ける薬を渡したという記録が残っています。あなたは六月四日の夕方に医務室へやってきて、試験のことが心配で頭痛がすると訴えた。そこでわたしはパラセタモールを二錠渡しました」

「あれがパラセタモールだったはずはない。何か幻覚剤の一種でしょう。ぼくはハイになったんだから」

「わたしの投薬簿に記録が残っています」イモージェンは心が波立つのを抑えられなかった。自分は嘘つき呼ばわりされているのだ。「パラセタモールを二錠、と」

「ただのパラセタモールじゃなかったはずだ。そんなもの〈ブーツ〉で買えるのに、どうして学寮付き保健師にもらいにいったりするんです? あなたに頼めば試験に役立つものをもらえることは誰でも知っていますよ」

「それなら、みんな誤解しているんだわ」とイモージェン。「学寮付き保健師には、処方箋が必要な薬物を与えることはできません。じつのところ、〈ブーツ〉で買えないものをわたしから手に入れることはできないんです。それに、いつも試験まえにはわたしたちはことさら慎重になります――誰も薬のせいで頭がぼうっとして、全力が出せなくなったりしないようにね。

薬の刺激でいつになくすごい力が出たなんて、聞いたこともありません」

教務主任が咳払いして切り出した。「ではミス・クワイ、過失の可能性もないと考えてよろしいのですね？　あなたはこの学生にほかの薬物を与えたはずはないと、心底確信しておられると」

イモージェンはしばし間を置き、ごく慎重に考えてから答えた。「じつは何であれ、ミスター・フラミンガムに薬を渡した記憶はありません。思い出せないのも当然で――いつも学期中は毎週多くの相談を受け、試験前にはそれがさらに急増します。だから誰にどんな薬を出したか、逐一記録をつけることにしているんです。そこでご質問の件ですが、ぜったいに間違いないというわたしの答えの根拠はふたつ。ひとつ目は、この帳簿に書かれた記録で――」バッグから投薬簿を取り出してテーブルの上に置き、「ふたつ目は、わたしがその件を憶えていないという、まさにその事実です。相手がミスター・フラミンガムであれほかの誰であれ、かりにそんな効果絶大な薬を出したのならついぞ前例のないことで――そんなことをしておきながら、忘れてしまうはずはありません。やはりどう見ても、そんなことはしなかったんです」

フラミンガムの生活指導係が尋ねた。「だがひょっとしてパラセタモールを渡すつもりで、うっかりほかのものを与えてしまった可能性があるのでは？　あなたは正式の資格を持った薬剤師ではありませんよね？」

「はい」とイモージェン。「おっしゃるとおりです。それもまた、わたしが学生に処方薬を渡せない大きな理由のひとつです。どのみち、ご指摘のような過失が起きたはずはない――というか、まんいち起きればとうに発覚していたでしょう。わたしたちはいわば複式帳簿のようなものをつけているので。購入した医薬品の分量をここに記入し——」と帳簿のページを開いてみせ、「使用した分量はこちらです。そして定期的に、薬用キャビネットの中身が記録と合っているか検査を受けることになっているんです。何か不一致があれば、すぐさま調査の対象になるはずです」

「ではミス・クワイ」と生活指導係。「パラセタモールには異常な能力を発揮させるような効果はぜったいにないと言い切れるでしょうか？　薬物への反応は人それぞれで予測不能だと、われわれ素人はしじゅう言い聞かされていますが」

「わたしは薬理学者ではありませんから、これしか言えませんけど」イモージェンは答えた。「とにかく研修時代も含めた過去のあらゆる経験からして、そうした効果が報告された例は聞いたことがありません。わたしの知るかぎり、パラセタモールはただの純粋な解熱鎮痛薬です」

「ありがとうございました、ミス・クワイ」と相手が言い、イモージェンは背後の席にもどった。

フラミンガムの生活指導係はすでに最終弁論に取りかかっていた。彼は委員会に対し、自分の教え子が有罪となればたどるはずの悲惨な運命へのしかるべき配慮を求めた。フラミンガムは学位を剝奪されるばかりか、ただちに放校処分を受けるだろう。その後も剽窃者《ひょうせつしゃ》の汚名がつきまとい、どんな仕事に就くのも至難になるはずだ……そのような裁定を下すには、彼の有罪によほどの確信がなければならないはずである。だがそれには少々疑いの余地があり……。

とはいえ、さして疑いの余地はなかった。ほどなく、委員たちが裁定を協議すべく別室へ退《しりぞ》くと、イモージェンもその場をあとにした。大事な投薬簿を手に、カレッジの仕事場へ引きあげ、ファイルキャビネットに注意深くしまった。その帳簿がいかに重大な意味を持つか思い知らされていたので、引き出しをきちんとロックして。

ところがやがて、その日の仕事を終えてカレッジを離れようとしたとき、思わぬ余波に襲われた。外の回廊《ポーチ》に大きなトランクと種々の私物の山があり、一台の自転車が立てかけられていた。見ると首をうなだれたフラミンガムが、門塔のアーチの壁にもたれている。イモージェンがそのまえを通りかかると、彼は不意に大声でわめきはじめた。

「鬼婆め！」彼は叫んだ。「血も涙もない、とんだ鬼婆だ！　おれを助けることもできたはずだぞ。おまえの一言さえあれば、おれは有罪を免《まぬが》れたはずなんだ！　どうせそっちにはどうでもいいことだろ？　人を助けることもできたのに、保身しか頭にない、馬鹿な性悪女だよ！」

イモージェンは肝をつぶして棒立ちになった。守衛頭が山高帽をかぶった復讐の天使さながらの形相で、ガラス張りの小部屋から飛び出してくる。だが彼がたどり着くまえに、通りかかった二人の学生たちがフラミンガムを抱えあげて外の歩道へ運び出していた。ちょうどそこへ、彼を駅まで運ぶはずのタクシーがやってきたので、数組の手が彼を荷物もろとも送り出してやることになった。

14

「あなたは震えていますぞ、ミス・クワイ。さあ――休憩室へお連れしますから、ゆっくり腰をおろして何か飲むといい」そう声をかけてきたのは、数学科の主任のバガデュース博士だった。

イモージェンはじっさい自分がぶるぶる震えていることに気づいたが、それが怒りのせいなのかどうかはわからなかった。生まれてこのかた、あれほどの憎悪を向けられた記憶はない。彼女はバガデュース博士と休憩室へ行き、グラスにウィスキーを注いでもらった。こんなに動揺しきったまま、自転車で家に帰ろうとするのは無謀というものだろう。

「じつに見下げはてたやつですな」バガデュースが言った。「できるだけ相手にせんことですよ。あんな目に遭うのもごく当然なのだから」

「そうなのでしょう――彼の有罪をわたしたちみんなが確信しているのなら……」

「いや、彼は以前にもやらかしたのですよ」

「以前にもやらかした？」

「不正行為をね。ああいうことは癖になる――というか、うまいこと罰を逃れると、味をしめてしまうんです。彼は学力検定上級試験の答案にもいささか問題があった。だが評議会は〝疑わしきは罰せず〟の方針を取って不問に付したのですよ」

「そのときはどんな問題が?」イモージェンは尋ねた。

「解答用紙のうちの二枚が折りたたまれていたとか。決定的な部分が書き記された二枚が」

「懲罰委員会はそれを知っていたのかしら?」

「ああ、いや。われわれは公正な手続きを志《こころざ》しているのでね。ご承知のとおり、司法の場では前科は証拠として認められない。しかも前回はたんに疑わしいだけだった。それをむし返せば、彼はストラスブールの人権裁判所で取りあげられるまで、迫害されたと叫び続けたでしょうな。今が中世なら、そんなやつにはタールを塗りたくって鳥の羽毛でもくっつけてやれたはずだし、まさにそれが当然でしたがね!」

イモージェンはさきほどのショックから急速に立ち直り、相手に注意を向けはじめていた。どう考えても、今の最後の言葉は少々過激なのでは?

バガデュースも彼女に奇妙に思われたのに気づいたのだろう、こう続けた。「われわれフェローの一部は、ミス・クワイ、このカレッジを愛し、全人生を捧げているのです。その名声に泥を塗られるのを見るのは……」

イモージェンは、はっと目をあげた。博士は顔をこわばらせている。ジョークを言っているわけではなさそうだった。

「でも誰もカレッジを責めたりはしないんじゃないかしら?」イモージェンは穏やかに言った。

「その手の行為は個人的なもので、カレッジのほかのメンバーが何をしようとするまいと、どのみち起きてしまうんです。フラミンガムの指導教官や生活指導係にも、彼が何をしようとしているかは知りようがなかったのだし……」

「たぶんそのとおりなのでしょう」とバガデュース。「この不名誉な時代には、そんな罪はすぐに忘れ去られてしまう。それに少なくとも今回は、カレッジの下級メンバーにすぎなかったわけだから……」

「今回は？」イモージェンがびっくりして言うと、バガデュース博士はうっすら顔を赤らめて口をつぐんだ。ややあって、「だいぶ気分は落ち着きましたかな？　もうかなり遅くなってきたようだが」と彼は続けた。

「もうだいじょうぶです」イモージェンは答えた。「ご親切にありがとうございました」

するとバガデュース博士は立ちあがって出ていった。

「今回は？」イモージェンは考えた。「このまえはいつだったの？」だがもう不正行為について考えるのはうんざりだった。ウィスキーの残りを飲み干すと、薄暗い道を突っ走る気にはなれなかったので、自転車を押してとぼとぼ家へ向かった。


家に着くと、中は人気《ひとけ》がなくて真っ暗だった。上階のフラットに明かりは見当たらず、心なごむ騒々しい足音も、階段の吹き抜けの上から漂ってくる調子っぱずれな鼻歌も聞こえない。イモージェンが孤独を防ぐために置いている下宿人たちは、あの最愛のフランですら、さほど当てにはできないのだ。もちろん、フランは出かけているわけだが。あの不快きわまる審理さえなければ、こちらも同行できたはずだった。

イモージェンはレンジに火をつけ、やかんをかけた。それからドアマットの上の無料情報紙を取りあげると、お茶のカップを手に、ダイニングのテーブルのまえに腰をおろした。とたんに、ドアをノックする音がした。しぶしぶ立ちあがってドアを開けると、ジョシュが立っていた。

「あら、いらっしゃい、ジョシュ。ちょうどお茶を淹《い》れたところよ。あなたもどう?」

「お茶と砂糖とミルクは抜きで、ジンとトニックをたっぷり入れてください」ジョシュはにやりと笑って答えた。

「たかり屋ね。図々しいったらありゃしない。わたしはなぜあなたに我慢できるのかしら?」

「ぼくらには山ほど共通点があるからですよ」

「あら。共通点って、どんな? 氷は?」

「お願いします。だって二人ともフランに夢中でしょ。ぼくは欲望のままに、あなたのほうは母親じみた気分で」ジョシュは使い古された肘掛け椅子に腰をおろした。「ところでフランと言えば、あなたはひょっとして、彼女はいつごろあの雲をつかむような調査からもどるつもりか聞いてないかと思って……それでちょっと寄ってみたんです」

「いいえ」イモージェンは眉根を寄せて思い出そうとした。「ううん、やっぱり聞いてない。〝何日か〟一緒に行こうと誘われたけど、正確な日数を訊こうとは思いつかなかったから。フランはあなたにも話さなかったの?」

「どれぐらいかかるかわからないってことでした」

「何をするのに？　あなたは雲をつかむような調査とか言ってなかった？」

「ええ、言いました。彼女はウェールズのある村を探そうとしてたんですよ」

「ウェールズのどの村を？」

「それはわからなかったんです。あのいまいましいサマーフィールドが一九七八年に何日間かすごした村ってことしか」

「でもフランはどうして、彼はウェールズのどこかへ行ったと考えたの？」

「例のメラニーとやらが、何かそんなことをぼんやり憶えていたとかで……」

「それにしたってジョシュ、それがどの村かフランはどうやって見つけ出すつもりなの？　何か手がかりがあったのかしら？」

「そのために借りたお父さんの車でせっせと走りまわって、ホテルの宿泊者名簿を調べまくる気だったんですよ」

「どこのホテルもそんなに長く記録を取っておくとは思えないけど……それならブリャン家のパパに、いつまで車を貸したのか訊いてみたらどう？」

「彼は三か月ほど海外に行ってるんです。それで車を貸してもらえたんですよ」

「ええと、フランが出かけたのは昨日よね。まず車を取りにいかなくちゃならなかったわけだし……まだ心配するのは気がはやそうよ、ジョシュ」

「ああ、まだ心配はしてません。ただ、いつ心配しはじめるべきなのかと思って。あの、じつを言うと、彼女から電話があったんじゃないかと思ったんです」

「電話ならあなたにかけそうなものだわ」とイモージェン。「わたしにかけてくるはずはないでしょ？」

「まあ、じつを言うと……」ジョシュはみじめこの上ない顔つきになっていた。「彼女が出かける直前に、ちょっとした口論をしたんです。だから彼女は機嫌をなおすまで、ぼくには連絡してこないかもしれない。しかもウェールズで目当ての村を見つけるのに手間取れば手間取るほど、いよいよ不機嫌になるんじゃないかと……はやく電話をくれればいいのに。でなけりゃ、もどってくるとか。ぼくは不機嫌でいるのが嫌いでね。彼女と仲直りしたいんです」

　イモージェンは同情を込めて彼を見つめた。もちろん彼は喧嘩をしたままフランと離れていたくないのだ。若いときにはそんな試練がどれほどこたえるかはよく憶えている……。

「どうして口論になったの、ジョシュ？　何か深刻な問題で？」

「ぜんぜん。じつに他愛ないことですよ。ぼくはただ、そんな旅は馬鹿げていると指摘したんです。どうかしてるぞ、どうせ時間が無駄になるだけだ、考えられない……まあ想像がつくでしょ。ぼくは目的地さえはっきりしてれば、地の果てまでだって一緒に行くと言ったんです。どこへ行くのか正確にわかっていれば、ウェールズのどの村にでもついていく。だけど、どことも知れぬ場所へ行く気はないって……そしたら彼女はお好きなようにと言って、出ていっちゃったんですよ」

「ふむ……ジンをもう少しどう？」

「いや、せっかくだけど。飲みすぎると元気が出るどころか、いよいよ落ち込みそうだから。それより、よければ——彼女が何か連絡をよこすか家にもどるかしたら、知らせてもらえますか?」

「もちろん。そちらもそうしてくれる?」

「何だか余計な心配をさせちゃったかな? あなたはいつもすごく分別があるように見えるから……」

「あなたと同様、今はまだ心配してないわ。だけどわたしの分別くさい態度は巧みな偽装よ。感じやすい心と被害妄想癖、それに周囲のみんなに愛されたいという馬鹿げた野心を隠すためのね」

ジョシュは声をあげて笑い、彼女の頬に軽くキスして出ていった。

言うまでもなく、心配ごとがある者は夜更けにいちばん胸が騒ぐものだ。イモージェンは眠れぬままに、ベッドの中で思いめぐらした。
フランはじつのところ——あの鼻息の荒さと、種々の信条についての情熱的な発言にもかかわらず——とても理性的な娘だ。まさに、理性的だが冷淡ではない若者の見本のような。そんな彼女が本当に、どこを調べるべきかという手がかりひとつなしに、ウェールズじゅうを走りまわったりするだろうか? やはり誰かが口にした何かがフランにヒントを与えたにちがいない。結局のところ、ウェールズは広大な地域なのだ。

例の審理のせいで一緒に行かれなかったのが、腹立たしくてならなかった。そうでなければフランに事情を打ち明けられて、二人で楽しく冒険旅行をしていただろう。あの卑劣な若者のせいだ！　けれどカンニングはどこか哀れな犯罪だ、とイモージェンは考えた。それに奇妙な犯罪で、単純な盗みや傷害とはちがう。あの手の犯罪でいちばん被害を受けるのは、当の犯人なのだろう。もちろん、男女のどちらでも。

そうこうするうちにいよいよ目が冴え、イモージェンはやむなく、あのカンニング事件についてあれこれ考えはじめた。パラセタモールでハイになるなどありえないと、あれほどきっぱり断言してよかったのだろうか？　もしもほかの要素と組み合わさって、そんな効果を及ぼすことがあるのだとしたら……あの学生は何かほかのものも飲んでいたのだとしたら？　それを忘れて少しでも眠ることはできそうになかったので、イモージェンはあきらめのため息をついて起きあがると、色褪《いろあ》せたタータンチェックのガウンを羽織り、羊皮のスリッパを履いて、とぼとぼ階下へ向かった。

『家庭の医学辞典』で、今日の彼女の発言は正しかったことが確認された。ほかの摂取物との相互作用は、有害なものもそうでないものも、いっさい挙げられていない。

イモージェンはキッチンへ歩を進め、チョコレートクッキーを三枚とグラス一杯のミルクを腹におさめた。家じゅうがわびしく感じられた。人気のない家にいるのはじつにいやなものだ。けれど、そんなふうに考えるのは馬鹿げている！　たとえフランがいても、こんな時間には家の中は暗くて静まり返っているはずだし、彼女をたたき起こしておしゃべりしようとは思わないだろう！　とはいえフランが家にいれば、こちらもたぶんぐっすり眠っていたはずだ。

まだ自分自身に腹を立てたまま、イモージェンは予備の寝室に入ってゆき、整理だんすのいちばん下の引き出しからよれたボール紙のフォルダーを取り出した。看護の訓練を受けていたころに書いた、毒物学に関するメモがおさめられたものだ。その見慣れたフォルダーの下にはもう一冊――〈毒物に関する古いメモ〉というラベルのついたフォルダーがあった。そちらはイモージェンが愛のためにキャリアを捨てる以前の、医師を目ざしていたころのものだ……。

イモージェンは二冊とも持って階下にもどると、暖炉のガスストーブをつけてそのそばにすわった。静かな部屋の中で、彼女の父親が大好きだったアメリカ製の時計が励ますようにチクタクと時を刻み、ストーブの炎が絶え間なくシューシュー音をたてている。少し離れたところで、フクロウが鳴き声をあげた。川辺の木立の中で狩りをしているのだろう。

「可哀想な野ネズミ」とイモージェンは考えた。

看護の研修時代のノートには、パラセタモールに関するメモはごくわずかしかなかった――関節炎《アースレイテイス》からZ形成術に至るまで、広範に使える鎮痛剤として随所で推奨されているほかは。

イモージェンはもう一冊のファイルを開き、今では自分のものとは思えない文字が並んだ紙をごっそり取り出した。アコニット、バルビタール、DNOC……イモージェンはページをめくりかけて手をとめた。DNOC：除草、防虫剤。一時期は肥満の治療にも使われた。投与は経皮、または注射か吸引で……初めは満足感、その後は疲労、喉の渇きを覚え、超高熱、痙攣《けいれん》、昏睡《こんすい》、死へと至る……。

この項目を何度か読んだあと、考え込みながらベッドへもどったイモージェンは、皮肉にもたちまち眠りに落ちた。

15

イモージェンの人生において、家事労働はできれば避けたいものだった。それでもせっせと掃除をしたりするのは、汚れた家には住みたくないからだ。人生にはしばしば、避けがたいこともある。階段に掃除機をかけるのが最悪の仕事だ。重たい電気掃除機を持って階段をあがりおりするのは大変な重労働だし、少々ぶざまでもある。馬鹿でかくて重すぎる掃除機は、作業をするあいだも踏み板の上にじっとしていてはくれない。しかも彼女がふとした出来心で選んだデザイン重視の淡いモスグリーンの無地のカーペットは、濃淡の小さな汚れをひとつ残らず目立たせてしまうのだ。

フランのウェールズ旅行は今や五日間に及び、ジョシュにも電話一本かかってきていなかった。イモージェンは掃除機と格闘しながら、苛立《いらだ》たしげに考えた——なぜゴミというのはどれもこれも、それが落ちた場所より薄いか濃い色なのだろう？　まずは階段のてっぺんからはじめ、そこに置かれたフランの敷き物にざっと掃除機をかけると、イモージェンはわずかに息を切らして、みじめな——それに腹立たしい——思いで少しずつ下へと進みはじめた。

階段のわきの壁に斜めに張り渡された白いペンキ塗りの幅木《はばき》の縁《ふち》や、らせん状に渦巻く手すりのあいだなど、ヴィクトリア時代の建物のあらゆる快い細部に埃《ほこり》が積もっていた。イモージェンはペンキ塗りの板に掃除機のノズルを走らせた。そのほうがはたきをかけるより手っ取りばやいし、同じぐらい効果があるからだ。そうして階段の下へと進み、ようやくもう少しでホールにおりられるところまで来たとき、幅木の上に埃まみれの小さな紙切れが乗っているのが見えた。イモージェンは掃除機のホースの先の隙間クリーナーでそれをやっつけようとした。だが紙切れはびくともしない。イモージェンはもういちど試したあと、それが壁の基部にくっついた小さな紙片ではないことに気づいた。幅木のうしろに落ちたもっと大きな紙の角の部分が、ほんの五ミリほど突き出しているのだ。それを爪先でつまんで引き出そうとしたが、うまくいかない。イモージェンは掃除機を下に置き、道具箱からピンセットを取ってきた。

その紙は絵葉書か何かのようだった。古い家にはよくあることだが、幅木が漆喰《しっくい》の壁から五ミリかそこら離れてしまっているので、その隙間にすべり落ちたのだろう。いや、絵葉書ではない――写真だ。四隅が擦り切れた、傷だらけのよれよれの写真。色褪《いろあ》せた白黒写真だった。農場のゲートにもたれた人々が写っている。彼らは豆粒のように小さく――画面の大半は背後の景色だったが。一人はズボンのひざ下をひもで縛り、干し草用の熊手を握りしめた男。それにプリント地のワンピースを着てゴム長靴を履いた女と、開襟《かいきん》シャツにフラノのズボンという姿の男だ。その男は両手をポケットに入れ、ほかの二人のあいだに立っている。

イモージェンは階段のいちばん下の段に腰をおろすと、その古い写真を平らにのばしてしげしげと見た。最初は、その三人が誰なのか見当もつかなかった。両親の友人たち？　けれど、いくら自分がたまにしか掃除をしなくても、この写真がそんな昔からあそこにあったはずはない！　じっさい、どうしてあんなところに落ちたのだろう？　そのときはたと、あの配達員の抱えた箱がはじけて、中身がホールのそこらじゅうに飛び散ったことを思い出した――種々の書類が手すりのあいだや、壁際をひらひらと舞い落ちていった光景を。おそらくこの写真は知らぬ間に、漆喰の壁と幅木の隙間に入り込んだのだ。そして今しがた掃除機でガーガー埃を吸い上げたとき、角の部分が目に見えるところへ引きあげられたのだろう。

ならば、これはひょっとすると――いや、間違いなく――サマーフィールドの資料の中に入っていた写真だ。この笑顔の男は偉大なるギデオンなのだろう。けれど最初はてっきり、これは上階の衣裳だんすの上にあるドレス用の箱に入っていた写真――クワイ家の年に一度の休暇旅行のさいに、父親がコダックの箱型カメラやその後代々のコンパクトカメラで撮った古いスナップ写真――の一枚かと思ったものだ。というのも、三人がもたれているゲートのはるか後方に、見憶えのある懐かしい山影が写っていたからだ。イモージェンは間違いなく、この写真が撮られた場所から半マイルと離れていないところで何度も子供時代の休暇をすごしていた。父親がタナット川で釣りをしているあいだ、彼女はいつも一人で谷間をぶらつき、いっぽう母親は農場の庭でデッキチェアにすわり、編みかけの編み物を膝にのせて居眠りをしたりしていた。

おぼろに渦巻く記憶を押しのけ、イモージェンは順序だてて考えてみた。自分はおそらく、サマーフィールドが例の遠い夏の謎めいた日々をどこですごしたか示す証拠を目にしているのだ。そう、たぶん間違いない。これまで彼に関する話にウェールズが登場したことはないのに、この写真からして、彼は少なくとも一度はあそこへ行ったのだから。フランがとつぜんウェールズへ出かけることにしたのは、ただの偶然なのだろうか？　それに——考えるのも恐ろしいことだが——彼女の調査旅行が思ったよりも長引いているのは……？

イモージェンは不意に吐き気を覚えた。どうしよう。誰に相談すればいいのだろう？　誰の助けを借りれば少しは役に立つのだろうか？　ジョシュ？　それともマイク？

まずはジョシュだ——彼なら何か心当たりがあるかもしれない。

あいにく、ジョシュは何も知らなかった。何かウェールズでの調査の参考になるような手がかりがあるのかフランに尋ねるべきだったのに、彼は尋ねなかったのだ。

「でもほら、彼女がこれを目にしたはずはないから」イモージェンは例の写真をふり動かした。「何かヒントをつかんだのなら、これとはべつのものだったはずよ」

ジョシュはかぶりをふり、「見当もつきません」と言ったあと、「だけどすごくいやな感じだ。フランは執念深いところがなくて——いつもはほんの数時間で仲直りできるんですよ。ほんとに、もうとっくに電話をくれてもいいはずなのに……」

イモージェンはカレッジで勤務時間を終えると、マイクに会いにいった。彼の仕事場に通されてみると、デスクの周囲にぐるりとファイルキャビネットがそびえ立ち、ガラスの衝立《ついたて》一枚でかろうじて隣のオフィスからのプライバシーが保たれていた。そのちっぽけなスペースをマイクと分け合っているロビンソンとかいう警官は、イモージェンが入ってゆくと顔をあげて軽く会釈し、すぐにまた書類に何やら書き込みはじめた。

「普通は誰でも、疑いの余地なく失踪するまでは失踪人とはみなされないんだけどね」イモージェンの話を聞き終えるとマイクは言った。「たしかにこの件はちょっと気になるな。今の話や、例の伝記を書いてた前任者たちについてのきみの意見を考えると。だがまあ、たぶん彼女はつつがなく調査を進めているか、今しも家に向かってるところなんだろう」

「あの谷にはホテルは一軒しかないの」イモージェンは言った。「それにパブも。ただし、朝食付きの民宿《B&B》をやってる人たちは数えきれないほどいるわ。地元の警察なら……」

「人を買いかぶるなよ！　こっちはウェールズに何千人もいる警官を誰ひとり知らないんだぞ。だがいいだろう、非公式のルートで何がわかるか試してみよう。それで満足かい？」

「すごく心配で満足どころじゃないわ」イモージェンは弱々しく微笑んだ。「でも感謝はしてる」


じつのところ、自分で行くしかなさそうなのはわかっていた。自分で現地へ車を飛ばし、パブに泊まってあれこれ尋ね、フランがあの谷にあらわれたか——今もまだいるのか——調べ出すしかないだろう。とくに問題がなければ、フランは難なく見つかるはずだ。そしてイモージェンに対して怒り狂うだろう。とびきり口うるさくて始末の悪い親よりひどい支配欲をまる出しにして、下宿人たちを追いかけまわすような女家主への反発は、とうていこのまえの喧嘩騒ぎどころではすみそうもない……けれどこちらも何か行動しないことには、眠れぬ夜が続きそうだった。どうしてすぐさまパニックに陥り、追跡の旅に出なかったのだろう？　初めは慌てふためくほどの理由はなかったわけだが、今となってはそれもまったく言い訳にならないように思える。

イモージェンは出かける準備に取りかかった。セント・アガサ・カレッジの会計係に数日ほど休みを取ると告げ、なかば引退している友人のメアリに留守中の代役を頼んだ――何といっても、今は学期中なのだ。それから自分がするつもりのことをレディ・Bに話し、シャールとパンジーには、〈キルト愛好会〉の次の会合は欠席すると知らせた。ミルクの配達もとめてもらった。スーツケースに荷物を詰め、裏口をロックしたあと、表のドアを開いてスーツケースを手に、前庭の外の街灯の下に駐車してある車へと向かった。

ゲートのまえにマイクが立っていた。

「そんなこっちゃないかと思ったよ」彼は言った。「よしたほうがいいんじゃないのか」

「どうしてフランのことを不安に思う理由はないのに、わたしのことを心配したりするわけ？」

イモージェンはぴしゃりと言った。

「ぼくは口論しにきたわけじゃない」とマイク。「ちょっと腹ごしらえをしに帰る途中でね。彼女はホテルにもパブにもいないことを知らせにきただけだ。それとエムリン・ジョーンズ巡査が彼女と年恰好の一致する人物がいないか探してくれている。いいね？」

イモージェンは頬から血の気が引くのが感じられるような気がした。周囲の理性ある大人たちが誰ひとりこれを真に受けないあいだは、こちらもいちおう冷静にかまえていられた。これはただの主観的な事実――いわば取り越し苦労にすぎないのだと。だがマイクがとつぜん協力的になったことで、危機感が一気に高まった。

「ウェールズに行くのを禁じる法律はないわ」イモージェンはいつもの独立心旺盛な口調を保とうとした。

「みんないつもこうなんだ」マイクは言った。「ちょっぴり非公式の助力がほしいときには、ああマイク、ねえマイク、ちょっとでいいから、ね、マイク？　とか懇願するくせに、次の瞬間には法律がどうのこうのと言いだして、こっちの助言などいっさい無用、大きなお世話だとくる。それじゃ、とにかく毎日ぼくに電話をよこせよ。でないと法律がどうあれ、エムリン・ジョーンズ巡査にすぐさまきみを追いまわさせてやるからな。わかったか？」

「マイク、ほんとに悪かった、そんなつもりは……」イモージェンが言いかけたときには、彼はもうくるりと背を向けて「はん！」と言い捨て、自分の車へとずんずん歩道を進みだしていた。やがて運転席のドアを開くと、にやりと笑って車に乗り込み、彼女に手をふった。

とつぜん、今すぐ発たなければ決意が鈍りそうなことに気づいたイモージェンは、自分の車の後部座席にスーツケースを放り込み、玄関に駆けもどってドアに施錠したことを確かめると、車を出した。

イモージェンは幹線道路があまり好きではない。遠い昔の記憶とほとんど変わらないように見える単調なイングランドの風景が、えんえんとフロントグラスをよぎっていった。ケンブリッジからあの谷までは、いつでも長い旅だった。昔は両親とともに、柳細工のバスケットの片隅に魔法瓶を入れ、脚にひざ掛けをしっかり巻きつけて出かけたものだ。車の屋根の荷台《ルーフラック》にロープでくくりつけた旅行鞄にひゅーひゅー風が吹きつけ、母親の膝の上には道路地図――ぼろぼろの革表紙がついた戦前のしろもの――が広げられている。イモージェンは決まって車酔いした。記憶の中のあの吐き気だけは、少しも懐かしく思えない。だが自分で車の運転を憶えてからは、ぴたりと酔わなくなっていた。

　ケンブリッジの西側の風景は、あくまで穏やかで控えめだ。緩やかにうねる畑地が見渡すかぎり広がり、そこから追いやられた木々があちらこちらの村で身を寄せ合い、その上に教会の尖塔が突き出している。鋤《す》き返された白っぽい大地の中で、秋まき小麦の輝くばかりの緑がひときわ目についた。地上の羊不足を天が嘆いているかのように、空は小さな羊毛さながらの雲でおおわれ……けれどもやはり、何かが妙だった。小鳥の鳴き声も、道端の野草も、記憶にあるよりずっと少ない。ミルトン・キーンズの市街は以前はただの野原で、路上の案内標識に書かれた地名でしかなかったものだ。それにA5号線も、たしかに以前より安全にはなったが、イングランドとウェールズを貫いてアングルシー島のホリー岬まで続くあの偉大な〈テルフォード街道（十九世紀初頭に、土木技師トーマス・テルフォードによって作られた有料道路）〉の威容を失いつつあった。騒音の轟《とどろ》く二車線道路の左右のところどころに、点々と泥のこびりついたわびしい小さな料金所が立っている。

さらにしばらく進むと、あたり一面がいかにもイングランド西部らしい、丘と農場から成る風景に変わっていった。農作物は減って家畜が増え、周囲を丘に囲まれた教会は、どれも慎ましい小ぶりな塔で満足しているようだ。イモージェンは心なごむ思いだった。小さな村と緑とパブだけのこんな静かな土地、種々の意味で洗練された風景の中では、みなが穏やかに法を守って暮らしているはずだ。事件らしい事件はまず起こらず、連続殺人など遠のくばかりにちがいない。

だが、シュルーズベリーで一息入れてパブで夕食を取ったイモージェンは、酒場が家畜泥棒の話でもちきりなのに気づいて肝をつぶした。どうやらいずこも同じで、平穏な見かけは当てにならないようだ。父親がよく引用していた、あのハウスマンの詩は何というのだっけ？

セヴァーンの流れに囲まれし町
シュルーズベリーでは
幾多《いくた》の風見が空高くきらめき
尖塔の頂《いただき》より放たれる光が
川面を東西によぎる
やがて暁《あかつき》の旗、征服者の証《あかし》が
イングランドの門より進み入り

闇夜に打ち負かされし黄昏《たそがれ》が
ウェールズへの道を赤々と血に染める

なるほどさらに車を進めると、沈みゆく夕日が西へ向かうドライバーたちの目をくらませ、赤々と燃えたつ光のせいで運転するのがむずかしくなった。イモージェンはオズウェストリーで一夜をすごすことにした。ずっと以前に泊まった憶えのある民宿は、所有者こそ変わったもののまだ営業していて、相も変わらずみすぼらしいが居心地はよかった。その夜はくよくよ考え込まずにすむように、そこの居間に腰をすえ、もうろくに両目を開けていられなくなるまで一家の祖父母とテレビを見ていた。

16

タナット川の渓谷は、イモージェンの若き日の記憶に深々と刻み込まれた懐かしい姿のままだった。ここのことはずっと憶えていたが、いくつか忘れていた点もある。憶えていたのは谷と山腹、それにどっしりとした四角い家々の外観だ。白壁に黒い木組のメソジスト教会のチャペル、音をたてて谷底を流れ落ちる曲がりくねった川、谷の南側に壁のようにそそり立つ山々と、それらが路上のそこここに投げかける、まさにこんな形の影……。この断崖は常に光の中に立ちはだかっていて、北向きの急な斜面は一年中、昼夜を問わず真っ暗なのだ。イモージェンが忘れていたのは、自分がこの場所をどんなふうに感じていたかだ。美しいものを目にする喜びと、閉所恐怖症めいた居心地の悪さが常にせめぎ合っていた。みんなどうしてあんな暗い斜面に住んでいられるのだろう？

両親の死後は一度も再訪しなかった理由が、よくわかる気がした。とはいえ、子供のころはここがけっこう気に入っていたのだ。

谷の上で道路が大きくカーブしてヴァーニュイ湖へのバイパスと交差したかと思うと、目当ての村が視界に飛び込んできた。まるで子供が考えなしに取り散らかしたおもちゃのように、何とも場違いなヴィクトリア時代の小さなテラスハウスが斜面にずらずら立ち並んでいる。牧歌的な美しさにはほど遠い光景だ。その家々の上にはかつての粘板岩《スレート》採掘場の崩れかけた穴や残土の塚がいくつも残り、晴れた日には灰色の、雨の日には濃紺の陰気な姿をさらす。そしてここが例のパブ。ふと思春期の記憶がよみがえり、イモージェンはたじろいだ。ここではよそ者が入ってくるたびにカウンターの会話が英語からウェールズ語に変わり、その客が立ち去ると同時に元にもどるのだ。

イモージェンは子供時代に泊まっていた農場を見つけるのに少々手間取った。山裾の道路が整備され、あの忘れもしない、震えあがるような急カーブがどこも緩めになっていたからだ。それでもやがて、目当ての場所に行き着いた。農家の庭は相変わらずぬかるんでいて、妙な臭いがぷんぷん漂っていた。快活そうな若い女が一人、豚小屋の外の長桶の周囲にむらがった豚たちに餌をやっている。馬小屋の扉の上に老いぼれ馬が顔をのぞかせ、不満げに鼻を鳴らした。

「すいませんね」若い女はイモージェンに笑顔を向けた。「ここじゃもうB&Bはやってないんです。でも村の中で、わけなくほかのところが見つかりますよ」

「わたしは昔よくここに泊まっていたんです」イモージェンは言った。「名前はクワイ、イモージェン・クワイといって、両親がいつも夏はここですごしていたので……」

「あら、やだ!」女は声をあげた。「イモーなの? あたしを憶えてない? グウェニーよ!」

「グウェニー! まあ、グウェニーなのね!」イモージェンは度肝を抜かれて言った。以前のグウェニーは小さな、細っこい女の子で、いつもそこらじゅうを飛びまわっていた。それが今では長身のどっしりとした、たくましい女性になり、日に焼けたブロンズ色の腕と、頑丈な赤らんだ働き者の手をしている。

「それじゃ、お茶でも飲んでって」グウェニーはきっぱりと言い、イモージェンを家の中へと導いた。

母屋はグウェニーよりもはるかに変わっていなかった。薄暗くひんやりとしていて、何本もの低い梁《はり》が左右に渡されている。大きく張り出した縦仕切り窓の中のベンチはけばけばしいクッションで埋め尽くされ、その片端に居眠り中の犬、もういっぽうの端には居眠り中の猫。床には地元産の大きなスレート板が敷き詰められている。巨大な暖炉の隅には鉄製のレンジが陣取り、五つのオーヴンの扉は閉じたままだが、ひとつだけ開いた扉から炎の暖気が部屋いっぱいに流れ出していた。そしてその炎のまえでは、手の込んだ細工の古いロッキングチェアにかけたグウェニーの父親が、ゆっくり椅子を揺らしながら新聞を読んでいた——スリッパを履いた両足をもう一匹の居眠り中の犬の背中に乗せて。

「ほら、誰が来たか見て、父さん」グウェニーが言った。「イモーを憶えてる?」

老人はうるんだ目をひたとイモージェンに向けた。そしてやおら腰をあげ、炉棚から一枚の写真を取りあげた。それを手渡されたイモージェンは、木綿の日除け帽をかぶった自分自身の写真を目にしていることに気づいた。背丈が一メートルにも満たない少女が、ちっぽけな庭仕事用の熊手で干し草を宙に放り投げている。その背後では、ずらりと並んだ男たちが本物の干し草用の熊手で作業をしており、中には彼女の父親もいた。どっと記憶がよみがえり、干し草の香りと日に焼けた背中のピリつくような痛みがありありと思い出された。そういえば、サマードレスのX形のストラップが真っ赤に焼けた肌に白々と跡を残していたものだ……。

グウェニーはぐつぐつ音をたてる鉄のやかんをこんろから取りあげ、もうお茶を淹《い》れはじめている。

「みんなあんたはもどってくると思っていたよ」老いた農夫はそう言うと、イモージェンの写真を亡くなった妻のスタジオ写真と、額縁《がくぶち》に〈オズウェストリー品評会〉のリボン飾りが留めつけられた受賞豚のスナップのあいだにもどした。「ずいぶん長いこと御無沙汰だったが」彼はじろじろ彼女を眺めまわした。「まあ都会っ子にしては血色がいい。例の生《なま》っ白《ちろ》い顔じゃなくて、嬉しいかぎりだな」

グウェニーが古びた小さな折りたたみ式テーブルの垂れ板をあげ、白いテーブルクロスをかけた。頑丈な茶色いティーポットの横に、繊細な美しいボーンチャイナのカップが添えられる。さらにカラス麦のビスケットとスコーンとジャムが並べられ、グウェニーが〈午前のお茶の時間《イレブンジズ》〉を告げると、老人はジンジャーブレッドがないのをぶつくさこぼしはじめた。

「まだまだ家事の腕は母さんの足許にも及ばんな、グウェニー」彼は言った。

自分のために運ばれてきた椅子に腰をおろしたイモージェンは、お茶菓子をあまり食べすぎないように注意した。グウェニーとは話したいことが山ほどあったが、それでも少しずつ、話題をフランの件に向けていった。

「ううん」グウェニーは言った。「最近、誰かが来たって話はぜんぜん聞いてない。父さんは？　この谷には誰も来ていないよね？」

「例のドクターのとこには来たかもしれんぞ、グウェニー」老人は答えた。

「そりゃそうだ。あっちのイングリッシュ・ロードを少しだけ行ったところに、古い牛飼いのコテージを持ってるドクターがいてね、イモー。憶えてるかな――昔はウィリアムズじいさんが住んでたところ。そこにはいろんな人が泊まりにくるんだけど、その人たちが村の店に来るか、フィッシャーマンの食堂に食べにでもこないかぎりは誰にもわからないわけ。でもほら、父さん――あのドクターはケンブリッジの人だから、あの人やその友だちのことならイモーはぜんぶ知ってるはずよ。それにイモー、ほかの場所によそ者が泊まれば、あたしたちみんなが知ってるはずだしね。まあ、わんさと人が押しかけてくる八月ならべつだけど。きっとそのお友だちはどこかほかの谷にいるのよ」

「彼女はある人物のことを誰かが憶えていそうな場所を探してるはずなの。ずっと以前に休暇をすごしにきた、ドクター・サマーフィールドという人のことよ。その名前に心当たりはない？」

「ドクター・サマーフィールド？　ううん、残念だけど、イモー。ただし――女性の博士ならべつよ。ときどきエヴァンズ一家を困らせにくる女がいるの」

「わたしの知ってる人かしら？」

「あなたの友だちのはずないわ、イモー、ほんとに、とんだ厄介者だから。お偉いアンティーク・ディーラーだとかでね。いくら追い払っても、そりゃあしつこく何度もやってきて、みんなをうんざりさせてるの……」

「まあたしかに、わたしが思い浮かべた人はアンティーク・ディーラーじゃないけど。その人はあなたにもつきまとってるの、グウェニー？」

「あたしじゃなくて、エヴァンズ一家によ。あっちの〈クウォリー農場〉の。ものすごくしつこくね」

「不思議だわ、あなたの口から農場の話が出るなんて」イモージェンはバッグからあのよれよれのスナップ写真を取り出した。「これはどこで撮られたんだと思う、グウェニー？　どこかあっちの上のほうじゃないかと思うんだけど。わたしの友だちのフランが確かめようとしてることの手がかりになるかもしれないの」

「それはエヴァンズさんちのいちばん上にある三エーカーの牧草地のゲートよ」グウェニーは

即座に答えた。「だけどあそこにイングランド人がいるはずないわ、イモー。エヴァンズ一家はイングランド人には一歩も足を踏み入れさせないはずだから。まったく、おかしな話よね」彼女はお茶をすすりながら言い添えた。「エヴァンズさんちのお婆ちゃんはイングランド人だったのに。そうよね、父さん？」

「戦後間もなく、先代のダヴィズ・エヴァンズがシュルーズベリーの定期市に羊を連れてゆき、かみさんを連れてもどってきたのさ」老人は言った。「そりゃあ、谷じゅうの噂になったもんだ。なにせかみさんはこっちの言葉を一言もしゃべれず、ダヴィズのほうは英語がさっぱりわからんのだからな」

「それで彼女はどうしてやっていけたの？」とイモージェン。

「学んだのさ。あれは大した女だったよ。今はもうおらんが」老人はため息をついた。「ウェールズ語で悪態までつきおった、すさまじいやつをな！」彼はにやりと笑って続けた。「まったく何てじゃじゃ馬だ！　エヴァンズ一族はみな非国教会派だが、彼女は国教会派でな。いつも日曜には彼女が二輪馬車で教会へ出かけちまうから、ほかの家族はみんなチャペルまで歩かにゃならなかったんだ。当時は、谷じゅうの噂になったもんさ……」

老人は次から次へと若き日の思い出を語りはじめた。

イモージェンはややあって、その新妻が谷に連れてこられた〝戦後間もなく〟というのは、第一次世界大戦後の話なのだと気がついた。彼はそのままとりとめもなく回想にふけり、まる一日でも話し続けそうだったが、一時間ほどたつとイモージェンはそっと席を立った。

グウェニーは農場のゲートまで見送りにきた。

「予備のベッドを用意して、ここに泊まってもらってもいいのよ、あなたは家族も同然なんだから」彼女はそうすすめてくれたが、泊まり客などいなくても、すでに一人では手に余るほど仕事があるのはあきらかだった。

「ありがとう、グウェニー、でも村のパブに部屋を取ってあるの」イモージェンは言った。

「あそこのシーツがちゃんと日に当ててあればいいけど」グウェニーは疑わしげだった。「でないとあなたは風邪を引いて……」

「ご心配なく！」とイモージェン。「それよりグウェニー、ひょっとしてウィリアムズさんのコテージを買ったドクターの名前を知らない？」

「おかしな話だけど、知らないわ」グウェニーは答えた。「彼はたいてい〝ご機嫌さん《ハッピーチャッピー》〟とか〝あのイングランド人〟と呼ばれててね。あたしは一度も会ったことがないの。あまりここにはいないみたいだし。ほら、お金持ちのイングランド人がどんなふうかは知っているでしょ？　あそこを買ったのも休暇村の小屋みたいに使うため。〝ご機嫌さん〟、それが彼の呼び名よ。とにかく、お友だちが見つかるといいわね、イモー。

それと、帰るまえにまたお茶を飲みにきてくれるわね？　父さんにもいい気晴らしになるから。父さんは人と話すのが大好きなの」

17

午後には雨が降りだした。イモージェンは何か温かい、水を通さない服はないかと車のトランクをのぞいてみた。ずっと以前に自分で編んだしっかりしたアラン編みのセーターと、自転車用のケープ——たっぷりとした、フード付きのものが見つかった。これを重ね着したら歩くテントのように見えそうだが、家からこんなに離れたところで見栄を張って何になるだろう？ 彼女は本道の端に車を停めたまま、〈クウォリー農場〉へ続くぬかるんだ泥道をてくてくのぼりはじめた。そういえばギャスケルの『クランフォード』に登場する町の御婦人たちは、どう言っていたのだっけ？ みんながわたしたちを知っている故郷で見栄を張って何になりますの？ でも誰もわたしたちを知らない町で見栄を張って何になるのかしら？ たしかそんな感じのことだ。

なるほど、エヴァンズ一家は農場に防御を張りめぐらしていた。谷の斜面の坂道に立ちふさがる一連のゲートには南京錠がかけられ、有刺鉄線がぐるぐる巻きつけられている。踏越し段には派手な英語の警告書が留めつけられていた。《立ち入り禁止》《侵入者は訴えられます》《入るな》《訪問は要予約》《危険——銃撃の恐れあり》《放し飼いの猛犬に注意》。それぞれのわきにもうひとつの標示がなければ、もっと警戒心を抱かせたことだろう。そちらにはウェールズ語で、《そのまま進んでください》と書かれている。

イモージェンが脅しを軽く見たのは、ウェールズ語を生かじりしていたせいだろう。坂道のはるか上には、山腹にうずくまる農場が見えていた。周囲にはぐるりと風よけの木々が植えられ、母屋の手前にはいくつかの小屋と中庭がある。

イモージェンは警告書を無視し、根気よくゲートを乗り越えていった。まだ農場まで四分の一マイルほどありそうなところで、遠くから叫び声が聞こえた。イモージェンは立ちどまって視線をめぐらした。中庭の入り口に立った一人の男が、こちらのほうを見おろして何か叫んでいる。イモージェンは手をふり、その最後のゲートを目ざして進みはじめた。

と、彼が銃を撃って彼女を立ちどまらせた。彼女を狙ったわけではない――空に向かってぶっ放したのだ。また何やら叫んでいる。イモージェンは両手を口の左右に当て、「ちょっとお話ししたいの！」と叫び返した。

「出ていけ！」男は叫んでいた。「でないと後悔するぞ！　出ていけ！」

イモージェンはウェールズ語で「こんにちは！」と叫ぼうとしたが、四分の一マイルも上まで届くような大声でわめけば、とうてい悪意のない友好的な響きにはなりそうもない。そこでためらいがちに数歩進んだとき、犬たちが見えた。例のおなじみの白と黒の犬――鋭い目と細長い顔をした、見知らぬ者には吠えるだけの牧羊犬ではない。種類も定かではない、巨大な黒い犬だった。あの男が解き放ったのだろう。今や納屋の扉が大きく開け放たれ、犬たちはこちらへ向かって坂道を猛スピードで駆けおりてくる。勇気がくじけ、イモージェンはきびすを返して逃げ出した。

最後の踏越し段まであと数歩。もしもそこでつまずいて転ばなければ——たとえ、ばたばたなびく自転車用ケープに邪魔をされても——イモージェンは無事に逃げおおせていただろう。けれどこんもり茂った草に足を取られ、彼女は身体ごと吹っ飛んだ。ひねった足首に鋭い痛みが走り、骨がポキッと音をたてるのが聞こえたかと思うと——犬たちが襲いかかってきた。一匹は彼女の前腕に歯を食い込ませ、ぐいぐい引っ張りながらうなり声をあげ——もう一匹はケープをくわえて引き裂きながらうなり声をあげている。激しい恐怖と苦痛の中で、自由なほうの手で顔をかばおうとしていると、不意に人間の叫び声がした。そして、ひとしきり甲高い口笛の音。犬たちが彼女の腕とケープを放し、矢のように走り去ってゆく。イモージェンは起きあがろうとして、意識を失った。

気づくと、どこかへ運ばれていた。誰かが彼女の脇の下に腕をまわして抱えあげ、ほかの誰かが彼女の左右の膝をつかんで脚のあいだを歩いている。彼らが一歩進むごとに、がたがた揺さぶられて痛みが増した。左手は熱を帯びてべたついている。彼女を運んでいる二人は言葉を交わしていた。どちらも切迫した、動揺しきった声だ。それに坂の上へと苦労して彼女を運んでいるせいだろう、いくらか息をはずませている。

「こんなことして、母さんにぶっ飛ばされるぞ、ヒュー」彼女の頭の上の声が言った。

「だって、わからなかったんだ！　あの女だと思ったんだよ！」ともうひとつの声。

そのあと一人がつまずき、さっと脚に痛みが走ったあと、イモージェンはふたたび意識を失った。

次に意識を回復したのは、ずいぶん時間がたってからのようだった。イモージェンは巨大な古いレンジがある薄暗く暖かいキッチンで、上体を起こしてソファに横たえられていた。室内にはグウェニーの家のとよく似た傷だらけのテーブルと椅子もある。彼女の両脚は左右にクッションを当ててソファに乗せられていた。片腕がだらりと垂れさがり、その先の手は生温かい血でいっぱいのボウルにひたされている。イモージェンは眉をひそめてその不気味な光景を見おろし、やがてようやく理解した――これはぬるま湯が入ったボウルで、そこへ自分の腕から絶え間なく血が流れ落ちているのだ。

さっきと同じ声が言っていた。「だから、あいつかと思ったんだよ！」

「けど、この人は小柄で痩せっぽちじゃないか！」と、腹立たしげな女の声。

「でもケープみたいなものを着ててさ、お母さん。けっこう大きく見えたから……」

「どんなふうに見えようが、まったく厄介なことになっちまったよ！　この人をどうしたらいいんだい？」〝お母さん〟が言った。

「グウェニー・フロイドに電話して、わたしを迎えにくるように頼んで」イモージェンは言った。とたんに胸がむかついて吐き気がこみあげ、血だらけのボウルの上に屈み込む。

「それじゃ、あなたはグウェニーの友だちなんですか？」女は困惑のあまり、泣きださんばかりだった。「あたしたちはみんなにどう思われることか。ほんとにどうかしてるよ、この子たちは！」

イモージェンはぶるぶる震えはじめていた。それに合わせて頭の中で歯がカチカチ鳴っている。何やら不吉な痛みを感じて足首を見おろすと、丸太のように腫《は》れあがっていた。はやく医者に診せなければ。それに、耳元で甲高い音がガーガー鳴り響いている——周波数の合っていないラジオがつけっ放しにされているのだ。どうして誰もスイッチを切らないのだろう？

あの不機嫌な女が新しいお湯の入ったボウルを運んできた。続いてお茶の入ったカップと、温かい濡れタオル。イモージェンはかぶりをふった。

「これを飲めば少しは気分がよくなりますよ、ね？」女は言った。

「それよりドクターを呼んで」とイモージェン。

「じきに助けが来るから、心配しないで」

「包帯はあるかしら？」イモージェンは弱々しく尋ねた。「腕から血が出ているの」

「あとであたしが巻いてあげますよ。でもそのまえにしばらく傷口から血を出したほうがいいから……」

そうかもしれない、とイモージェンは考えた。犬に噛《か》まれたときのような深傷《ふかで》を消毒するには、血を抜いてしまうのがいちばんかも……。熱くて甘いお茶もショックには効果てきめんだ。ただし、あとで麻酔が必要になるとすれば問題だろう。彼女は少々頭が混乱し、意識が途切れがちになっているようだった。ふと、あの甲高いガーガーいう音は自分の頭の中で響いていることに気がついた。

　またもや、しばらく時間がたっていた。周囲で声がしている。

「……しかもまあ、この人はグウェニーの友だちなんですよ」──例の息子たちにひどく腹を立て、イモージェンにはとても優しくしてくれている〝お母さん〟の声だ。「まったくグウェニーに何て言えばいいのか」

　すると新たな声が答えた。「まずは、もっとひどいことにならなかった幸運に感謝することだよ、オウェインさん。わたしが少しはこの人を楽にしてやれるだろう。ただ問題はこっちの咬傷《こうしょう》だ。すぐに破傷風の予防注射をする必要がありそうだから──」

「破傷風の注射なら打ったばかりです」イモージェンは言った。

「ほほう、賢明な女性だ。それにすっかり目覚めとるようだな」医師が言った。「よしよし、それならあんたを動かさずにすむ。さて、ではこの脛骨《けいこつ》に添え木を当てるとして、まずは骨をまっすぐにのばさんと。そこで、ちょっとばかり痛みどめを……」医師は透明な液体が少しだけ入った驚くほど大きな注射器を取り出した。それを見てイモージェンはたじろぎ、やむなく覚悟を決めた──これまで何度心の中で、臆病な患者を非難したことだろう？　医師が彼女の傷ついていないほうの腕にそっと手際よく注射を打ち終えると、イモージェンは徐々に安らかな深い眠りに落ちた。


　目覚めたときには、ひどく大きなベッドに寝かされていた。天井が斜めに傾いた部屋で、左側の壁際にはどっしりとしたオーク材の整理だんす、その上には鏡がかけられている。レースのマットが敷かれた枕元のテーブルには小ぶりなトレイが置かれ、受け皿付きのティーカップがのっていた。腕をのばしてさわらなくても、中のお茶が冷えきっているのが見て取れた——表面に茶色い薄皮が張っている。屋根窓から流れ込んでいる陽射しからして、もう夜が明けてかなりたつのだろう——午前中なかばの明るい光だ。

イモージェンはおっかなびっくり身体を動かしてみた。まずは腕——すぐに、包帯を巻かれているのがわかった。傷はずきずき疼《うず》き、包帯の先が親指に巻きつけられていたが、それでも指はぜんぶ自由に動き、さほど痛みは感じなかった。次はさらに用心深く、脚を動かしてみた。膝から下には添え木が当てられており、あまりの痛みに、イモージェンはすぐさま動きをとめた。しばらくじっと天井をにらんだあと、ごくゆっくりと身体を少しだけ枕の上にずりあげ、室内を見まわした。たちまち、自分の上にかけられているパッチワーク・キルトに注意を引き寄せられた。

それは巨大なベッドをすっぽりおおっていた。古びた穏やかな色調で——ピンク、白、藤色、ブルー、薄緑、それに茶色。使われているピースの形はふたつだけ——太めの菱形と細めの菱形だ。イモージェンはそのキルトにほれぼれと見入り、「この柄はどこで区切れるの?」と考えた。しだいに眠気が薄れ、もっと注意深く目をこらしてみた。だがどこにも一定の区切りはなく、反復は見られない。同じパターンがくり返されているように思えても、すぐにいくつかのピースが異なることに気づかされる……。

そのキルトは、まぎれもない傑作だった。ひとつも反復部分がない。適当にブロックをつなぎ合わせたのでは、とうていこうはいかないはずだ。個々の小さなピースが縫い合わされて、ひとつの目くるめくようなキルトを作りあげている。そして万華鏡さながらに渦巻く色と模様――同じものはふたつとない――のところどころに、たえずおぼろな図形が見て取れた。いびつな七角形のようなものがちらりと浮かびあがって、目をこらしたとたんに消えてしまうのだ。幻の七角形――非周期な構図……マヴェラックは何と言っていたのだっけ？

イモージェンは脚が痛むのもかまわず、がばと上体を起こした。髪が逆立ち、背筋がぞくぞくしていた。彼女はとつぜん、はっきり理解したのだ――ギデオン・サマーフィールドがあの八月の謎の数日間をどこですごしたのか。それがなぜ、殺人に値するような秘密だったのかに。そして〝なぜか〟がわかれば、〝誰のしわざか〟もわかる――たしか、マイクがいつぞやそう言っていた。

ドアをノックする音がして、トレイを持ったミセス・エヴァンズが入ってきた。

「あら、いくらか様子がましになったみたいだわ」ミセス・エヴァンズは言った。「ベッドで食べられそうな朝食を持ってきたんですよ。それと、事情を説明しようと思って……」

イモージェンは驚くほど食欲がわきあがるのを感じた。砂糖と牛乳で煮たとろとろの穀物粥《ポリッジ》、ラックに立てたトーストに、バターとママレード……それにポット入りのお茶。

「どういうことか当ててみましょうか」イモージェンは陽気に言った。「ある人物がどうにかこのキルトを買い取ろうとして、あなたがたをさんざん悩ませてきた。ジャネット・サマーフィールドという人物が……そうでしょう？」

ジャネット・サマーフィールドのせいで、エヴァンズ一家は心の休まるときがなかった。彼女はこのキルトを譲ってほしいと持ちかけ、大金を支払うと申し出た。〝後悔したくなければ〟といった脅しをかけてきた。さらには、巧みにだまし取ろうとした。まあ、十中八九は彼女のさしがねにちがいないのだが——ノッティンガムの〈テキスタイル美術館〉から来たとかいう女があらわれ、問題のキルトを展覧会用に貸し出させようとしたのだ。しかし一家も馬鹿ではない。ノッティンガムの観光案内所に電話して〈テキスタイル美術館〉の所在地を尋ねると、そんな施設は存在しないことがわかった。その後も母屋への押し入りが三度、いずれもみなが出払ってしまう市日《いちび》に起きたが、そのころにはミセス・エヴァンズはキルトを隠すようになっていた。家を空けるときには必ず、母親の遺《のこ》したジュエリーと一緒に嫁入り道具の長持ちに入れることにしたのだ。

「あの手の長持ちは、ミス・クワイ、盗み出すには重すぎるし、昔ながらの頑丈なロックがついているでしょ。泥棒どもは三度目にはそれをこじ開けようとしたけど、木箱にちょっぴり傷がついただけだったわ」

「どうぞイモーと呼んでください」イモージェンは言った。「グウェニーにはそう呼ばれているの」

「それでとうとう、今度この敷地に足を踏み入れたら犬をけしかけると彼女に言ってやったんです」ミセス・エヴァンズは続けた。「向こうも嘘じゃないと信じたんでしょう、ぱたりと何もしなくなってかなりたつから。なのにうちのヒューはあなたを彼女だと思い込むなんて、ほんとに困ったものですよ。あの子はあんまり頭がよくなくて、ミス……イモー。それに一度こっぴどい目に遭わされたから、彼女のこととなると神経質になってしまってね」

「いったい何をされたんですか？」

「ガレージに閉じ込められたんですよ。そのあと彼女は、誘拐犯を装《よそお》った手紙をうちのドアの下にすべり込ませていったんです。あのキルトをごみ袋に入れて日没後に道端に置いておけば、息子は無事に帰すとか。馬鹿らしいったらありゃしない。あの子が彼女につかまったんなら、どこにいるはずかは誰にだってわかりましたよ。この谷じゃ鍵のかかる扉付きのガレージはひとつきりなんだから。それにほら、このキルトを手に入れようと躍起になっていたのは彼女だけだし。ジョーンズ巡査が、わけなくヒューを連れもどしてくれました。ちなみに、彼女は無慈悲だったわけじゃありません。ヒューはガレージで毛布と、山ほどの食料を与えられてたんです。それでも怯《おび》えきってしまってね」

「無理もないわ」とイモージェン。

「それであなたがやってくるのを見ると、自分をつかまえにきたのかと思ったようで……」

「もうその件はご心配なく」イモージェンは言った。「ただの誤解だったんですもの。気にしてませんん。それより、このキルトですけど……誰が作ったんですか？」

「先代のヴィお婆ちゃん《グランマ・ヴィー》ですよ。この家はキルトだらけだけど、イモー、お婆ちゃんはいつもこれが大の自慢でね。それであまり傷まないように、予備のベッドにかけてあるの」

「ほんとにみごとだわ」イモージェンは言った。「それに、ずいぶん古そう。いつごろ作られたのかわかりますか?」だがホリーの講義を聴くまでもなく、このキルトがギデオン・サマーフィールドの幾何学《きかがく》上の大発見よりまえのものであることは察しがついた。

「戦前のはずですよ。とにかくこちらの記憶にあるかぎり、ずっとこの予備の寝室に置かれていたわ」とミセス・エヴァンズ。「だからね、いくら積まれてもこれだけは手放したくないんです。彼女は五千ポンド出すと言ってきた――五千ポンドも! エヴァンズは彼女を追い払うためだけにでも手を打ちかねなかったけど、あたしが承知しませんでした。農場はあの人の領分だけど、家の中のことを決めるのはあたし、それで彼女はこれを手に入れそこねたんです。でもじつを言えば、イモー、こちらだってずっと少しは迷ってたんですよ。ほんとにこのキルトを気に入ってもらえたのだと思えば、譲ってたかもしれないわ――たしかに五千ポンドは魅力だし。でも何だか、彼女がこれをほしがってるとは思えなくてね。だってあなたみたいに、じっと見とれたこともないんですよ。ろくに見たがらないキルトをほしがってるなんて、考えられないでしょ? あら、あたしったらこんな話をくだくだと……この谷の人間はみんなどうかしてると思われてしまいそう」

「あら、そんなことありません」イモージェンは言った。「ごくもっともな話だわ。それに、ジャネット・サマーフィールドに関するあなたの考えは大正解。彼女はこのキルトを手に入れて、破り捨ててしまいたいだけなんです。ぜったいに渡しちゃだめですよ」

「じゃあ、あなたは彼女を知ってるの?」ミセス・エヴァンズはイモージェンに興味深げな目を向けた。

「何度か会ったことがあるんです。彼女がこのキルトをどうするつもりかは、たんなるわたしの推測ですけど」

「でもその推測はあたしの考えと同じ。グウェニーがなぜあなたのことを大好きなのかわかる気がするわ。ちなみに、彼女はできるだけはやくあなたの様子を見にくるそうですよ」

「あのドクターの見立てでは、わたしはもう起き出せるのかしら？」イモージェンは尋ねた。

「あの人は医者《ドクター》じゃありません。あれは獣医さん。医者は街道の先のバラって町か、逆方向に十五マイルほど離れた町にしかいないんですよ。あとで電話して訊いてみますね」

だが当面は、朝食のトレイを膝からどけてもらい、また身体をずりさげて心地よい姿勢で枕にもたれるだけでイモージェンは満足だった。

彼女は長い歳月をへて絶妙な味わいを帯びたキルトをしげしげと眺めた。いったいどうやってこんなデザインを考え、縫いあげたのだろう？　そのヴェネツィア風のはかない美しさは、印象派の絵画や古代ギリシャの耳付き壺《アンフォラ》と同じぐらい貴重な、胸躍るものに思えた。

18

獣医によれば、彼が整骨すれば牛でも歩けるのだから、人間の女だって歩けるはずだった。

たしかに普通の医者が牛を治療するのは違法だが、獣医が女性を治療するのは完全に合法な行為だし、イモージェンの知るかぎり、あの獣医は親切で有能だった。

そんなわけで、イモージェンはベッドから起き出し、借りものの杖にすがって階下へおりてみた。何より気になっていたのはフランのことだが、それについては、すでに注意深く考えていた。たまたま見覚えのある風景に気づき、イモージェンがまっすぐこの谷へやってくるきっかけとなったあの写真をフランは目にしていない。おそらく彼女は当てもなく、ウェールズのどこかでホテルの古い宿泊者名簿を調べているか、調べようとしているのだろう。だがもしも彼女がこの谷にあらわれ、一九七八年のサマーフィールドの足取りについて尋ねまわれば、どう見ても危険な――悪くすると、恐ろしく危険な――立場になるはずだ。つまり、彼女がそんなことをしているのがジャネット・サマーフィールドの耳に入れば。それなら最初の問題は、ジャネット・サマーフィールドは今どこにいるのか、ということだ。

イモージェンはレンジの快い温もりに包まれた、キッチンのテーブルのまえにそろそろ腰をおろした。ここなら、料理中のエヴァンズ夫人と娘のメーガンの邪魔にはならないだろう。イモージェンはテーブルに腕をつき、あまりの痛みにしばし動きをとめた。それから二人の女たちに、このところ誰かがこの谷にやってきた気配はないか尋ねてみた。もしもジャネット・サマーフィールドが顔を見せれば、すぐさま口コミ情報が彼女たちに伝わるはずだ。

どちらも、そんな話はまったく知らないと断言した。メーガン・エヴァンズはつい昨夜、村のホテルで酒場と食堂の手伝いをしたばかりだった。いずれも静かなもので、釣り人が少し、奥さんも連れずに来ているだけだったと言う。「観光には季節はずれだから」と言い添えながら、メーガンはお茶の入ったカップをイモージェンのまえに置いた。

イモージェンはフランの年恰好を二人に説明しはじめた。最近こんな感じの人を見かけたか、噂に聞いたことはない？

親子はかぶりをふった。彼女たちによれば、今ごろこの谷を訪れるイングランド人はみな村のホテルか、B&Bをしているミセス・ジョーンズの家、それでなければ〝ご機嫌さん〟のコテージに泊まる。彼はときどきコテージを他人《ひと》に貸したり、友人たちを泊めたりするのだ。しかしそれはほとんど夏のことだし、彼のコテージに人が来れば、ぜったいに村の誰かが耳にしているはずだった。その情報はいつも夕闇がおりるやいなや知れ渡る——谷の斜面の明かりは村のあちこちの窓から見えるからだ。みなカーテンを閉めに行くだけで、コテージに誰かいるかどうかがわかるのだ。

「あなたがたは〝ご機嫌さん〟を見張っているの？」イモージェンは面白がって尋ねた。

「だってほら、ここじゃろくにやることがないから……ゴシップを交わす以外には」メーガンは悲しげに言った。「べつに彼に悪意を抱いてるわけじゃないの」

「あの人にはずいぶんおかしな仲間がいるけどね」彼女の母親が言った。

「そのあなたのお友だちって、ローヴァーを運転してる？　けっこう古い、三五〇〇クーペ」とメーガンが言いだした。

「えっ、どうかしら」イモージェンはうろたえた。「ボクソール・ノーヴァなら自分で乗ってるからわかるけど、それ以外の車は……それにどのみち、フランはお父さんのを借りていったから、こちらは見たこともないの。そのローヴァー何とかって、どんな車なの？」

「あなたみたいな人のせいで、女は馬鹿にされちゃうのよ」メーガンは言った。「すごくかっこいい車でね――おととい誰かがそれに乗って村を通ったの。しばらくホテルの裏庭に停まってて、小学校の子供たちの半分近くが校庭のフェンスごしにぽかんと見とれてた」

「とにかく彼女がどんな車に乗ってるのかは知らないわ」イモージェンは力なく答えた。

「もしもあれがそうなら」メーガンは言った。「彼女はあまり長くはいなかったわよ。その車は二時間後にはなくなっていたから」

「それなら安心できそう」とイモージェン。「ドライバーの身に何か起きれば、車は停まったままのはずだし……」

「その人が何かされたわけはありません、この谷で！」ミセス・エヴァンズはショックを受けたようだった。「ここの人間はみんな純真そのものなんですよ。そりゃあちょっとばかり金持ちのイングランド人の噂話をするかもしれないけど、誰も見ず知らずの人間を傷つけたりは……」夢中でまくしたてていたミセス・エヴァンズは、はたと口をつぐんで顔を赤らめた。腕にぐるぐる包帯を巻き、添え木の当てられた脚をぎごちなく椅子のわきに突き出しているイモージェンに目をとめたのだ。

彼女の当惑を断ち切るように、ドアをノックする音がした。

新来の客は返事も待たずに入ってきた。警官だ。戸口でヘルメットを脱ぐと、くしゃくしゃの真っ赤な髪があらわれた。

　彼はひとしきりウェールズ語でミセス・エヴァンズとメーガンに挨拶したあと、イモージェンに目を向けた。「ええと、ミス・クワイですね？」

　そうだとイモージェンは答えた。

「何やら、えらい目に遭われたそうで」巡査は続けた。「お気の毒です。その件を正式に訴え出るおつもりですか？」

「いいえ」とイモージェン。「その気はありません。すでに謝罪を受け、じゅうぶんな手当と温かい配慮をしていただきましたから。それでおしまい」

　巡査は手帳と鉛筆をしまうと、テーブルの向かい側に腰をおろし、ヘルメットを両手でそっとかたわらに置いた。「今は気分はどうですか？」彼はイモージェンに尋ねた。「ショックはおさまりましたか？」

「ええ、多少は」イモージェンは答えた。

　いつの間にか皿いっぱいのスコーンと小鉢に入ったジャム、それにポット入りのお茶が巡査の横に置かれていた。メーガンと彼女の母親はキッチンの奥に引っ込んで忙しげに立ち働いている。

「じつはその、あなたには悪い知らせかもしれないんですが」スコーンのひとつを二口で平らげたあと、巡査は切り出した。「遺体が見つかりまして。女性の遺体です」

「そんな――まさか！」イモージェンは小声で言った。身体じゅうの力が抜け落ちていくような、恐ろしい感覚が広がっていた。顔も、はらわたも、四肢も、ショックのあまり融けて流れ出してゆくかのようだ。

「いつごろ――その人は――亡くなったんですか?」ようやく、かろうじて尋ねた。

「それがあの、はっきりしなくて。鑑識が調べてるところです。だけど遺体と一緒に見つかった衣類や何かがあるから、一緒に署へ来て確認していただければと……」

「そうします」イモージェンは言った。そんなおぞましい役目でも、何かできるだけで力がわいてきた。彼女はどうにか立ちあがり、杖に手をのばした。


警察署は谷のかなり先のほうにあった。ジョーンズ巡査は無骨者なりの優しい気配りを示し、警察署の奥のくたびれた木のテーブルのまえに彼女をすわらせると、誰か女性の巡査が来るまで待とうかと尋ねた。その必要はないとイモージェンが答えると、彼は大きな段ボール箱を持ってきて、テーブルの上に次々とビニール袋を取り出した。中身はさまざまだ。ボールペン、衣服の切れ端、革表紙の手帳の湿った断片、金の腕時計……。

「どうぞごゆっくり」巡査は言った。「できればひとつずつ、ごく慎重に見てください……」

イモージェンにはどれも見憶えがなかった。とくに腕時計――こんなものをフランがつけているのは一度も見たことがない。フランの腕時計は文字盤にミニーマウスが描かれた、派手なプラスティック製の防水時計だ。安堵はさきほどの激しい恐怖と同じぐらい力を奪い、気づくとイモージェンは震えながら笑い声をあげていた。

「これはどれも彼女のものではありません」イモージェンは言った。

「そりゃあよかった」と巡査。「あなたにも、ミス・ブリャンの友人たちにも吉報ですね。誰かほかの人には悪い知らせだけど」

彼は目に見えて緊張を解いていた。この哀れな遺物のどれかがフランのものだった場合のイモージェンの悲嘆にそなえて、ずっと身構えていたのだろう。イモージェンは彼への好意がわきあがるのを感じた。「ええ」彼女は言った。「これは犯罪が疑われるケースなのかしら？」

「疑われるも何も」巡査は答えた。「後頭部を思いきりぶん殴られたんですよ」

「それがいつのことかはわからないのね？」

「遺体は泥炭《ピート》の浅い墓に埋められてたんです、ミス・クワイ。山の上のほうの、水びたしの地面に。みんな決まって山の上は乾燥してるはずだと考えるけど、ほんとはびしょ濡れなんですよ。そこらじゅうに沼があって。だけど泥炭は死体をよく保存するとかで——鉄器時代の遺骨に皮膚がついたままだった例もあるぐらいですからね。被害者がいつ死んだかは、鑑識の専門家でなきゃわからないはずです」

「遺体はどうして見つかったの？」

「近くの農場主が、羊たちのために少しは水はけをよくしようと溝を掘ってたんですよ」

「なるほど」

「どうせ誰もぼくの意見なんか訊かないし」巡査は悲しげに言い添えた。「あそこで死んだ羊がどうなるかを見ればわかるなんて主張するのはどうも——みんなに不謹慎だと思われそうですよね。でもたぶん彼女が死んだのは一年半か二年まえ、そんなところじゃないのかな。だからみんな、何ひとつ思い出せないでしょう――そのころこの谷に誰がいて、誰が通りかかったのかも。警察の仕事はすごくむずかしいんです、ミス・クワイ。地元の人間が誰も行方知れずになってないのはたしかだから、このろくでもない王国じゅうの行方不明者を調べることになるはずですよ――数えきれないほど大勢の」

「もしも死亡時期に関するあなたの推測が正しければ」イモージェンは言った。「発見された遺体の特徴をスコットランド・ヤードの行方不明者一覧表に登録されてるメイ・スワンのデータと照合してごらんなさい」

イモージェンは家へ帰る準備に少々手間取った。まだ自分で車を運転するのはとても無理そうだったからだ。けれどレディ・バックモートに助けを乞うと、嬉々として難題を解いてくれた。まずは彼女が息子（試験にパスしたばかりだから、人助けをするのも悪くないでしょう）を連れてシュルーズベリーまで車でやってくる。いっぽうメーガン・エヴァンズがイモージェンの車で彼女をシュルーズベリーまで送り、そこで買い物を楽しんだあと、バスで谷の家へ帰る。そのあとジョン・バックモートがイモージェンの車でケンブリッジへもどり、イモージェンは家までレディ・Bとのんびりドライブするというわけだ。あなたの話を聞くのが待ちきれないわ、とレディ・Bは言った。なぜイモージェンのような立派な女性がウェールズの片田舎で猛犬をけしかけられるはめになったのか、不思議でならなかったのだ――しかも学期の真っ最中に！

イモージェンは〈クウォリー農場〉をあとにするまえに、自分の車のグローブボックスから取ってきた小さなカメラで例のキルトのスナップを二枚撮った。それからメーガンとシュルーズベリーへ向かった。朝早くに出発し、ちょっとだけグウェニーの家にさよならを言いに寄ると、たちまちどっさりおみやげを渡された。袋いっぱいのスコーンと瓶詰の蜂蜜、小さな壺に入った自家製のレモンカード。そして、今度はもっとはやくもどってくるようしきりに念を押された。

「あの遺体はどこで見つかったのか知っている？」車が村を出ると、イモージェンはメーガンに尋ねた。

「あっちの上のほう——地面に防水シートが張られてるところよ。見える？」メーガンは両目を路上にむけたまま、右のほうに漠然と手をふり動かした。「例のコテージのすぐ上よ」

「〝ご機嫌さん〟の？」

「ええ、そう」

「ねえメーガン、〝ご機嫌さん〟って、正確には何と呼ばれているの？」

「〝ご機嫌さん〟の本名？　ほんとに知らないの。いつもそう呼ばれてるから。どうにも冴えない人なのよ、妙にお高くとまってて——ここの誰とも口をきかずに、挨拶されると顔をしかめるの。だけどいつか彼の友だちの一人が道の反対側から大声で、〝ご機嫌《ハッピー》〟だか〝元気《チアリー》〟だか〝愉快《ジョリー》〟だか——何かそんな名前で彼を呼んだんで、それが定着したってわけ。いわば、嫌味としてね」

「たしか彼はケンブリッジの人なのよね？」

「それは知らないけど」メーガンは陽気に答えた。「イングランドのどこかから来たのはたしかよ」

19

ケンブリッジへもどるや否や、レディ・Bはイモージェンをアデンブルック病院へ連れてゆき、脚のレントゲン検査をして、患部をしっかりギプスで固定させた。救急病棟の当直医は、副木《ふくぼく》を当てたウェールズの同業者の手腕を褒めあげた――すべてをX線の力も借りずにやってのけたと、イモージェンに聞かされたのだ。

「そりゃあ彼は腕利きのはずよ」イモージェンは言った。「牛まで治療できるの」

「えっ、それはまずいんじゃないのかな」当直医はぎょっとしたようだった。「違法行為になるから」

「あら、そうよね」イモージェンは医師が添え木をはずすと、痛みにたじろぎながら答えた。「獣医のほうが普通の医者よりはるかに長期の訓練を受けるんだもの」

「人体の仕組みは、比較的単純なんですよ」医師は陽気に言った。

「少なくとも、首から下はね」とイモージェン。

「え？　ああ、たしかに。じゃあしばらくじっとして……」

やがてイモージェンがまだ生温かいぴかぴかのギプスを着け、レディ・Bに付き添われてものものしく帰宅すると、ドアを開いたとたんに、ダイニングからジョシュとフランが飛び出してきた。彼らは身体をぶつけ合ってわれ先にホールを進みながら、同時に口を開いた。

「彼女は数日前に帰ってきたんだけど、イモージェン、あなたにどうやって知らせればいいのかわからなくて……」

「どこに行ってたの？　いったい何をやらかしたの？　すごく心配してたのよ！」

「あら」イモージェンはフランに辛辣《しんらつ》な笑みを向けた。「いつから下宿人が女家主の心配なんかしていいことになったの？」

「じゃあ、わたしはこれで失礼するわ」とレディ・B。「あなたはちゃんと面倒を見てもらえそうだし、ウィリアムがさぞやきもきしているでしょうから」

「ありがとう」イモージェンはレディ・Bの腕をぎゅっと握りしめてから放し、かわりにさし出されたフランの手に体重をあずけた。

少なくとも当面は、イモージェンの怪我が二人の注意をそらしてくれた。フランとジョシュがせっせと飛びまわってイモージェンを心地よくすわらせ、サンドウィッチとホットチョコレートの軽食を用意しているあいだに、イモージェンはフランに何を話すかじっくり計画を練った。だがさしあたり、ジョシュとフランは自分たちに起きたことを話すのに夢中で、イモージエンがどこで、なぜ、どんなふうに脚を骨折したのかという件にはろくに興味を示さなかった。

どうやらイモージェンがフランを探しに出かけて間もなく、フランは態度をやわらげてジョシュに電話をよこしたようだった。彼女は予定どおり、父親の車を借りていた。

「最初はちょっとびびったんだけどね。

「ローヴァー三五〇〇クーペ？」イモージェンは尋ねた。

「何かそんな感じのよ。よくわからないけど」

「だから女は馬鹿にされるのよ」イモージェンはもごもごつぶやいた。

フランはかまわず先を続けた。「とにかく、しばらくウェールズの観光地めぐりをしてみたけど、ぜんぜん成果がなかったの。誰も彼のことは憶えてなかったし、どこのホテルも宿泊者名簿をそんなに長くは取っておかないみたいでね。じつは二軒だけ一九七八年の記録が残ってるとこを見つけたんだけど、チェックするのにひどく手間取って……」

「だけどフラン、どうしてウェールズへ行こうと思ったの？」

「そうじゃないかとメラニーが言ってたから」

「ああ、そうだったのね」

「それより、あなたはすごく疲れてるんでしょ、イモージェン。今日は長旅をした上に、骨接ぎまでしてきたんだもの。もう眠らせてあげなきゃ……」

そう言いながらも、二人はその場に立ったまま、何やら期待に満ちた目を彼女に向けている。

「まあはやい話が」ジョシュが切り出した。「フランは電話をしなきゃぼくがどれほど動揺するか気づかなかったんですよ。こっちも彼女がどれほど動揺してるか気づいてなかったし……で、どちらも気づいてみると、それはぼくらがじつは、ええと、互いにちょっぴり過敏になってるからだとわかって、だから決めたんです……」

「……婚約しようって」フランがかわりにしめくくる。

「あらまあ、すてき！」イモージェンは言った。「ほんとに驚きよ」

「何が驚きなんですか？」とジョシュ。「ぼくたちは似合わないと思われてるのかな」

「ううん、とてもうまくいきそう。ただ、今の人たちが婚約なんてするとは思わなかったから」

「そりゃ、普通はしないわ。でも要するに」フランが言った。「わたしたち、あまりすぐには結婚できないの。家賃も払えないのに一緒に住めるわけはないしね。だから一種の協定を結んだわけ。あなたの世代の人たちはそれを婚約と呼ぶんでしょ？」

「わたしの世代なら」イモージェンはぴしゃりと言った。「婚約したら《タイムズ》紙に告知を出して、指輪を買ったものよ」

フランはさっと左手をさし出した。クリスマスクラッカーから飛び出したような、大きなガラスのルビーがついた指輪がはめられている。三人とも声をあげて笑った。

「あなたに頼みがあるの、ジョシュ」イモージェンは言った。

「ぼくにできることなら何なりと」

「わたしの車からカメラを取ってきて、中のフィルムを大急ぎで現像に出してもらえる？　大きなプリントが必要なの――キャビネ版でいいかな。フィルムは使いきっていないけど、巻きもどして。残りは無駄になってもかまわないから」

「あなたの車はウェールズにあるのかと思ってた」とジョシュ。

「ウェ、ー、ル、ズに？」フランが言った。「ええっ、イモージェン！」

「ジョン・バックモートがここまで運転してきて、今ごろはもう外に停めてくれてるはずよ」

イモージェンはフランと目を合わせないようにしながら答えた。「何だか頭がぼうっとしてきた。ほんとにもう横にならないと」

「じゃあ朝にまた話しましょう」フランは言った。「たしかに、今ここで引きとめるのは人道に反するはずだから」


どうやらジョシュは、せっかく仲直りしたばかりの短気な恋人を怒らせまいとして、自分の懸念をイモージェンに打ち明けたことをフランに話さなかったようだった。その後イモージェンが心配のあまり、ウェールズへ彼女を探しに出かけたことも。フランはもちろん、あの農場の写真を見ていない。イモージェンは朝食の席で、あの写真を見つけた経緯を説明した。すぐに背景の山影に見憶えがあることに気づき、車で出かけてみたのだと……。

フランは写真にとくと目をこらした。偉大なるギデオン、そして今よりほっそりとしたメラニー――花柄のドレスを着て、笑顔でギデオンにもたれかかっている。それに農夫が一人。彼らの背後にそびえるかすかな山影。

「それであなたは飛んでったのね」フランは陽気に言った。「で、何を見つけたの？」

「メイ・スワンかもしれない」

「メイ・スワン？　彼女はどんな言い訳をしていた？」

「残念ながら、何も。あれがじっさいメイ・スワンなら――とっくに亡くなっていたのよ」

「亡くなっていた？　しかもウェールズで……」

「ねえフラン、わたしたちが何かひどく危険なことに巻き込まれてるのがいよいよあきらかになってきたのよ。もちろん、その遺体はメイ・スワンじゃないのかもしれない……でも――」

そのとき、裏口のドアを元気よくたたく音がして、ジョシュが飛び込んできた。彼はキッチンテーブルの二人のあいだに〈超特急プリントサービス〉というロゴが入った写真の袋をぽいと投げ出した。

イモージェンはジョシュがフランにおはようのキスをしているあいだにその袋を開け、プリントされた写真をテーブルの上に並べた。つるつるの画面からは、あのキルトの繊細な名状しがたい美しさはぼんやりとしか伝わりそうにない。けれど抱擁を終えてふたたび腰をおろしたフランがその写真を見たときの顔は、イモージェンにとってじゅうぶん満足できるものだった。

フランは手前の写真を取りあげ、眉根を寄せて見入った。

「これはギデオンの発見したパターンよ」フランは言った。「彼の有名な平面充塡形。それをキルトにしたのね。すごくきれい。だけど、どうして……」

「こんな写真だとわからないかもしれないけど」イモージェンは言った。「これはとても古いキルトなの」

「でも一九七九年以前に作られたはずはない——」

「それよりはるかに昔のものよ」とイモージェン。「おそらく、一九二〇年代に作られたの」

「だけど……何が言いたいの、イモージェン？　このとんでもないキルトはどこにあるの？」

「ウェールズのタナット渓谷にある、〈クウォリー農場〉の予備のベッドの上よ。これであなたの大事なサマーフィールドが一九七八年の夏の数日間をどこですごしたか、はっきりしたんじゃないかしら。それに、なぜそれが殺人に値するほどの秘密なのかが。今もウェールズ旅行からもどったばかりの伝記作家は、ただならぬ危険にさらされてるのかもしれないわ」

「警察に知らせなきゃ」ジョシュが言った。

「つまり彼のあの発見は盗作だってこと？」フランは当惑しきっていた。両手に一枚ずつ写真を持ち、かわるがわる見入っている。「ほんとだ、たしかに——ペンローズ・タイル風のパターンで、幻の五角形のかわりに、七角形がある……じゃあこのパターンは彼が考え出したんじゃなく、盗んだものなのね！　あの卑怯者！　だけど、それでみごとに説明がつきそう。ぱっとしない男の頭にとつぜん天才的なひらめきが浮かぶなんて、どうしたことかと、周囲のみんなが戸惑っていたのよ！　イモージェン、これは衝撃の事実だわ！　はやくマヴェラック教授に話さなきゃ！」

イモージェンはうろたえながらも、どっと愛情がこみあげるのを感じた。いかにもフランらしい。新たな発見が自分の研究課題に与えるインパクトしか頭にないとは……まさに真理の探究者だ！　けれど何と無謀な！

「フラン、誰にも話しちゃだめ！　もちろんマヴェラックにも。あの人も一時はサマーフィールドの仲間だったのよ！　わたしの言ってることが聞こえてる？　もういちど耳を傾けて……」

「警察に知らせよう」とジョシュ。

「ジャネット・サマーフィールドはその農場の人たちをしつこく悩ませてたの、何とかこのキルトを奪おうと、法を無視したあらゆる手を使って」イモージェンは続けた。「それがうまくいかなかったのは、たまたまそこがウェールズの片田舎の小さな村で、イングランド人はひどく目立つばかりか、農場は私有地を通り抜ける泥道の上で、すごい番犬がいるからよ」

「じゃあ彼女はこのキルトを自分のものにできなかったから、真相に気づきかけた人間を片っ端から殺すようになったわけ？」

「どう見てもそのようじゃない？」

「あなたがしないなら、ぼくが警察に連絡します」ジョシュが言った。「フランを危険にさらすわけにはいきません」

「だからみんなで考えなくちゃ。警察に調査させればフランは今より安全になる？　そうは思えないけど」

「あのいかれた女を閉じ込めてもらえば、少しは安全になりますよ」

「それよりもまず」とイモージェン。「わたしの友人でケンブリッジ署にいるマイク・パーソンズに話すのはどうかしら。彼の意見を聞きたいの。それまでどうにか我慢できそう、ジョシュ？」

「たぶんね」

「それとジョシュ、何だか急に女だけで対処するのは安全じゃない気がしてきたんだけど……しばらくここに同居して、少しばかり雄々しくわたしたちを守ってくれる気はない？」

イモージェンは二人がすばやく視線を交わすのを見守った。

やがてフランが言った。「でもイモージェン、たしか上のフラットを借りたときの取り決めで、わたし以外はあそこに住めないことになってるのよね？」

「わたしは自立した女よ」イモージェンは満足げに言った。「自分で作った決まりはいつでも変えられるわ」


翌日はシャールが車でイモージェンをカレッジまで送ってくれた。仕事はどうにかこなせても、自転車で出勤するのは無理だったのだ。けれど前夜は情に駆られてジョシュに同居をすすめたものの、常に彼と顔を合わせているのは気詰まりだった。なぜあんな感傷的なことをしたのかは、容易に察しがついた。自分が恋愛運に恵まれなかったからといって、他人の恋に加勢するのを渋る気はなかったからだ。むしろ、だからこそ加勢したくなるのだろう。ひがみっぽい、欲求不満の中年女になるのだけはごめんだ！

ともあれ、イモージェンは今回の件で自分にできそうなことを考え出していた。どうにかしてジャネット・サマーフィールドに、フランはギデオンが一九七八年の夏に訪れた場所を見つけたと話すのだ。たとえば、彼の滞在先はテンビーだったとフランは確信していると。そう思わせておけば、ジャネットもいくらか緊張を解き、当面フランは安全になるだろう――あのうっとりするような真相をもうしばらく誰にも話さずにいられれば。

その偽《にせ》情報をジャネット・サマーフィールドに伝えるいちばん簡単な方法は、電話をかけて話すことだ。そのためにイモージェンは誰にも立ち聞きされる恐れのない、仕事場の電話を使うつもりだった。

〈サマーフィールド：J〉はもちろん、ケンブリッジの電話帳には載っていなかった――彼女はキャッスル・エーカーに住んでいるのだから。けれど電話番号案内サービスですぐに調べがついた。イモージェンは勤務時間が終わるまで待つことにして、最後の患者のちょっとした不調に取り組んだ。皮肉にも、彼女自身の痛々しい姿が魔法のような治療効果をあげていた。誰もが一日で元気づき、ジョークを飛ばすのだ。じっさい、脚が治っても偽のギプスを持ち歩きたいほどだ……。

ようやく室内に平安がもどり、ドアに〈終了――次の診療時間は……〉という標示を出し終えると、イモージェンは敵に電話した。

「ミセス・サマーフィールドですか？　以前にお会いした者ですが――あなたがうちの下宿人のミス・ブリャンから書類を回収しにいらしたときに。いえ、どうぞ切らないで。ちょっとお知らせしたいことがあるんです」

沈黙――だが電話が切られたふしはない。

「すでにご存じかもしれませんけど、ミス・ブリャンはあなたのご主人が一九七八年の数日間をどこですごされたのか知りたがっていたんです。それがどうやらその答えを見つけたらしくて、出版社の締め切りまでに原稿を仕上げられそうなんですよ。それをお耳に入れておいたほうがいいんじゃないかと思って」

「見つけたって……彼女は何を見つけたの？」その声には間違いなく不安げな――〝怯《おび》えきった〟と言ってもよい響きがあった。

「ご主人がその夏、テンビーのホテルですごされたことです。そこでは何とまあ、過去五十年分の宿泊者名簿が保存されてるんですって」

「テンビー？　彼女はそう確信しているの？」

「それはもう。嬉々としてますよ」

「そうでしょうとも、ほかのみんなが失敗したことをやり遂げたんだから。で、彼女はギデオンがそのテンビーのホテルに一人で行ったと言っていた？　それとも誰かと一緒だったの？」

イモージェンはその質問に不意を衝かれた。けれど、予想しておくべきだった。

「ええ、誰かと一緒だったとか」イモージェンはとっさにそう答えた。

「きっとメラニーよ」ジャネット・サマーフィールドはとつぜん、やるせないわびしげな口調になった。「でもまあ――これでもう支障なくあの本が完成しそうでよかった。安心させてくれてありがとう。思いがけないお心遣いだわ――あんなことがあったのに」

「お礼なんかご無用ですよ」イモージェンはそう答えて受話器を置くと同時に、何と馬鹿げたせりふだろうかと気がついた。たった今礼を述べた相手に、そんなことは無用だなんて。

イモージェンはずんずん部屋を横切ってやかんを取りあげ、カップにコーヒーを淹《い》れた。あんなでたらめを話したのは気がとがめたが、連続殺人の疑いをかけておきながら嘘をつくのがやましいなんて、まったく馬鹿げていると胸に言い聞かせた。

20

「じゃあちょっと勤務時間外に話すとしよう」マイクは言った。「今夜は夕食に来られるかい？」

「もちろん行けるけど、こんな話ばかりじゃバーバラを退屈させてしまわない？」

「彼女には貸しがあるんだ」とマイク。「いつもカレッジの建築様式について、いやってほど聞かされてるからね」

「カレッジの建築様式？」

「彼女は地元の観光ガイドになるための講習を受けてるんだよ。きみも見たことがあるだろ、いろんな言葉をしゃべる外国人のグループをあちこち連れ歩いて、ときおり先っぽにスカーフを結びつけた杖をふりまわしてカツを入れるやつ」

「たしかに見たことがある」

「あれは誰でも講習を受ければなれるんだ。バーバラはスペイン語が得意だから、方向音痴のよそ者たちのお相手でもしようかと考えたみたいで……」

「ときどきなぜあなたを好きなのか不思議になるわ、マイク・パーソンズ。でも夕食にはぜひ行かせて。急な話でバーバラが大変じゃなければ」

「腕を鍛える絶好のチャンスさ。彼女は料理の講習も受けてるんだ」

「エネルギッシュね――彼女にその話を聞くのが楽しみ」

「エネルギーがあり余ってるわけじゃない」マイクは言った。「ぼくの長時間労働への当てつけなのさ」


だがバーバラはマイクの労働時間には触れず、イモージェンに会えて大喜びのようだった。

バーバラは小さな家をたいそう明るく、気持ちのよい場所にしていた。それを達成し終えた今は、何かほかにすることが必要なのだ。それに、ケンブリッジ観光ガイドの養成コースはすばらしかった。彼女はイモージェンにセント・アガサ・カレッジの主たる歴史を細部まで生き生きと語ってみせた。あのカレッジがもう少しでセント・ジャイルズ教会をつぶして、かわりに巨大なヴィクトリア様式の教会を建てそうになったのを知っている？　大食堂の襞《ひだ》模様入りの壁板が傷だらけなのは、内乱時代の名残《なごり》だってことは？　カレッジに駐留していた兵隊たちは大食堂を厩舎にして、馬をつなぐための輪っかを壁板に留めつけてたの……。

そうした話を聞くのはとても楽しく、料理も最高だった――少々脂肪が多めかもしれないが。

食後はコーヒーを飲みながら、イモージェンがマイクにウェールズ旅行の顚末《てんまつ》を話した。

「じゃあきみだったんだな?」マイクは言った。「気づいて当然だったのに!」

「何がわたしだったの?」

「ジョーンズ巡査をけしかけてメイ・スワンに注目させたのがさ。彼は彼女を見つけたんだ」

「やっぱりあれは彼女だったのね?」

「巡査は彼女のデータと一致する遺体を見つけた。すでに殺人事件として調査されてるよ。ヤードの記録部の人間が知らせてくれたんだ、彼女について最後に問い合わせたのはぼくだったから。だがね、イモージェン、言うまでもなく、殺人事件の調査に素人探偵がかかわるのは歓迎されないんだよ。素人が見当ちがいの線を示せば、警察の時間をえらく浪費させるし、なまじっか正しい推理をすれば、危険な立場になるからさ」

「わたしの関心は主としてフランを危険な立場から救い出すことよ」

「しかし彼女は無事に元気でもどってきたんだぞ。正直いって、彼女が危険な立場だと考える理由はろくにないんじゃないのか?」

「だけどその危険は例のキルトの周囲に集まってるみたいなの」イモージェンはジャネット・サマーフィールドに電話して、テンビーがどうとか嘘八百を並べたことは話さずにおいた。

「じゃあちょっと、警察の立場で考えてみてくれ」とマイク。「発見されたのは——遺体がひとつ。片田舎の山の斜面で、頭をぶち割られていた。被害者は二百五十ポンド近くの現金を所持していたことが判明しているが、遺体とともに発見された財布は空っぽだった。一年の半分は旅行者であふれてる有名な景勝地を訪れていた理由は、とくに説明するまでもないだろう。

あきらかに動機は盗みだったのさ」

「でも……」

「ところがきみは、犠牲者が埋まってた場所から五マイル近くも離れた――地元の町だか村だかの反対側にある――農場に一枚のキルトがあって、それが犯行の動機だとか言う。何やら複雑怪奇な、飛躍だらけの推理を元にして……。だがメイ・スワンはたぶんそのキルトを見つけてもいないんだ。エヴァンズ家の農場のきみの友人たちは、ジャネット・サマーフィールド以外の人間の話はしなかったんだから。そうだろう？」

「メイ・スワンはあのキルトを見つけなくても、危険な立場になってたはずよ。もう少しで見つけそうだと誰かに思われた時点で」

「それで相手は彼女をとめるために殺すってわけか？　一人の男の声価を守るために――ある学術論文と一枚のキルトが何やら妙に似てるというだけで？」

「だってマイク、偶然にしてはできすぎよ。サマーフィールドの伝記の執筆者の遺体がそのキルトから数マイルのところで発見されるなんて、ひどく奇妙じゃない？」

「その手の偶然はレイ・ライン（英国各地に存在するとされる、先史時代の遺跡をまっすぐにつなぐ線）と同じでね――探せばそこらじゅうに見つかるんだよ。人間はそんな珍妙な動機で人を殺すものじゃないんだ、イモージェン。殺人は大きなリスクをともなうからね。みんな現実的な、さもしい理由で殺すのさ。たとえば金、情欲、怒り、嫉妬」

「ケンブリッジの人間なら、あなたには突飛《とっぴ》に思えるような理由で人を殺すかもしれないわ、マイク。ここでは精神的な問題がすごく重視されるの。他人の業績を盗んだら大学から追放されかねないのよ」

「だが殺しまでするか?」

「じゃあ、あなたは伝記作家たちの不可解な末路がメイ・スワンの死の調査に大きく影響するとは思わないのね?」

「たぶん地元署の連中は、問題の時期にその谷にいたかもしれないハイカーや不審者を探してるだろうな」

「マイク、あなたは何があったらこの件を真剣に考えてくれるの?」イモージェンは打ちひしがれて言った。

「自白さ。ぼくらは自白が大好きでね。知ってのとおり、いつもみんなをぶん殴って自白させてるんだ」

「そんなこと、冗談にも言うべきじゃないと思う」

「そのとおりだろうな」マイクはとつぜん、考え込むような顔になった。「だがじっさい、犯罪の大半は誰かが自白したおかげで解決するんだよ。その自白の大半は進んでなされたもので、おおむねあとで取り消されることもない。そして動機の大半は、ごく月並みなもの。警官の人生はあまりスリリングじゃないんだ……」

「じゃあ、わたしは次に何をすべきだと思う?」

「やれやれ、何もすべきじゃないと思うよ。一にも二にも、何もしないことだ。とにかく、伝記の成功に執念を燃やす連続殺人鬼にきみのフランが命を狙われてるとは思えない。余計な心配はやめろ」

「あなたはどうするつもり？」

「秘密だよ。まあいちおう誰かにマヴェラック教授の供述調書を探し出させて、今回の殺人の担当者たちの目にとまるようにするかもしれない。それに例のマーク・ゼファーの死亡診断書を見つけて、死因が髄膜炎《ずいまくえん》とされているか確かめるとか。ただし、そうすると断言はできないぞ」

イモージェンは考えてみた。秘密なのはよくわかる。彼女のような職業の人間は、理解するしかないのだ。これ以上、マイクをせっついても無駄だろう。

イモージェンはバーバラとのおしゃべりを再開した。話題はいくつかのカレッジを漫然とめぐり、ニューナム・カレッジの表口の錬鉄《れんてつ》の門へと行き着いた。バーバラによれば、あの門はかつて暴動で被害を受けたという。

「暴動？　ニューナム・カレッジで？」イモージェンはびっくりして尋ねた。「どうしてそんなことになったの？」

「女に学位が与えられることに学生たちが反対したのよ」

「ああ――何かそんな話を聞いたような気がする。女性でも卒業試験を受けることはできたけど、ケンブリッジ出の学士を名乗るのは許されなかったとか」

「それよ――たぶん。けっこうことは複雑でね。一九二〇年にケンブリッジは女性への学位授与を拒む二度目の決議をした。そして一九二一年に〝形ばかり〟の資格を認めたの。女は一九四八年まで大学の正規のメンバーにはなれなかったのよ」

「あきれた！」とイモージェン。

「そこまで遅れた理由のひとつは」バーバラは愉快そうに言った。「一九二〇年に学位の授与を認めたオックスフォードとの差異を見せつけたかったからみたい」

「それで暴動になったわけ？」

「一九二一年の決議のときにね。票が集計された評議員会館の外に学生たちがつめかけて、『女を入れるな！』とシュプレヒコールをあげたあと、ニューナム・カレッジへ押しかけて盗んだ手押し車で門を打ち壊したの。あとで学生会が被害の弁償を申し出たそうよ。わたしたちはその鉄門の修理跡を旅行者たちにさし示すことになってるんだけど、正直いって見つからないのよね。あなたも今度通りかかったら探してみて、イモージェン」

「そうするわ」とイモージェン。「やれやれ。そんな過去は未知の国も同然ね。どこも男女共学になって自動販売機でコンドームを売ってる今のありさまを当時の学生たちが見たら、何と言ったかしら？」

「少しはまともな感覚があれば万歳と叫んださ」とマイク。

「あんがい女性たちはそうでもなかったかもよ」バーバラが指摘した。

「うちの母もずっと男女共学には反対だった」とイモージェン。「こちらは古臭い考えだとしか思わなかったけど、今そのことを母と話し合えたらいいのに。母はガートン・カレッジの出身で、どうやらガートンとニューナム（ともにケンブリッジの歴史的な女子専用カレッジ。ガートンは一九七九年に男女共学となった）は犬猿の仲だったらしいの……」

その後は男女共学の相対的な利点をあれこれ話し、適当な時間にイモージェンは家に帰った。

ケンブリッジのカレッジは不死身だ。もちろん遠い昔には、不運な時のめぐり合わせで滅びてしまったものもある。だが近年ではいくつか新顔が生まれた上に、ほとんどのカレッジが男女平等といった新たな理念に順応し、ひとつも死滅していない。死滅していない、ということは、相続税を払っていないということだ。古い学舎の管理、それにキングズ・カレッジやトリニティ・カレッジの聖歌隊といった伝統の維持にかかる費用は、寛容にも税を免除されている。おかげで抜け目ない会計係がいるカレッジは繁栄を謳歌してきたわけだ。

だがJ・M・ケインズばりの腕利き会計係がいたためしのないセント・アガサ・カレッジは、決して裕福な部類ではない。敷地は川沿いの一等地ではなく、学舎も古色蒼然《そうぜん》たるつましいものだとはいえ、近ごろは〝世知辛《せちがら》いご時世〟を痛感させられていた。そんなわけで五年に一度、冬休み中――ちょうどクリスマス直後の空白期間――に、一部の卒業生を招いた盛大なパーティが開かれる。〈ウィンダム図書館〉でコンサートが催され、大食堂で宴会が開かれて、学寮長が格調高い言葉でそれとなく寄付を乞うスピーチをするのだ。

母校にもどった卒業生たちにはジェームズ一世時代の堂々たる寮舎が開放されて、可能なかぎり、彼らが在学中に使用した部屋が割り当てられる。その間、いつも有料でカレッジの部屋を借りている各種の会議は、チェスタトン・レーンのウォーターハウス・ビルへ追いやられるというわけだ。パーティには引退した上級メンバーも顔を出し、以前の教え子たちと――いざとなれば、相手が誰か憶えているふりをしてでも――みなで楽しいひとときをすごすことになっていた。

そのお祭り騒ぎのさなか、あるいは直後に、カレッジはしばしば予期せぬ贈り物を受け取る。図書館の本の購入費が寄付されることもあれば、学寮長がスピーチの中で悲しげに触れ、〝資金ができしだい〟実行すると断言したちょっとした修復や修理がとつぜん可能になり、寄付者の氏名が近くにさりげなく刻まれたりもする。さらには新たな奨学基金が設けられたりと、可能性はさまざまだ。ただし、効果はただちにあらわれるとはかぎらない。招待客の多くは即座にぽんと大金を出すより、家に帰って遺言書を書きかえるほうを選ぶからだ。

そうした集まりのさいにはイモージェンも終日、仕事場で待機しなければならない。夜間も常に呼び出しに応じるか、行事が終わるまでカレッジに泊まり込む必要がある。杖をついた足元のおぼつかない老人たちが大挙して、大食堂やチャペルのでこぼこにすり減った階段をのぼりおりし――いつになく上等なポートワインを飲んだあげくに――慣れない部屋での荷解《にほど》きで薬を失くしたりするからだ。ときには川に落ちたり、無謀にも借り出した自転車で転ぶことすらある。みな平底舟を漕いだり自転車に乗ったりする技術は、ひとたび学べば永遠に忘れないと思い込んでいるのだ……。

おかげで、こうしたさいにはほとんど常に応急手当、悪くすると救急車が必要になる。イモージェンはおおむねろくに顔も知らない相手の世話をするはめになるのだが、それでもどうにかこの集まりを楽しんでいた。カレッジじゅうが郷愁に満ちた浮かれ気分に包まれる。母校がまだ自分たちを憶えていることを知って、往年の青年たち——そして、のちに加わった乙女たち——は、甘酸っぱい感動を覚えるのだ。

ウェールズからもどってしばらくたったこの年の暮れ、ギプスこそ取れたがまだ歩くときには杖を手放せず、自分のほうが頼りない状態だったイモージェンは、そんな週末のために仕事場に近い学生用の部屋に泊まり込んでいた。さいわい例年よりは事件が少なく、自分でもいくつか催しに参加できそうだった。とくに興味津々《きょうみしんしん》だったのは、マヴェラック教授のスピーチだ。

マヴェラックは思いがけない如才《じょさい》なさを発揮して、まさにどんぴしゃりのスピーチをした。ご高名な聴衆のみなさんが、回顧録とはいかないまでも、せめて日記を書かれていることを祈ります、と彼は切り出した。たしかにそうしたものは、たとえ重要な歴史的事件の目撃体験が綴《つづ》られていても、出版される機会が減っているのは事実です。しかしながら将来、いったい誰が伝記的調査の対象になる、あるいはじっさい伝記の主役になるかはわかりません。電話が発達した現代では、伝記や歴史書の生の資料がたいそう乏しくなっているのです。ですからどうぞみなさんはあまり慎ましく、自分の手紙のコピーを取っておく必要はないなどと思わずに……。

マヴェラックのスピーチが終わると、セント・アガサ・カレッジの新たな図書館長——オックスフォード大出の抜け目ない有能な館長だ——が立ちあがって先を続けた。ぜひとも、みなさんの回顧録や日記を母校の図書館にご寄贈いただければさいわいです。それらを注意深く保管して目録を作るにはかなりの費用を要しますが、将来何らかの必要性が生じたさいには、必ずや役立つことでしょう。当カレッジのあらゆるメンバーの人生と意見は、母校にとって計り知れない価値を持つのです……。

巧みなお世辞にすっかり気をよくした聴衆は、三々五々にランチと午後の自由時間をすごしに出ていった。

マヴェラック教授は、あれこれ尋ねたがっている小さな一団に囲まれて立ち去るまぎわに、しばしイモージェンの視線をとらえた。彼女はドアのわきに静かにたたずみ、聴衆の最後の一人が講堂の古びた階段状の通路をよろよろあがり、無事に平らな床にたどり着くのを待っていたのだ。

「あんなものでよかったのかな?」マヴェラックは彼女のまえをすり抜けながら、ひそひそ声で言った。

「あら、上出来だと思いますよ!」イモージェンは笑いながら答えた。

ランチに出されるはずの脂ぎったローストポテトと温野菜添えのローストミートは、昼の食事としてはイモージェンには重すぎた。そこで急いで通りの向かいの店でロールパンサンドとペストリーを買い入れ、分厚い冬のコートを着たままベンチでのんびり食べようと、フェローズガーデンに持っていった。

どの庭もいちばんみごとに見えるのは五月だ。けれどイモージェンはラベルのついた多年草が庭の縁《ふち》にずらりと並び、そのところどころに小さな蕾《つぼみ》をつけたマツユキソウが身を寄せ合っている光景が好きだった。枝を低く垂れたムラサキブナの巨木はまだ赤茶けた葉の大半をつけたままだし、裸の枝をレースのように広げた木々も、青葉の茂る木々に劣らず目に快いものだ。半円形の植込みに囲まれた野外の小部屋《アルコーブ》に置かれたベンチに腰をおろすと、イモージェンは冬の淡い陽射しをふり仰いだ。

やがてパンを食べ終え、仕事場にもどってお茶でも淹《い》れようかと考えていると、不意に茂みの向こうから聞こえてきた音に注意を奪われた。かしましい鳥の鳴き声の合間を縫うように、静かにすすり泣く人間の声がする。立ちあがって植込みの裏側へまわってみると、ジャネット・サマーフィールドが目のまえのベンチにすわって泣きじゃくっていた。

「どうかなさいましたか?」ほとんど条件反射のように、イモージェンは口にしていた。

「いいえ。放っといて」という返事のあと、「あなたは誰? わたしの知っている人?」

「イモージェン・クワイです。わたしはここの学寮付き保健師なので、何か体調がすぐれないのならお力になれますよ」

「でもあなたにはもう助けてもらったわ」ジャネット・サマーフィールドは答え、泣くのをやめた。「あなたは親切にしてくれた。ミス・ブリャンは無事に伝記を仕上げられそうだと話してくれたでしょ。何て優しいの、こちらはあんな——不躾《ぶしつけ》とでも言うのかしら?——態度を取っていたのに。あなたはきっとすごくいい人なのね」

「努力はしています」イモージェンはわずかに顔を赤らめた。「医務室でお茶でも淹れて、アスピリンをさしあげたあと、帰りのタクシーを呼びましょうか？」

　ミセス・サマーフィールドはかぶりをふった。

「よければ、何が気になっているのか話してください」

「マヴェラック博士の話を聞いて頭にきちゃったの」ジャネット・サマーフィールドは答えた。

「あれはフェアじゃない――そう思わない、ミス・クワイ？」

「さあ、どういう意味か……」

「あんな連中に自分たちの馬鹿げた日記が大歓迎されると思い込ませるなんて……。こちらはあのギデオンですら、すんなりとは――山ほどのトラブルなしには――伝記を出せないことを思い知らされてるのに。こんなところへ来るんじゃなかった。でも少しはわたしを憶えてくれてる人たちがいれば、ギディの――亡くなった夫の友人たちと挨拶を交わすのも悪くないかと思ってね」

「あら、そうなんじゃないかしら？　つまり、旧交を温めるのはいいものですよ」

「でもまだ、そんな人は一人も見つからないの。バガデュース博士はべつだけど、彼はとても忙しそうだし。すごくさまざまな年代の卒業生が招《よ》ばれてるみたいで……」

「ええ、たしかに。顔見知りの方がいなくて残念ですね。もうお帰りになりたいですか？」

「それが、帰る気にもなれなくて。うちはまるで墓場なの。しんと静まり返って……週末いっぱい誰も話し相手がいないのよ。寡婦《かふ》になんてなるものじゃないわ、ミス・クワイ――この世でいちばん寂しい人種よ。話し相手がほしくて狂いそうになるほど」

「お友だちは一人もいないんですか？」イモージェンは静かに尋ねた。あくまでプロとしての態度を崩さずに。

「昔の友人たちとは残らず喧嘩してるわ。もともとあまり多くはなかったし……新しく作るしかなさそう。あなたはわたしのお友だちになってくれる、ミス・クワイ？」

とつぜん、イモージェンは良心にかかわる選択を迫られた。はい、と答えるのは簡単だ――けれどそれでは、いずれは裏切り者になってしまう。

「いいえ」イモージェンは答えた。「あなたのお友だちにはなれません。だってほら、わたしはあなたがなぜあんなことをしたのか知っているんです」

「知っている？」

「もうわたしだけじゃありません。ほかの人たちにも話しました」これはジャネット・サマーフィールドがすぐにも襲いかかってくるのを防ぐための言葉だったが、彼女にそんなつもりがないのはあきらかだった。イモージェンはまったく身の危険を感じていなかった。

「で、あなたはそれをおぞましく思っているの？　まったく申し開きの余地のないことだと？」

「殺人はおぞましい行為です」イモージェンは静かに言った。「ええ、わたしはそう思っています」

「最初はどうにか彼を説得して、思いとどまらせようとしたのよ」ジャネットはまるで親に言い訳しようとしている子供のように、両目を見開いてイモージェンを見つめた。「でも彼は耳を貸そうとしなかった。わたしのことなんか、どうでもよかったの。そんな仕打ちをされるのがどんなものか想像できる、ミス・クワイ?」

イモージェンはすぐにも口から飛び出しそうな質問――あなたはいったい誰を説得しようとしたの?――を呑み込み、かわりにこう言った。「さあ、どうかしら――話してください」

21

「わたしにも以前は、自分自身の人生があった」ジャネット・サマーフィールドは話しはじめた。「わたしは歌が得意でね。よくコンサートを開いたものよ。リサイタル――独唱会《リーダー》って感じのものを。ギデオンと結婚したときには、彼があれほど気むずかしいとは知らなかったの。家のどこかから少しでも音楽が聞こえると仕事ができなくなる――誰かがキッチンで働きながらハミングしたり、庭の奥で発声練習をするのさえ、耐えられないなんて。わたしはずっと、数学者は音楽好きだとばかり思ってた。あなたはどう?」彼女は涙に濡れた顔に無言の訴えを込めてイモージェンを見た。

「じっさい数学者の多くはそうだと思います」イモージェンは答えた。「あなたにはとんだ災難でしたね」

「とにかくそれで、まともな練習ができなくなってしまってね。あきらめるしかなかった——すべてをあきらめるしかなかったの。まあ、二流の歌と第一級の頭脳を秤《はかり》にかければ……」

「でも、ほんとにそんなふうに割り切れるものかしら？」イモージェンは考え込むようにつぶやいた。

「わたしはそれでよかったの。ギデオンに心酔しきっていたから。彼はそれまでに出会った誰よりはるかに頭がよかった。じつのところ、だから彼と結婚したのよ。その才能にほれ込んで。わたしは当の本人以上に、彼の成功を望んでいたはずよ。それが生き甲斐だったの。わかる？」

「ドロシア・ブルック（ジョージ・エリオットの小説『ミドルマーチ』の登場人物）みたいなものかしら？」

「あら、でもギデオンの仕事は本物だったわ。ドロシアの夫だった牧師の馬鹿げた研究とちがって。犠牲を捧げるだけの価値があるものだった」

「つまり、あなたはいわゆる古風な妻だったわけですね。何につけても夫を最優先にする……」

「まさか——そんな古臭い女ならギデオンとはまったく合わなかったはずよ。彼は自由な精神の持ち主だったの、ミス・クワイ。型にはまった考え方を軽蔑していた。わたしたちはみんなそうだったわ」

「みんな？　それじゃお二人にはたくさんお友だちがいたんですね？」

「以前はね。最後はそうでもなかったけど。ギデオンは家へ訪ねてこられるのが好きじゃなかったの。仕事の邪魔になるから」ジャネットはしばし黙り込んだ。

「そのお友だちというのは」イモージェンは先をうながした。「たとえば、メラニー・ブラッチみたいな人たちですか?」

「メラニーはわたしと親しかったわけじゃなく、ギデオンの友だちだったのよ。彼はある夏、彼女と浮気をしたの――わたしへの腹いせに。こちらがちょっと不適切なことを言ったのに腹を立てて、彼女と寝はじめたのよ。メラニーはとても若かったから、きっと自分のしていることがわからなかったのね。わたしは一度も彼女を責めたりはしなかった。それにギデオンが愛人を持つのも気にしてなかったわ。だってほら、彼は性欲が強すぎて、わたし一人じゃ手に負えなかったの。だからちっともかまわなかった――中には信じようとしない人もいるけど、わたしはかまわなかったのよ。えてして創造的な人たちは性欲が強いものでしょ? ピカソがどれほど女好きだったか考えてみて! それにわたしのギデオンはいつも家に帰ってきた。いつも夜は自分のベッドで眠ったの。だからわたしはかまわなかったのよ――それが彼の仕事に役立つのなら」

「じゃあ、それを伝記に書かれてもかまわなかったんですか?」

「え?――あら、ええ、そんなことはどうでもよかったの。どのみちイアン・ゴリアードは書くつもりはなさそうだったし。女の話なんて悪趣味だとか言ってね、あの気取り屋ったら! それでファイルからメラニーに関する資料を抜き取ったのよ。だけどもちろん、ほかの執筆者はみんなそのことを見つけて書くはずだった。そんなこと、何の関係があるの? わたしはあなたにギデオンのことを話してたのよ」

だったら当然、彼の伝記だって関係あるでしょうに! 内心そう思いつつ、イモージェンは沈黙を守った。何だかいやな感じがしはじめていた。そういえば医学部時代にさまざまな患部のおぞましいスライドを見せられそうになると、こんな激しい興味と嫌悪の身震いに襲われたものだ。

「わたしは初めは子供がほしかった。まあ、結婚すれば誰でも——というか、当時は誰でもそうだったのよ。でもギデオンは子供がもたらす騒音と混乱を恐れたわ。彼には規則正しい生活が必要だった。丁寧に調理された食事が時間どおりに出され、家の中がいつも静かできちんとしているような。だからほんとに無理だったの」

「それじゃあなたは彼のために音楽をあきらめ、子供をあきらめ、ついには友人たちまで手放したんですか？」

「ええ。そうしてずっと彼を支え続けたのよ、ミス・クワイ。最後まで喜んで……」

「あんまりだわ！」イモージェンは叫んだ。「なのにあなたはそんな身勝手な人を褒めたたえた伝記を書かせたいの？」

「彼の業績を認めてほしいのよ。ギデオンが偉大な数学者として名を残せるようにしたいの。そうすれば少なくとも、あの歳月は無駄じゃなかったことになる。きっと誰かが、彼の成功は献身的な妻のおかげだと言ってくれるわ！」

「ご主人はじきにウェイマーク賞を受賞されるそうですね。あなたはさぞご満足でしょう——たとえご本人にはもうそれを喜ぶことはできないとしても」

「彼には喜ぶ資格なんてなかったわ！」ジャネットはとつぜん、嚙《か》みつくような口調になった。

「何もかもぶち壊しかねなかったのよ！　わたしのことなんかこれっぽっちも考えずに！　こちらの気持ちを話したら、何と大声で笑って――」

「どういうことか、よくわかりません」イモージェンは言った。いつしか、ささやくような声になっていた。

「じゃあ、はっきり言わせてもらうわ。ギデオンについてひとつだけたしかなのは、彼が自分の仕事に誇りを持っていたことよ。彼はずっと、ほかの何より仕事を大事にしていた――間違いなくわたしのことよりもね。まあ、それは理解できたわ。正直いって、こちらは大した歌手にはなれそうもなかったから、自分の仕事を続けるよりもギデオンの支援に専念するほうがたやすかったの。最初は失望させられた。彼はただの教師――ケンブリッジの水準からすれば、とくにどうってこともない教師の一人とみなされていたのよ。ところがやがて、例の新たな非周期的充填法が発表されると、みなが彼の非凡な才能に気づいたの。その後しばらく、わたしは天にも昇る心地だった。何年間もね。彼だってまんざらじゃなかったのよ。あちこち海外の講演会に招かれて、わたしも一緒についていったわ。そうして時が流れ、みんながウェイマーク賞がどうとか口にしはじめた。するととつぜん、ギデオンは様子がおかしくなって、自分にはあんな賞を受ける資格はない、事実を告白するとか言いだしたの！　だからミス・クワイ、こちらはとめるしかなかったのよ。無理もないことでしょう？」

「彼は自分の不正行為――あの偉大な業績がじつは他人のものだったことを告白しようとしてたんですね？」イモージェンは尋ねた。いざ恐るべき光景を目《ま》の当たりにすると、がらりと感じ方が変わる――激しい嫌悪も興味も消えうせて、冷たい、超然とした痛みのようなものを感じるのだ。

「わたしは考えつくかぎりのことをしたわ！　彼に懇願もした！　だってそんな恥ずかしい――屈辱を想像できる？　そんな不名誉には耐えられなかった。あれほど尽くしてやったのに、彼はわたしたちの顔に泥を塗ろうとしてたのよ。しかも笑いながら。きみには関係ないことだ、と彼は言ったわ。だけど仲間の業績を盗んだわけじゃあるまいし――そうでしょう？　彼が借用したのは数学的発見じゃない――愚かなウェールズの農夫の妻が作った、ただのつぎはぎ模様なのよ！　わたしは何度も彼に言い含めたわ、どのみちあのパターンのどこが特別なのか見抜くには、あなたの才能が必要だったんだって。でもギデオンは耳を貸そうとしなかった。だから殺すしかなかったの。わかった？」

だがイモージェンにはもう、自分が何を目にしているのかよくわからなかった。ひょっとして、完全な狂気なのだろうか？

「どんなふうにやったんですか？」イモージェンは尋ねた。

「わたしたち――わたしは、彼の食べ物に薬を入れたの。もうどうなろうとかまわなかった。恥を忍んで生きるより、殺人罪で刑務所に入るほうがましだったのよ！」

「それがごく簡単だったから、ほかの人たちも平気で殺すようになったのね……」

「どういう意味？」ジャネットはぱっと立ちあがって叫んだ。「ほかの人たちって――いったい何の話よ？　ほかの人たちなんていないわ！」

「ほかにも犠牲者が少なくとも二人はいたはずですよ」イモージェンはその場を一歩も動かなかった。

ジャネット・サマーフィールドはふたたび腰をおろし、氷のように冷たい目をひたとイモージェンに向けた。

「あなたと話すんじゃなかった」ジャネットは言った。「あなたはぜんぜん優しくなんかない、ただの腹黒い女よ。でもいいこと？　今しがたわたしが話したことはいっさい証明できないはずよ。ひとつもね。証拠は何もない。病院の病理医が死亡診断書を書いて、火葬の許可もおりたのよ……犯罪行為の証拠はどこにもない。それにわたしはこのやり取りを一語残らず否定するつもり。そちらが一言でも誰かに話したら、すぐさま名誉棄損罪で訴えて、あなたを一文なしにしてやるわ。わかった？」

「あなたがどんな人かは、いやというほどわかりました」イモージェンは悲しげに答えた。

ジャネット・サマーフィールドは立ちあがり、テント形のたっぷりしたコートを冷たい風になびかせながら、ちりひとつない芝生の向こうへずんずん歩み去っていった。イモージェンは腰をおろしてそれを見送りながら、あの〝わたしたち〟から〝わたし〟への、不可解きわまる主語の変化について考えた。

「お望みの自白を手に入れたわ、マイク。ただし、目当ての犯罪のものじゃないけど」翌朝、イモージェンは警察署を訪ね、マイク・パーソンズの書類だらけのデスクのまえに立っていた。

「ああ、それに立会人はいなかったし、発言はただちに撤回された。でもぜったいに事実だと思う」

「まあすわって」とマイク。「ぜんぶ話してくれ」

イモージェンはジャネット・サマーフィールドが口にしたことをざっとまとめて、できるだけ正確に話しはじめた。

「つまりその女は頭がいかれてるってことか?」話を聞き終えるとマイクは言った。

「まさに狂人そのものよ。殺人者はえてしてそうなんじゃない?」

「そいつは哲学的な問題だ。むずかしいところだな。〈ヨークシャーの切り裂き魔〉はいかれていたか? 正気の人間なら、夜中に女を探し歩いて殺したりはしない――ゆえに、切り裂き魔は狂っていた。だが精神に異常をきたした者は、いかなる行動の責任も問われない――ゆえに、やつは殺人者ではないわけだ。だが何を証拠に彼は邪悪というより狂っていたと言えるのか? そりゃまあ、彼はいかれてたんだろう、正気の人間なら、夜中に女を探し歩いて殺したりはしない……」

「むずかしい問題なのはわかるけど」イモージェンは言った。「あなたは哲学好きなの、マイク? 意外だわ。すごく実際的な人なのかと思ってた」

「今朝はきみの話を聞いて、にわか哲学者になったってところさ」とマイク。「何やらおかしな人間が殺人を告白したときは、そいつはほんとに狂ってて、ゆえに真の殺人者とは言えない可能性がある。逆にその人間は真の殺人者で、じつは狂ってなどいない可能性もね。そしてもうひとつ、完全におかしくなった人間が、われわれ常人にはどうにも理解しがたい理由で、じっさいには犯してもいない殺人を告白する場合もあるはずだ」

「つまり、そうした人たちには責任能力があるのかという問題のまえに、彼らは自分で告白したことをじっさいにしたのかという問題があるわけ？」

「そういうこと。で、きみはどう思う？」

「彼女がほんとに夫を殺したのなら──わたしにもその理由《わけ》が理解できるのは認めざるをえないわ。他人の業績や栄誉を生き甲斐にするのが危険なのは、自分自身のプライドまでその主演俳優に左右されてしまうからよ。しかも偉大なるギデオンは良心の発作に襲われたとき、妻には関係のないことだと考えた……彼女のほうは、彼が自ら破壊しようとしているまさにその声価を育《はぐく》むために、人生のほかの望みを残らず犠牲にしてきたのにね」

「じゃあ彼女には動機があったわけだ。夫婦ならたえず機会にはこと欠かない。手段はどうだろう？　たしかきみはこれまでに二度、髄膜炎《ずいまくえん》は第一級のきわめて堅固な疑いの余地のない死因だと話してくれたよな」

「たしかにそんなことを言った。でもこのまえあなたと話したあと、ちょっと気づいたことがあるの。ＤＮＯＣという薬剤があって、それをじゅうぶん多量に投与すれば、人を急死させることができるのよ。被害者はまず多幸感を覚え、そのあと高熱を出して急激に衰弱──髄膜炎の症状とそっくりなの」

「で、その薬は〈ブーツ〉で売っているのか？」

「ううん、もちろん売ってない。農薬の一種なの。でも一昔まえにはダイエット用の薬として処方されていて……」

「へえっ」

「そしてフランによれば、古いアルバムの中のジャネット・サマーフィールドはたえず劇的に太ったり痩せたりで、誰だか見分けがつかないほどだった」

「じゃあ彼女はその薬剤を処方されてたのかもしれない……」

「そしてごっそりため込んでたのかもしれないわ」

「やけに推測だらけだな、イモージェン」

「まあ、たしかにおかしな話だけれど、患者たちはしじゅう薬を飲まずにため込むものなのよ。たとえ無料《ただ》の薬でも、取りにいかずに処方箋を捨ててしまったりするし」

「そして今ぼくらが話題にしてるのはみごとに頭のたががはずれたご婦人だから、危険な劇薬をため込むぐらいは、彼女がしてきたほかの暴挙にくらべれば屁でもないはずだ……」

「どう見ても彼女がしでかしたいちばんの暴挙は、そもそもあの男と結婚したことよ」

「それはまあ、きみの言うとおりだろうな」マイクは椅子の背にもたれて身体を前後に揺すりながら、考えにふけるような表情で鉛筆を噛みはじめた。

「もうひとつ気になるのは」とイモージェン。「彼女が〝わたしたち〟と口にしたあと、あわてて言いなおしたこと。あれはやっぱりすごく奇妙だわ、マイク」

「あれこれ夢中でぶちまけてるうちに、ほんの一語だけ言い間違えたのが？　そうでもないさ。

彼女はずっと自分のことを夫の人生の添え物としか考えなかったから、一人称の使い方を忘れちまったんだろう」

イモージェンは眉をひそめた。「でも単数と複数の区別は頭にたたき込まれてるものじゃない？　うっかり言い間違えたりする？」

「だが、彼女はすぐに言いなおしたんだろ」

「それはそうだけど……」

「じゃあ、〝わたしたち〟にはどんな意味があったと考えられるんだ？　きみは共犯者がいたと言いたいのか？　いったいほかの誰がサマーフィールドを殺したがっていたと……待てよ。彼には愛人がいたと言わなかったか？」

「ええ、彼には愛人がいた。でも、それはありそうもないと……」

「まあ、たしかに彼女が共犯者だとは思えない。それに、ぼくはたんなる情報収集の聞き込みはしないことになってるんだよ。もちろん、今のきみの話からして、ジャネット・サマーフィールドに事情を聞きにいくことはできそうだけど――」

「わたしが情報収集の聞き込みをするぶんには何の支障もないはずよ」イモージェンは言った。

「その愛人はメラニー・ブラッチという名で……」

「いいかい、イモージェン、殺人の調査は本質的に危険なものなんだ。しかもきみはカレッジの休暇中はほとんど独り暮らしだろ。最上階のフラットに例の大事なフランがいるだけで」

「わたしたちはジョシュをボディガードにしたばかりなの」イモージェンはマイクに話した。

すぐに知らせてくれ。いいな？」

「それにせいぜい用心するわ」

「なら仕方ない。これはまだ公式の捜査じゃないから、ぼくがサマーフィールドの妻と話すまえにきみがまず愛人と話してみたらどうだ？　何か探り出せるかやってみて、仕事を終えたらすぐに知らせてくれ。いいな？」

　当然、生身の人間ならこの最新の展開をフランに洗いざらい話さずにはいられなかった。だがフランの反応には驚かされた。イモージェンは気の滅入る悲しい話だと考えていたのに、フランは有頂天になったのだ。

「すごいわ、イモージェン！　それが証明できればなあ！　その話の一部だけでも事実なら――どんな筋書きになるか考えてみて！　われらがヒーローはふとした出来心で論文のテーマを盗み――それから長年、名声を享受《きょうじゅ》した。ところがその後、いよいよ究極の栄誉を手にしかけたとき――とつじょ道義心に駆られて悔悛《かいしゅん》し、無情にも口を封じられてしまう……。わあ！　わたしは何てすごい本を書こうとしてるの！　学者の伝記に推理と良心のドラマが絡む、前代未聞の作品よ！　きっと有名人になるわ！」

「じゃあ、それで万事めでたしね」イモージェンはそっけなく言った。彼女は無意識のうちに、この件をジャネット・サマーフィールドの視点で――妻側の立場から――見ていたのだ。けれどフランのほうはむろん――伝記の執筆者ならごく当然のことだが――ギデオンを主役として考えていた。興味深い発見だ、とイモージェンは考えた。わたしは常に女の視点で世界を見る傾向があるのだろうか？　熱烈な男女平等主義者のフランより？　とはいえ結局のところ、進んで夫の犠牲になるような妻に今どきの若者がさして同情を抱くはずはない。

「それよりフラン、例の〝わたし〟と〝わたしたち〟の件をどう思う？　一人で行動していた人間が〝わたしたちは〟なんて言うかしら？」

「うーん」とフラン。「わたしなら言わないと思うけど。それじゃ、誰かほかの人間が絡んでたってわけ？」

「もしもそうなら、誰が？　ほかの誰に彼を殺す動機があった？　メラニー？」

「あの人にどんな動機があったのかわからない。どう見たって、栄光のおこぼれにあずかれる立場じゃないもの。それにイモージェン、メラニーは感じのいい人よ。そんなことはしそうにない。あなたも話してみればわかるわ」

「じつは彼女と話してみるつもりなの。一緒に来たい？」

フランはすぐには答えず、居間の暖炉のそばの古びた肘掛け椅子の背にもたれ、しばらく考え込んでいた。

「すごく行きたい気もするけど」やがてフランは言った。「打ち明け話を聞きたいんなら、三人より二人のほうがいいんじゃない？　あなたには人の心を開かせる才能があるし、わたしのほうはそれにはちょっと元気がよすぎるみたい。やっぱりあなたが一人で行ったほうがよさそう。でもあとで彼女が口にしたことを一言残らず教えて――いいわね？」

22

メラニーはイモージェンと会うことを快く承知した。けれど家のドアを開けるなり、こう言った。「お役に立てるかどうか、ミス・クワイ。ギデオンについて話せることはすべて、あのフランセス・ブリャンとかいう感じのいい娘さんに話したのよ。だけどもちろん、あなたとお話しするのはかまいません。訪ねてくれる人がいるのはいいものだわ。ギデオンが亡くなってからというもの、とても寂しい思いをしているの」

メラニーはイモージェンのコートを受け取り、彼女に椅子にかけるよう身ぶりでうながした。コーヒーテーブルの上に、ビスケットとシェリー酒用のグラスがふたつ載った小さなトレイが用意されている。二本の杖をついてゆっくり動きまわっているメラニーは、あきらかに介護付き住宅でなければやってゆけそうになかったが、それでも頭はごく鋭敏に機能しているようだった。

イモージェンはメラニーをとくと眺めた。往年の美貌は少々色褪《いろあ》せているものの、今も容易に想像がつく。室内はきれいに整頓されて、ぎっしりものが詰め込まれていた。メラニーはこの設計者たちが衰弱した老女には不要だと考えたものを山と持ち込んできたようだ。

「わたしがお訊きしたいのは、ギデオンではなく――」イモージェンは切り出した。「ジャネット・サマーフィールドについてなんです。どうしてもご意見をうかがいたくて。でもこの話はあなたにはショックかもしれません」

「あら、どうして？　わたしはジャネットのことはあまり知らない——というより、気にもしていないのに。彼女はわたしが愛した男性《ひと》に長いことみじめな思いをさせたのよ」

「じつは、悩ましい問題があるんです。彼女はどうも正気とは思えないようなふるまいをしていて……」

「それは今にはじまったことじゃないわ」

「ですけど、わたしは彼女に聞かされたあることについて、どう対処すべきか決めかねているんです」

「彼女はあなたに何を話したの？」

「自分は——誰かほかの人物と一緒に——夫の食べ物に何かを入れて殺したと」イモージェンはそう口にしながら、注意深く目をこらしたが、メラニーの顔に恐怖の表情が浮かぶことはなかった。

「それじゃ、彼女は完全におかしくなってしまったのね」メラニーは言った。「ジャネットは偉大な男の妻という役柄をライフワークにしてたのよ。だのになぜ、わざわざ失業するようなことをするの？」

「夫が自分の発見はよそから盗んだものだと告白しようとしたので、彼女はその屈辱に耐えられなかったとか」

メラニーの顔からとつぜん、血の気が引いた。「たしかにそれならジャネットはひどくいやがったはずだわ。でも……そのために殺人を犯すほど？　たぶん。ああ、可哀想な、可哀想なギディ！　そんなこと考えるのも耐えられない！」メラニーは両手で顔をおおい、静かにすすり泣きはじめた。

それだけで、彼女がこの話を即座に信じたのはあきらかだった。

ほどなく、メラニーは落ち着きを取りもどした。「彼女はきっとあなたにも、自分はすべてを投げうってギデオンの偉業を支えたのだと話したんでしょうね？」

「ええ、そう言っていました。あの話からすると、彼女の夫はたしかにとても利己的だったようだわ。彼の仕事のために、彼女はとんでもない犠牲を強《し》いられたとか。それは事実じゃないんでしょうか？」

「むしろ逆よ。彼は彼女と結婚したその日から、たえず容赦なく追い立てられていた。彼女はギディの友人たちを追い払い、彼を静かな部屋に閉じ込めて、日がな一日そこで仕事をさせたのよ。ときには、ランチを食べにゆくことさえさせずにね。彼は仕事を中断せずにすむように、デスクに向かったままサンドウィッチと魔法瓶に入ったコーヒーで食事をすませるしかなかったの。休暇中ですら、何かアイデアがひらめいた場合にそなえて、毎日数時間は紙と鉛筆を手にそこにすわっていなければならなかったわ。それで完全に参ってしまってね。あの手の仕事は自然にアイデアがわきあがるか、まったくだめかのどちらかで、無理にひねり出せるものじゃないのよ。しかも彼女ははっきり申し渡したの、自分がここまでするのは〝ケンブリッジではまあまあ人並み〟程度の男のためじゃない——ほしいのは輝かしい成果なんだって。可哀想なギディはそんな暮らしに耐えられず、つかのまの平安を求めてわたしのところへ来ていたの」

「でもジャネットは彼のために大きな犠牲を払ったんですよね？」

「馬鹿らしい。初めてリサイタルを酷評されたときにすべてを投げ出して、ぜんぶ彼のせいにしたのよ。それに彼は子供をほしがっていたのに、彼女が騒音は仕事の邪魔になるとか言って……いやだ！　たった今、気づいたわ、ギディが何を告白しようとしていたか——彼は例の発見はあるキルトから取ったのだと言おうとしていた——そうなのね？」

「はい。あなたはそのことをご存じだったんですか？」

「はっきり知ってたわけじゃないのよ。でもずっと以前の夏にギディと逃げ出したとき、二人で泊まった農場にあったキルトに彼がすごく感動していたのは憶えてる。ひどい雨降りの日で、彼はそのキルトの模様をノートに書き写していたわ——ひとつひとつのピースを、縁《ふち》の部分まで残らず」

「彼は自分の発見がそれをベースにしていることを一度でもあなたに話しましたか？　あるいは、事実を告白するつもりだということを」

「いいえ。どのみちわたしたちはいつも、彼の神聖な仕事のことだけは互いに決して口にしなかったから」

「ではギデオン・サマーフィールドを殺すのに関与したかもしれないもう一人の人物は、あなたじゃないと考えていいんですね？」

「ええ、ちがいます。ギディが何をしようとしていたにせよ、わたしなら彼を傷つけるよりは自分が死んでいたはずよ」

「じゃあ誰ならそんなことをしそうか心当たりはありますか？」

「いいえ。誰がギディと親しかったかは知っているけど——もちろん、大学の同僚たちはべつとして。まずイアン。でも彼はしじゅう海外へ行っていた。それにレオ——彼もアメリカへ行ってしまったわ。もちろん、今はもどってときおり顔を見せてくれるけど、彼が帰国したのはギデオンの死後よ。あとはメレディス……問題は彼らの一人にどんな動機があったのか見当もつかないことね。

わたしたちはただの仲良しグループだった。若いころは、みんなで陽気に楽しんだものよ。だけどその後は世の常として、それぞれべつの人生を歩みはじめたの。若いときには誰もが何かをなし遂げて、有名になろうと必死だったわ——そしてわたしたちの多くがどうにか少しは功績を残した。それに年とともに現実的になり、以前より謙虚になっていったのよ。決してあきらめなかったのはジャネットだけ。わたしはギデオンの数学者としての業績なんてどうでもよかったの——むしろ彼があれ以上有名になって意気揚々と講演旅行に飛びまわり、ろくに会えなくなったら残念に思ったはずよ。わたしはただ、ありのままの彼が好きだった。彼が数学をやめて編み物をはじめたって気にもしなかったでしょうね」

「ところで、あなたは次々と入れ替わった伝記作者たちについては、何もご存じないですか？」

イモージェンは尋ねた。

「イアンがあの仕事にうんざりしきっていたのは知ってるわ。彼はついこのまえも、イタリアへもどるまえにわたしに会いにきたのよ。それと、イアンが伝記を書けば、何ていうか――きざな感じになっていたでしょうね。妙に遠回しな、ほとんど彼自身のことばかりが書かれた伝記」

「彼はイタリアにいるんですか？　ほんとに無事に元気で？」

「つい数日まえに絵葉書をもらったばかりよ。炉棚の上にあるわ。よければ見てちょうだい」

ミケランジェロ広場から見たフィレンツェの風景が写ったその葉書には、こう書かれていた。〈恐るべき渋滞。恐るべき人ごみ。きみがここにいなくてよかったよ。イアン〉消印は五日まえのものだ。

「あまりお役には立てなかったかしら？」メラニーは悲しげな笑みを浮かべてイモージェンを見あげた。両目にうっすら涙がきらめいている。「ジャネットはどうなるの？　殺人罪で逮捕されそう？」

「みんな努力はするはずです」とイモージェン。「うまくいけばいいんですけど」

「ちなみに、わたしがこれまでにした唯一の賢明なことは」戸口までイモージェンを送りながら、メラニーは言った。「ジャネットが取り巻きの若者たちを集めた休暇先へ押しかけて、ギデオンを三日間だけさらってやったことよ」


医学的な診断には、理論と直感が微妙に入り混じっている。イモージェンが医学部で学んでいたころ——その後、婚約者とアメリカへ行くために中退してしまったのだが——いちばん興味を惹かれたのは診断についての勉強だった。いっぽう犯罪も病気と同様、いたるところに徴候を生み出す。その解決に必要とされるのは、パターンを見つけ出す手腕だ。そうしたもののパターンは、手押し車（随想集『パンセ』で有名な十七世紀フランスの科学者パスカルが発明したといわれる）に関するパスカルの評言と同じで——かぎりなく単純なものだが、誰かが考え出さなければならない。そのあとで初めて、はっきり見えるものなのだ。

　イモージェンは陽射しのあふれる静かな居間にゆったり腰をすえ、パターン探しのゲームに取りかかった。パターンの一部はすでに明白だった。フランを悩ませたようにマーク・ゼファーをしつこく悩ませていたジャネットは、ある日とつぜん彼を食事に招き、寛大で協力的な態度を見せた。ところがその後、マークは髄膜炎《ずいまくえん》にかかって急死した。ちょうどギデオンが妻と言い争ったあと、病院に運ばれ死亡したように。それらの死に何も関連がなかった可能性はあるだろうか？　まずあり得ない。けれどひとつ問題がある。ジャネットはマーク・ゼファーの死については何も知らないと言い張っていた。そもそも彼女が夫の死に関与したという唯一の証拠は、イモージェンへのあの告白なのだ。ではなぜひとつの殺しを打ち明けておきながら、それ以外はむきになって否定したりするのだろう？　わたしは何かを見落としてるんだわ、とイモージェンは考えた。

　まあ、考えられる理由のひとつは——とうていありそうもないことだが——ジャネットはじっさいひとつの殺人を犯しただけで、それ以外には関与していないからだろう。さあ、よく考えてみて。マークはジャネットと食事をして……

イモージェンは立ちあがり、ホールに出ていった。そしてパメラ・ゼファーに電話した。

「ああ、パメラ……そうね、ぜひ近々また一緒に散歩しましょう。次の晴れた週末にでも……ところで、ちょっと教えてもらえる？　例のあの日――マークがジャネット・サマーフィールドと食事をしたときだけど、ほかにも誰かがいたの？」

「ええ、そういえば、もう一人いたみたい。何やら妙な名前の女性の博士よ」

「その名前を思い出せない？　重要なことかもしれないの」

「ううん……思い出せそうにない。とにかくちょっと変わった感じの名前だったわ、ヴィヴィアンとかイヴリンとか、ヒラリーとかいうような……ごめんね、頭が真っ白になっちゃって」

「それじゃ、いつでもひょっこり思い出したら知らせてくれる？　じゃあまた近いうちに」

イモージェンは受話器を置いて居間にもどった。そしてまた肘掛け椅子に腰をおろし、頭の中であれこれひねくりまわしてまる一時間の貴重な時を浪費した。

七時近くにようやく立ちあがり、簡単な食事を作りにキッチンへ向かった。ホールを通り抜ける途中で留守番電話のランプがひらめいているのに気づき、立ちどまってメッセージを再生した。明日は窓拭き職人が来るようだ。それにシャールは、イモージェンがヘミングフォード・グレイまで車を出せるか知りたがっていた。その村にあるマナーハウスには、亡くなった女主人が遺したキルトが展示されているのだ。

「ルーシー・ボストンは見たこともないほどすてきなキルトを何枚も作ったのよ！」シャール

は言っていた。「電話帳でP・S・ボストン（本書の出版時は存命だったボストン夫人の息子ピーターのことと思われる）の番号を調べて事前に連絡すれば、家の中と庭を案内してキルトも見せてもらえるの！　近いうちに行ってみない？」

そのあとは、ピーッと電話ボックスの通話信号が聞こえてフランの声。フランは夕食には帰らないと言う。嬉しげな口調だ。

「バガデュース博士が自分の部屋で一緒に食事をどうかと誘ってくれたの。何かサマーフィールドについて、すごく耳寄りな話をしてもらえるみたい。じゃあね！」

イモージェンは廊下を離れてキッチンに入っていった。自分が何をしているのかも忘れてぼんやり冷蔵庫をのぞき込むあいだ、頭の中にはほかの考えが渦巻いていた。カレッジの中には今も、世間ではすたれかけた一種の礼儀作法がある。イモージェンはあの数学科のフェローを常に〝バガデュース博士〟として考え、ときたま本人と話すときには〝ドクター・バガデュース〟と呼んでいた。けれど彼は医師ではないし、イモージェンは彼のファーストネームを知っていた。例の一風変わった――ヒラリーやヴィヴィアンのように――男女のどちらにも使われる名だ。ドクター・バガデュースのファーストネームはメレディスというのだ……。

すべてがぴたりとはまる音が聞こえたようだった。

イモージェンは電話のそばへ駆けもどり、マイクの番号をダイヤルした。

23

今度ばかりは、マイクも鼻であしらったりはしなかった。彼は即座に反応した。「現場へ急げ。こっちもすぐに行く」

イモージェンはすぐさま家から走り出て車に飛び乗り、猛スピードでカレッジへ向かったが、彼女が着いたときにはすでに警察がやってきていた。カレッジの門のまえに停められた数台のパトカーが青いライトをひらめかせ、マイクはジーンズにセーターという服装で守衛室にいた。「どうやら、博士のフラットからの出口は〈泉の中庭〉へ通じる階段だけらしい」マイクは言った。「カレッジの出入り口はすべて見張らせている。だが姿を見られずに現場へ近づく必要があるのに、博士のフラットの窓は中庭に面してるんだ……」

守衛頭のヒューズは困惑しきっているようだった。「それよりわたしからバガデュース博士に電話を入れて、あなたがたが行くことを話したほうがはるかにいいと……」彼はみじめそのものの顔つきで切り出した。

「だめだ！」マイクはぴしゃりとさえぎり、「フレンチ！」と、制服姿の仲間の一人に身ぶりで合図した。「ここへ来て、誰も電話を使わないように見張ってろ！」それからイモージェンに向かって言った。「こっちの動きに気づかれたら最後、あっという間に料理をトイレに流されちまうぞ」

「わたしが中庭を横切って近づいても博士は警戒したりしないはずよ」イモージェンは言った。「医務室は彼のフラットのドアのすぐ向こうだから。それにわたしが誰かと一緒でもおかしくはないわ――その人が私服姿なら」

「よし、じゃあ行こう」とマイク。

だが、イモージェンと一緒なら怪しまれないというのは少々甘かった。マイクは中庭の周囲をめぐる小道を使わず、いきなりずんずん芝生を突っ切りはじめたからだ。カレッジの上級職員ではないイモージェンは普通、決してそんなことはしない。けれどたまたま、バガデュース博士は窓の外に目を向けなかったようだ。彼のフラットは一階にある。そこの〈樫の扉《オーク》〉――中にいる者が邪魔されたくないときには閉じておく、頑丈な表側のドア――はぴたりと閉ざされていた。

マイクはそのドアをせっつくようにドンドンたたいた。何の反応も返ってこないと、もういちどたたいた。

「まあ、待ちなさい――すぐに行くから」中から声が聞こえ、鍵をまわす音がした。「何ごとかね？」バガデュース博士が二枚の扉を開いて顔をのぞかせる。「わたしは今、手が離せない……」

マイクは「警察だ」と言うなり博士を肩で押しのけ、室内に姿を消した。

バガデュース博士は中へもどるよりここを立ち去ろうと考えたのか、イモージェンのほうに一歩踏み出した。だが彼女の背後に二人の制服警官が立っているのを見て、思いなおしたようだ。

「われらが貴重なるミス・クワイ」博士は彼女に目を向けてそっけなく言った。「では、あなたにも入ってもらおうか。こちらには立会人が必要になるかもしれないからな」

イモージェンは彼のあとについて室内に入った。ディナーの用意が整えられたテーブルの奥に、こちらを向いてフランがすわっていた。暖炉の正面に置かれた大きな長椅子の背後にあるテーブルだ。白いダマスク織のクロスがかけられ、カレッジの紋章入りの磁器と銀器が並んでいる。マイクはそのテーブルのかたわらに立っていた。

「じっとして――そこのものにはいっさい手を触れないで、ミス・ブリャン」彼はフランに言った。「誰が何を食べていたのか話してください」

テーブルの上には料理を取りわけた皿が六枚もある――両側に三枚ずつだ。

「どういう意味か……」フランは言った。「これはどういうことなの?」

「いいから質問に答えて」マイクがぴしゃりと言う。

「博士はヴェジタリアンだから、わたしにはべつのお料理を作ってくれて……」

バガデュース博士がイモージェンの背後からすばやく進み出た。「これは冷めてしまうから」

彼はテーブルから皿の一枚を取りあげた。「あちらで温めておこう……」

「それには及びません」マイクが皿を引ったくる。「これはラボに送って分析させてもらいます」

「ああ……」バガデュース博士は長椅子に腰をおろした。顔が真っ青になっている。

「たぶんあなたはわれわれが何を見つけることになるかご存じなのでしょう」マイクが冷ややかに言った。「ミス・ブリャン、これを——何だろう、シチューかな?——少しでも口にしましたか?」

「いいえ」とフラン。「ちょうど食事をはじめようとしてたところだったから……」

「よかった!」イモージェンは言った。

「どうやら」フランはバガデュース博士に目を向けた。「この騒ぎからして、わたしの友人たちはわたしがあなたに毒を盛られそうになってたと考えてるみたいだわ。あなたはわたしに毒を盛ろうとしてたんですか?」

「ああ、ミス、ブリャン」バガデュースは静かに言った。「そのとおりだよ。わたしは何としても、このカレッジの名が傷つくのを防ぐつもりだった」

「じゃあカレッジの上級メンバーが院生を殺しても、カレッジの名に傷はつかないというわけ?」フランは耳を疑っているようだった。

「ことが発覚するとは思わなかったのだ」とバガデュース。「だがきみの言うとおり、わたしはさらにひどい災禍《さいか》をもたらしてしまったよ。おそらくきみはわたしがセント・アガサ・カレッジのためにどれほどの犠牲を払う覚悟でいるかわかっても、少しもかまわず、わたしの亡き仕事仲間に関する発見を公表する気なのだろうな?」

「でも犠牲になるのはわたしのほうだったみたいじゃないの」とフラン。

「それより、このミス・ブリャンのシチューを分析したら何が見つかるはずなのか話してもらえませんかね?」マイクがうながした。

「話す気はない。なぜわたしがきみらを助けなければならないのだ?」

「それにはDNOCが入っているはずよ」イモージェンは言った。

「小ざかしい出しゃばりめ」バガデュースは息巻いた。「カレッジの使用人なら、カレッジの利益を第一とすべきだろうに!」

「では、バガデュース博士」マイクが言った。「もう行きましょう」

「わたしはただの犯罪者のように衆目にさらされ、中庭の向こうまで引っ立てられなければならんのか?」とバガデュース。

「あなたはただの犯罪者ですよ」マイクは答えた。「だが、いいでしょう。お望みならチェスタトン・レーンに面した通用門から出ることもできます。すべての出入り口にパトカーを待機させてありますから」

「彼女にもついてこさせてくれ」バガデュース博士はイモージェンを身ぶりでさし示した。

「こちらの身の安全を保障してくれる証人がほしい」

「あなたがカレッジの構内を出るまでご一緒します、バガデュース博士」イモージェンは言った。「そしてあなたを乗せた車が立ち去ったらすぐに、あなたの弁護士に電話するつもりです。じゃあまた家で、フラン」

そんなわけで、博士を囲む小さな一団は正門には向かわず、カレッジの第二、第三の中庭を通って裏門へと進んでいった。やがてチャペルへ続く柱廊にさしかかり、壁に埋め込まれた大きな大理石の銘板のまえを通った。二度の世界大戦で命を失ったカレッジのメンバーたちの名前が刻まれた銘板だ。

その記念碑の下でバガデュース博士は立ちどまった。

「これを見たまえ」彼は言った。「このたったひとつの小さなカレッジから、祖国を守るためにどれほど多くの命が捧げられたことか。これらの若者たちすべてにとって、彼らの母校は命を賭して守った祖国の重要な一部だったにちがいない。かりにわたしが人を殺《あや》めるつもりだったとすれば、ミス・クワイ、それもまた母校のためだったのだよ。しかし誰がそれを理解し、ましてや記憶に留めてくれるだろう?」

「残念ながら、わたしには無理そうです」イモージェンは答えた。

「よくもまあ!」マイクは怒り狂っていた。「あんたは人を殺すつもりだったどころか、すでに二人も殺してるんだぞ。今しがたこっちが救い出した犠牲者は少なくとも三人目、ひょっとしたら四人目の死者になるところだったんだ」

バガデュース博士は彼に猛然と食ってかかった。「そんなことを証明できるものか! 証拠もないことを不用意に口にせんほうがいいぞ。わたしはそっちに証明できないことはすべて否定するつもりだ!」

「ちゃんと証明してやりますよ」マイクは言った。「じゅうぶんすぎるほど。まあ見ててください」

24

普通は危うく毒殺されかかったら、数日間は食欲をなくすものだろう。けれどフランは、夕食を食べそこなって腹ペコなのだと言いだした。そこでイモージェンは彼女をグランチェスターの〈赤獅子亭《レッドライオン》〉へ連れ出すことにした。

二人が家の外の駐車スペース――近ごろは確保するのがひどくむずかしくなっている――から車を出そうとしていると、そのあとにすかさず入り込もうと背後に一台の車が近づいてきた。見ると、マイク・パーソンズが運転するパトカーだ。一緒に出かけないかと誘うとマイクはふたつ返事で乗ってきたので、彼らはみなで〈ロージー〉と呼ばれるイモージェンの古い小さなボクソール・ノーヴァに身体を押し込み、のんびりグランチェスターへと向かった。

目当ての店に着くと隅の席に陣取り、食事をしながら話しはじめた。

「ねえ、わが救い主！」フランはゲームパイとフライドポテトを頬張りながら、イモージェンに尋ねた。「あのままなら、わたしはどうなってたの？」

「何のままなら？」

「バガデュース博士と食事をしていたら」

「最初は天にも昇る心地になってたはずよ。それから興奮しきって、熱に浮かされたようになる。あとはひどい高熱を出してひきつけを起こし、昏睡《こんすい》、そして死に至る。髄膜炎《ずいまくえん》の症状とそっくりにね」

「じゃあ博士は疑われなかったかもしれないの？」

「さあ、今度はどうかしら。彼はすっかり図に乗って、同じことを続けてたから」

「次はあなたの口から」フランは期待に満ちた目をマイクに向けた。「どうやってそういうとまで見抜いたのか、詳しく聞かせて」

「見抜いたのはぼくじゃない」マイクは陽気に言った。「すべてイモージェンのおかげだよ」

「じゃあイモージェン。ぜんぶ話して」

「ええと、まず最初にわたしたちはどちらも、ジャネット・サマーフィールドが伝記の執筆者たちを殺した可能性もあると考えた。彼女はあれやこれやですっかり頭にきてるみたいだったわ。ただ不可解だったのは動機よ。結局のところ、伝記を書かせたがってたのは彼女なんだもの」

「ただし彼女は、あの肝心な夏のことにはいっさい触れさせたがらなかった……」フランは勢い込んで言った。

「……なぜなら誰かがあの夏のことを調べれば、例のキルトを見つけてしまうかもしれないから。彼女は偉大なギデオンの不正が暴《あば》かれるのを恐れていたの」

「だったらどうしてさっさとそのキルトを始末しなかったんだ？」マイクが言った。「それぐらい平気でやりかねないやつなのに」

「わたしが身をもって学んだとおり、あのキルトへ至る道は猛犬に守られてるからよ。所有者一家は取りつく島もなかった。ジャネットは考えつくかぎりのことをやってみたけど、うまくいかなかったの」

「それで彼女は余計な穿鑿《せんさく》をせず、彼女が使わせたい資料だけを使うような執筆者に仕事がまわるように画策した……なるほどね」とフラン。

「とにかくそんなわけで、わたしはあのキルトを目にするや――ううん、それは言いすぎね。最初は何だかぴんとこなかったんだけど――あのキルトを眺めてるうちに、少しずつ気づいたの。あれがサマーフィールドの大発見より古いもので、それがジャネットの動機だったことに。そうなると次は方法よ。ねえフラン、いつか話してくれたのを憶えてる？　古い家族写真の中のジャネット・サマーフィールドは常に太ったり瘦せたりで、誰だかわからないほどだったって」

「ええ――ほんとにすごい変わりようだった」とフラン。

「じつはしばらくまえに、たまたま医学部時代のファイルを拾い読みしてたら、ＤＮＯＣという薬が目にとまってね。その薬はさっきも話したような効果をもたらす劇薬なんだけど、昔はダイエット用に処方されてたの。それですべてがそろったみたいだったわ――ジャネット・サマーフィールドがマーク・ゼファーを殺したと考えられるだけの動機、機会、そして方法。しかもそのあと、わたしはカレッジのパーティでふと気づくと当のジャネットと話していた。そこで言ってみたのよ、『あなたがなぜあんなことをしたのか知っている』って。そうしたら彼女はとつぜん洗いざらいぶちまけて告白したの——自分が夫を殺したことを」

「殺しは殺しでも、べつの件だったのね！」とフラン。

「そのとおりよ。それでほかの件についても話させようとしたら、彼女は何も知らないとむきになって否定した。ほんとにすごい勢いだったから、こちらもじっさい誰か別人の犯行なのかもしれないと思いはじめたわけ。ところでフラン、あなたはメレディスという名前から何を連想する？」

「上流階級の老婦人ってところかな」

「でもメレディスは男性にも使われる名前でね。バガデュース博士のファーストネームなの」

「じゃあ、あの人たちの愉快な休暇旅行の話にたびたび出てきたメレディスは……」

「もしかしたら——というより、きっと彼だったのよ。それに例のウェールズの村に出没するケンブリッジのドクター、気の毒なメイ・スワンの遺体が見つかった場所のすぐそばにコテージを持っていて、みんなに〝ご機嫌さん〟と呼ばれてる妙な名前のイングランド人（メレディスの愛称は〝メリー〟で、〝陽気な〟という意味がある）も——バガデュース博士だったの」

「だけど、あなたの言う動機や方法はジャネットにしか当てはまらないわ」

「博士の動機も似たようなものだったのよ。しかも何と、彼はそれをわたしに話していたの。こちらがろくに注意を払わなかっただけで」

「きみに話してたって？」とマイク。

「しばらくまえに、べつの不正について話していたときに。彼はカレッジの名誉がどうとか、すごい剣幕でまくしたてたのよ」

「どういうことか、さっぱり理解できないね」

「まあ、そういう考え方が常軌を逸してるのは認めるわ。でもたしかに上級メンバーの一人が剽窃者《ひょうせつしゃ》だとわかれば、カレッジの評判にプラスにはならない。そして中にはバガデュース博士みたいに母校のために全生涯を捧げ、世間の目には何ひとつ達成できないまま、このケンブリッジでのかけがえのない地位だけを誇りに生きてる人たちもいて……」イモージェンは二人の表情に気づいた。どちらもいぶかしげに彼女をじっと見ている。「まあいいわ、彼はたんに頭がどうかしてるだけ。でもマイク、あなたはよくケンブリッジで警官をしてられるわね、いかにもケンブリッジらしい犯罪の動機も理解できずに」

「きみの幻想を打ち砕いてやろう、お嬢さん」マイクは陽気に切り返した。「このケンブリッジでは、カレッジの上級メンバーによる犯罪など微々たるものなんだ」

「訂正」フランがイモージェンにウィンクしながら言った。「ケンブリッジでは、カレッジの上級メンバーによる犯罪が発覚する確率は微々たるものなのよ」

「せいぜい馬鹿にすればいいさ」とマイク。「だが気をつけないと、ぼくは自分の公的責務を思い出し、彼らが取り調べで何をしゃべったか話すのをやめにするぞ」

「やだ、マイク!」フランとイモージェンは口々に抗議した。

「まあ、二人の魅力的なレディがこちらの一言一句に聴き入っていることだし……」

「彼っていつもこんな感じなの?」フランが尋ねた。

「殺人事件をいくつか解決して称賛を浴びようとしてるときはね」イモージェンは歯切れよく言った。

「きみの被害妄想的な疑念に耳を傾けただけで、大いに称賛に値するはずだぞ」とマイク。「たとえあとから、もっともな疑念だったことが判明してもな。で、きみらはこっちの話を聞きたくないのかね?」

「もちろん聞きたいわ」フランが言った。「いいから黙って、イモージェン」

「それじゃ、ええと……ジャネットはサマーフィールドの食事に毒を盛ったときみに打ち明けたことを認めそうもないよ、イモージェン。彼女によれば、長年の信頼できる友人であるバガデュース博士は彼女の家に自由に出入りできたから、バスルームの戸棚にあった例のダイエット薬を難なく盗めたはずなんだ。彼女はあの薬をどっさりため込んでいて、それが——はっきりいつかは不明だが——棚から消えていたことがあるそうだ。彼女はてっきり、清掃会社の派出婦の一人が取ったにちがいないと考えていた。医師が処方しなくなって以来、あの薬は闇市場で高値がついているから、誰かがくすねて売り払ったのだろうとね。夫が不正を告白しようとしていたことも、断固否定している」

「じゃあ彼女は罪を免《まぬが》れるの?」フランが尋ねた。

「まあ無理だろう、バガデュース博士の言ってることを考えれば。彼も最初はすべてを否定していたが、メイ・スワンの衣服から襲撃者の血液のサンプルが採取されて、DNA鑑定で彼の血液と比較されるはずだと話してやったら、犯行を認めたんだよ」

「それが事実ならいいけど、マイク」とイモージェン。

「その自白が？　ぜったいに事実さ」

「血液のサンプルを比較できるという話がよ」

「ぼくがここにすわってるのと同じぐらい、間違いなく事実だよ」マイクは言った。「いったい人を何だと思ってるんだ？　以前は探偵小説の読みすぎなのかと思ってたけど、どうもきみは新聞の読みすぎじゃないかと思えてきたよ」

「ごめん、悪かったわ……」

「われらが陽気《メリー》なバガデュースによれば、彼はジャネット・サマーフィールドにどうにか夫を説得し、公《おおやけ》の場での懺悔《ざんげ》をやめさせてくれと泣きつかれたそうだ。そこで彼はギデオンのプライドとカレッジへの忠誠心に訴えてみたが、ギデオンは耳を貸そうとしなかった。むしろ自分のプライドが真実を明かし、しかるべき者に栄誉を与えろと求めているのだとか言ってね。『考えてもみてくれ』とバガデュースは嘆いてたよ。『深遠な数学的発見の栄誉をただの無知な裁縫好きの婆さんに与えろとは！』と。そうしてギデオンを説得するのに失敗すると、博士はジャネットと二人で彼を殺すことにした。彼女がＤＮＯＣの錠剤を渡し、博士がそれでみごとな御馳走を作ったというわけさ」

「だから彼女は〝わたしたち〟が彼を殺したと言ったのね……」とイモージェン。

「ああ。だろうな。ところがその後、博士は彼女の愚かしさに怒り狂うことになる。そんな状況で伝記の執筆を依頼するとは！　あの大馬鹿者め、と博士は言っていた。彼女はやばい質問さえ封じれば、執筆者があのキルトの件に気づくはずはないと考えたんだ。しかし当然、今では危険が大きすぎた。秘密を闇に葬るために旧友を手にかけたのに、結局その秘密が派手に暴かれるようなことを誰が望むと思う？　イアン・ゴリアードを追い払うのはわけもなかったそうだよ。彼自身の人生にもいろいろ、隠しておくのがいちばんなことがあってね。それですぐに圧力に屈して海外へ行ってしまったんだ。だがマーク・ゼファーは脅しに動じなかった。おまけに、まだＤＮＯＣはたっぷり残っていたのさ」

「今度も二人で、それとも博士が一人でやったの？」イモージェンは尋ねた。

「そこは誰を信じるかによるな。博士によれば、ジャネットは彼、つまりバガデュースがキッチンで何を作るつもりか百も承知の上で、ゼファーを食事に招いたそうだ。しかし彼女のほうは、いったい何の話かわからないと言っている」

「じゃあメイ・スワンの件は？」

「ええと、博士によれば、二人は例のキルトのせいでギデオンの不正がばれるのではないかと気が気ではなかった。ジャネットは何度も博士のコテージへ泊まりにゆき、どうにかキルトを手に入れようとしたが、無駄だった。そうこうするうちに、何も知らないメイ・スワンがジャネットに電話をよこし、ギデオンがタナット渓谷でしばらくすごしたらしいことがわかったので、確かめにいくつもりだと話したんだ。そこでバガデュースはただちに自分のコテージへ行き、メイ・スワンがあらわれるのを待った。そしてパブで〝偶然ばったり〟彼女に出会うと、飲み物をおごり、ギデオンが泊まったのはうちのコテージだったはずだと言って彼女を誘い出したのさ。そのあと、コテージのストーブの上に飾ってあった火のしで彼女の頭を殴り、遺体を庭の上の斜面に埋めたんだ」

「ところが今度はわたしがあらわれて、同じことを尋ねはじめたわけね」フランは吐き気をもよおしたようだった。

「バガデュース博士はたえずジャネットを説得し、伝記の出版をやめさせようとしたらしい。だが彼女は例の何たら賞の栄誉にすっかり目がくらみ、伝記が出ればサマーフィールドの妻がどれほど高潔だったかみんなにわかると信じきって、耳を貸そうとしなかった。というわけで、ひよっこのフラン、きみには面倒見のいい家主がいてよかったんだぞ。さもなきゃ、今ごろは地中深くに埋められてたかもしれない」

「これからあの二人はどうなるの？」フランは尋ねた。

「拘置所へ送られる。その後の裁判でどうなるかは、わからない。腕利きの弁護士が二人そろえば、どうにも論拠が弱いところをがんがん突いてくるだろう。ジャネットは罪を免れる可能性すらあるな。博士のほうはそうはいかないはずだ。例のＤＮＡ鑑定がうまくいけばの話だけど、たぶんうまくいくと思うよ」

「自白だけじゃだめなの？」とフラン。

「そりゃあ、彼女の自白を聞いたのはイモージェンだけだから。きみはきっと宣誓証言をさせられるぞ、イモージェン」

「やれやれ」イモージェンは憂鬱《ゆううつ》げに言った。

25

その後の数日間は、カレッジじゅうに噂が飛び交い、イモージェンは気づくとさまざまな相手に自分の一連の推理とそれにともなう一連の事態を何度も何度も説明していた。人間とは悲しいもので、何かの惨事にただならぬショックを受けたふりをしながら、両目を輝かせ、興味津々《きょうみしんしん》の表情で噂話をしたりする。もしも彼らの言葉が聞こえず、顔が見えるだけなら、大喜びなのかと思ってしまうところだ。

そんなわけでセント・アガサ・カレッジのメンバーたちもみな、どうにかしかるべき動揺を示そうとしながら、お決まりの意地の悪い喜びをあらわにした。上級メンバーの多くは過去に一度はバガデュース博士から、母校への忠誠心について尊大な非難を受けていた。子供たちの世話を優先したり、カレッジの集会に欠席したのをとがめられた人々もいる。それに下々《しもじも》のメンバーは概して、上級メンバーの失態を喜ばずにはいられないものだ。しかも殺人容疑で逮捕されるとは――何たる失態だろう！

そんな興奮しきった雰囲気は、むろん嘆かわしくはあるが、無理もないことだった。イモージェンは自分の体験談を同僚たちに話した。ただし、話し忘れたこともある。ときおり拘置所にバガデュース博士を訪ね、彼への郵便物や収監者たちに許されているちょっとした贅沢品を届けていることだ。怖気《おぞけ》をふるいながらも同情心を捨てなかったのは、彼女だけではない。レディ・バックモートも面会を続けていた。

いっぽう、フランはカレッジの隅々にまで名を轟《とどろ》かせていた。あちこち引っぱりだこで質問攻めにされ、勇気をたたえてディナーに招かれた。この馬鹿騒ぎのせいでサマーフィールドの伝記の完成が遅れそう、とイモージェンにこぼしたほどだ。

レオ・マヴェラックも大喜びで、翌週にはフランとイモージェンを自分のフラットに招いて〝内輪の祝宴〟を催した。イモージェンにとっては嬉しい驚きだったが、パーティの四人目の顔ぶれとしてホリー・ポートランドがやってきていた。ホリーは二十世紀に作られたキルトならどんなものでも、かなり厳密に作製年代を特定できるはずだと断言してくれた。

「それにしても、すごい話よね！」決してこれが初めてのことではないが、フランは満足げに言った。「ただの凡庸《ぼんよう》な男が能力以上の活躍を強《し》いられ、ついつい他人の業績を盗んだものの、遅まきながら自責の念にとらわれ――そのせいで命を失うことになる……」

「まったく華々しい話だ」レオ・マヴェラックはフランに父親じみた誇らしげな目を向け、鷹揚な口調で言った。「この仕事をきみにやるんじゃなかったよ。あの退屈なギデオンにこんな魅力的な面があるとわかっていたら、きみに渡したりはしなかったんだが。ああ、心配は無用だ！」彼はフランの表情を見て、言い添えた。「今になって取り返そうとは夢にも思わないから。むしろ逆だよ。おそらく、〈レクタイプ&ディィス〉社はこの本を喜んできみの名前で出版し、わたしのほうは簡単な序文でも書くことになるだろう。きみの伝記作家としてのキャリアは順風満帆のスタートを切ったわけだ」

「でも……」喜びに頬を赤らめながら、フランは言った。「ありがたいお言葉ですけど、出版社側はこの本を出すにはあなたの名前が必要だと考えていたはずだわ」

「そのとおりだよ、彼らがあの偉大なるギデオンは非難の余地のない、それゆえ退屈な人生を送ったと考えていたあいだはね。ところが今やその人生は道徳寓意劇さながらで、最後の山場には連続殺人まで起きることがわかったんだ。それなら彼の伝記は著者が犬だって売れるし、きみの名前で出せれば御《おん》の字《じ》というわけさ。そこでわたしは、きみが前任者たちの死と苦難についての後記を書くかもしれないと匂わせておいたんだが……そんなことをするのはきみの学者としてのプライドが許さないかな？」

「いいえ、ぜんぜん」とフラン。「それも話の一部ですから。でもマヴェラック博士、あなたはこのプロジェクトから何も利益を得られないんですか？」

「おやおや、わたしのことなら心配無用だぞ！」マヴェラックは上機嫌で答えた。「わたしは最初に、自分では書く暇がないのだと話しただろう？　あれはね、じっさいそうだったのさ。わたしは伝記に関する持論を本にまとめようとしてるんだ。主たるテーマは人々が世間への隠れ蓑《みの》にして、伝記作家たちもしばしばそのイメージ作りに加担する、自己陶酔の虚飾に満ちた人物像を解体する必要性だ。サマーフィールドに関するきみの伝記はこれ以上ないほど完璧に、その主張の正しさを示してくれるだろう。こちらも自分の本の中できみの本を褒めまくるつもりだから、二人とも利を得るというわけさ」

「さしつかえなければ」ホリーが言った。「いったい何の話なのか、誰か教えてくださる？」

彼らは勢い込んですべてをまた一から話しはじめた。

その夜の祝宴が終わると、イモージェンは自分のかわりに自転車で家へ帰るようフランに頼み、タクシーを呼ぶことにした。骨折は治ったがまだ頼りない脚が、ずきずき疼《うず》きはじめたのだ。するとホリーが即座に、自分の車で送っていこうと申し出た。レオ・マヴェラックは何やら名残惜《なごり》しげに、カレッジの門までみなを見送りにきた。

「例のキルトの話、すごく興味深いわ」シドグウィック・アヴェニューの端で信号待ちをしているときに、ホリーが言った。「たんに濃淡の配色を変えたりするんじゃない、まったく新たなパターンなんて――めったにあるものじゃないのよ。長年のあいだに、数えきれないほど多くの手で何百万枚ものキルトが作られてきたから、すでにほとんど可能なかぎりのパターンが出尽くしてるの。そのウェールズの農場の主婦はきっとある種の天才だったのよ」

イモージェンの家のまえで、二人は別れの挨拶をした。

「ああ、それはそうと、ホリー」イモージェンは言った。「今度はぜひわたしのキルト作りの仲間たちと食事をしにきてもらえば嬉しいわ。こちらにはいつまで？　いつアメリカへもどる予定なの？」

「結局、もどらないことになりそう」ホリーは答えた。「ほかでもないこのケンブリッジで、テキスタイル史の研究員の座をオファーされてるの。だからいつでもお招きに応じるわ。ああ、それとイモージェン――あの食わせ者のレオ・マヴェラックにご用心。あの人、ぜったいあなたに気があるわ！」それだけ言うと、ホリーはイモージェンにお祝いを言う間も与えずに車を出して立ち去った。

イモージェンは家に入ると、ホットチョコレート用のミルクを――フランの分までたっぷり――火にかけた。そして治りかけの脚の痛みを鎮めるためにパラセタモールを二錠飲んだ。それにしても面白い。ホリーはどうやら〝食わせ者〟という言葉を愛情表現として使っているようだ。このケンブリッジではほかの誰にとっても、ひどい罵《のの》り言葉なのに。

パラセタモールは快眠の助けにはならなかった。イモージェンはベッドの中でしばらく眠れぬままに、あれこれ考えた。パラセタモールが思考をうながす可能性について……それに、不正行為にともなう恐ろしい恥辱――ケンブリッジから追放されることについても。他人のキルトから数学的発見を盗むとは、何と情けない剽窃《ひょうせつ》行為だろう……ジャネット・サマーフィールドとバガデュース博士はどちらも、〝ただの無知な縫物好きの婆さん〟を馬鹿にしきっていた……大事なギデオンは仲間の業績を盗んだわけでもあるまいし、と。彼らの目にはそうなのだろう。けれどホリーは、あのキルトの作者は天才にちがいないと言っていた。

数日後に、最後のヒントがころがり込んだ。

早春の晴れ渡ったさわやかな日で、イモージェンはゴマゴグ丘陵のそばのローマ街道を歩いていた。今回はレディ・Bとパメラ・ゼファーが一緒だったが、みなで静かに身体を動かすのが目的だったので、会話は途切れがちだった。話題はおもに、周囲をうろちょろしているレディ・Bの犬たちの動きや、道端でさえずっているさまざまな鳥たちの種類といったところだ。

イモージェンはふと思いつき、マヴェラック教授とフランの本がセント・アガサ・カレッジにもたらしそうなささやかな栄誉のことをレディ・Bに話した。それやこれやで、バガデュース博士の殺人的忠誠心のせいでこうむった恥辱がいくらか償われそうだ、と。もちろん、ウェイマーク賞を取り逃した損失も勘定に入れなくてはならないが……。

「あら、そんなことないわ」レディ・Bは言った。「あれはうちが獲ったのよ。聞いてない？例の整数論の研究でリー・タウが受賞したの」

「あのABC予想とかいうもので？」イモージェンは叫んだ。

「数学ってまったく不可解なものね」とレディ・B。「ところで、今は何時？　五時には車にもどらないと……今夜はガートン・カレッジのディナーに出席する予定でね。どうしても逃すわけにはいかないの。毎年この日はカレッジの卒業生たちがみんな学衣《ガウン》なしで食事をするのよ。学位を与えられずに卒業していった、過去の多くの女性たちに思いをはせて」

「女性はいつ受け入れられたんですか？」パメラが尋ねた。

「男性と同等の権利を認められたのは、一九四八年になってからよ。それ以前の卒業生たちはどうなったのか、わたしはいつも気になってるの。いくら学問をおさめても、広い世間に一人で放り出されて、ロンドンやオックスフォードで学位を獲った人たちと教師の職を奪い合うんじゃねえ……結局、ほとんどの人たちは結婚して、遠くへ姿を消していったんじゃないかしら。

ともあれ、わたしはそんな人たちを偲んでガウンなしで集まるのが大好きなの」

イモージェンは車で家に帰ると、すぐさま電話のまえに向かった。

「脚の具合はどう？」ミセス・エヴァンズは言った。「それにあの嚙《か》み傷は？」

「だいじょうぶ、もう普通に動けます」とイモージェン。「それよりちょっと、ヴィお婆ちゃんのことが気になって。彼女が大学教育を受けていたか、ご存じですか？」

「おじいちゃんはいつも、あいつはえらく頭がよすぎるんだと言っていたけど……どんな教育を受けたのか、あたしは知らないわ。本人に訊いてみたら？」

「本人に？　でもてっきり彼女はもう……たしか、もういなくなってしまったと聞いたような気が……」

「イングランドへ行ってしまったのよ、神のみもとじゃなくて。彼女はシュルーズベリーの老人ホームにいるわ。庭がとてもきれいで、園長もとても親切な……」

「でもヴィお婆ちゃんって、おいくつなんですか？」

「八月で九十四歳よ。歩行器か車椅子がなければ動きまわれないけど、頭はすごく鋭くて、何でも話せるわ……」

イモージェンはホームの電話番号を教えてもらい、ヴィお婆ちゃんとの面会の予約をした。まだ長距離の運転をすると脚が痛みそうだったので、偉大なる人生を描く仕事からフランをどうにか引き離し、週末の息抜きに連れ出した。

ヴィお婆ちゃんが余生を送っているホームは、エドワード七世時代の模倣《モック》チューダー様式の大邸宅で、シュルーズベリーの町はずれにあった。イモージェンとフランはB&Bを見つけてその夜の宿を確保し、パブで昼食をすませたあと、ホームへ向かった。

先代のミセス・エヴァンズは、庭に面した温室にすわって日向ぼっこをしていた。両目を閉じて、午後の光をふり仰いでいる。膝の上には、縫いかけのパッチワークのブロックがのっていた。白髪まじりのごわごわの髪の上につば広の麦わら帽子をかぶっているが、顔を上に向けているせいでろくに日除けになっていない。園長が彼女をさし示したので、訪問者たちは近づいていった。しわ深いそばかすだらけの顔にフランの影が落ちると、老女はぱっと両目を開いた。

「ミセス・エヴァンズですね?」とイモージェン。「あなたにお目にかかりにきたんです」

「あたしはミセス・エヴァンズなの?」老女は驚いたように言い、まぶしい光にまぶたを細めて、澄んだ茶色い目で二人を見あげた。「まあそうなんでしょう。でもね、本当はミス・ヴァイオレット・マージェリー・パスモアなのよ」

「ずいぶん長くウェールズですごされたのに、ミセス・エヴァンズにはなりきれませんでしたか?」イモージェンは微笑みながら尋《たず》ねた。

「心からはね。そりゃあ今の若い娘たちは、結婚しても名前を変えたりしないんでしょうよ。ちゃっかりしてること! でも結婚後も旧姓を名乗れる時代なら、あたしだって昔の名前にもどっても許されるはずじゃない？」

「もちろん、かまいませんとも」フランが言った。「わたしもぜったい自分の名前は変えないつもりです」

「で、それは何というの？」

「フランセス・ブリャン」

「なるほど。純金なみの、すばらしい名前ね。でもあたしの知ってる人かしら？　たぶんあなたは誰かほかのご老女に会いにきたのよ。ここはご老女だらけで、よりどりみどり！　でもあたしにはたしかに、ブリャンという名の知り合いはいないわ」

「ええ、わたしはあなたの知り合いじゃありません。でもあなたに会いにきたんです。こちらのイモージェン――イモージェン・クワイと一緒に」

「あら、そうそう……あなたが訪ねてくるかもしれないと義理の娘が言ってたわ。それなら大歓迎よ。この年齢《とし》になって新たな知り合いなんて、めったにできるものじゃないしね。すごくわくわくさせてもらえそう！　お茶を飲みに連れていってくれるの？」

「もちろん、そのほうがよければ」とイモージェン。「車に乗ったり、踏み段をあがったりはできますか？」

「時間をもらえればだいじょうぶ」ヴィお婆ちゃんは答えた。「〈スタンホープ・ホテル〉なら極上のクリームティーが飲めるわよ」

「それじゃ、〈スタンホープ・ホテル〉で決まり！」フランが言った。

ヴィお婆ちゃんは歩行器につかまって立ちあがり、しっかりとした足取りで庭のテラスを進みはじめた。フランが彼女の裁縫道具をかき集め、イモージェンとあとに続いた。

ご友人たちと外出なさるのはちっともかまいません、と園長は言った。イモージェンが自分は保健師なのだと明かす必要すらなかった。

「誘拐されたわ！」フランの運転する車でホームの門を出るなり、ヴィお婆ちゃんは叫んだ。

「ああ、楽しい！　痛快だこと！」

「でもほんとに誘拐されたんだったら、痛快どころじゃないはずですよ」とフラン。

「お茶さえ飲めれば、かまうものですか」老いた少女は言った。「ホームの菓子パンはいつもぱさぱさなの」

ヴィお婆ちゃんは車からおりて踏み段をあがり、ホテルの中へ入るのに少々苦戦した。彼女はか弱く、動きが鈍かった。とはいえ、か弱いことに熟達しているという不思議な印象だった。身体の衰えをじつに巧みに補《おぎな》っているのだ。災難はひとつも起きなかった。

〈スタンホープ・ホテル〉では、陽射しのあふれる快適なラウンジですばらしいお茶が出された。キュウリのサンドウィッチとスコーン、マデイラケーキ、それに好みに応じてダージリンかアールグレイの紅茶がきちんとポットに入れられ、その横には受け皿つきの磁器のカップ。

「しかも、あのぶざまな紙切れがぶらさがったティーバッグじゃなくて」ヴィお婆ちゃんが指摘した。「正真正銘の、茶葉から淹《い》れたお茶よ。すてき」

「ほんとに、すごく美味しい」とイモージェン。

「それはさておき、九十歳すぎにもなれば、ただではお茶を飲めないことぐらいわかってますよ」ヴィお婆ちゃんは言った。「あたしに何をしてほしいの?」

「ええと、じつは今、すでに亡くなったある学者の生涯について書いていて――」フランが説明しはじめた。「わたしは伝記作家なんです。で、彼のいちばん有名な業績はある図柄を発見したことで――こんな図柄です」フランはバッグから一枚の紙を取り出し、ヴィお婆ちゃんにさし出した。

「このごろはどうもよく目が見えなくて」ヴィお婆ちゃんは言った。「だけどたしかに、それには見憶えがあるわ」

「わたしたち、これは彼が考え出したものじゃないと考えてるんです。あなたのキルトを見て思いついたんじゃないかと」イモージェンは言った。

「さもありなん。いかにもやつらのしそうなことよ――下品な言葉を使って悪いけど」

「つまり、どんな人たちですか?」フランが尋ねた。

「男たち。お偉い先生がたよ。あの連中は女が業績をあげるのに我慢できないの。あら、時代は変わるってことを忘れちゃだめね。とにかく、当時はそうだったのよ。あたしの若いころはね」

「それで、あのキルトのことを話していただきたいんです」イモージェンは言った。「あれはいつ作られたんですか?」

「正確には思い出せないわ。だってほら、農場の暮らしは毎年変わりばえがしなくて。一九三五年ごろかしら。戦争の少しまえ」

「すごいわ」とフラン。「これって周期的なパターンがないんですよね？　あなたはどこで幾《き》何学《かがく》を学ばれたんですか？」

「ケンブリッジよ」ヴィお婆ちゃんは答えた。「あのろくでもない――というか、あたしの若いころにはろくでもなかった場所」

「どういう意味かしら？」フランは尋ねた。「今はけっこういいとこですよ」

だがヴィお婆ちゃんがかつて、ヴァイオレット・マージェリー・パスモアとしてニューナム・カレッジで数学を学んだ時代には、女たちはまだ除け者《の》にされていた。彼女はまだ戦いのさなかだとも知らずに、ケンブリッジへやってきたのだ。ロンドンやオックスフォード、ダラムといった大学では、とうに女性にも学位が認められていた。それでてっきり、どうにか高等教育を受けようとする女たちの戦いは、すでに勝利をおさめたものと思い込んでいた。あとはちょっとした後始末が必要なだけで、自分が学位を取るはずの三年後には――若い娘にとって三年というのは果てしなく長い期間に思えたので――それもすべて解決しているはずだと。彼女は才能があることがわかり、十九世紀末に優等卒業試験で非公式の最優秀合格者となった、あの有名なフィリッパ・フォーセットと肩を並べるほどの成績を期待されていた。

ところがその後、ケンブリッジはまたもや女性への学位授与を拒む票決を下した。それどころか、彼女に恐怖の体験をさせたのだ。

投票の結果が発表されると、評議員会館を囲んでいた男子学生たちが大挙してニューナム・

カレッジへ押しかけ、構内の若い女性たちに卑猥《ひわい》な言葉を浴びせながら、門を打ち破って押し入ろうとした。ちょうどそのころ、ヴァイオレット・パスモアは町の中心部に友人を訪ねていた。カレッジにもどってその大騒動を目にすると、彼女は大胆にも――無分別にも――怒号をあげる男たちを押しのけて進み、裏口から構内に入ろうとした。そして男たちに押したり、引いたり、もみくちゃにされ、ついには顔面にパンチを食らって鼻の骨を折ることになったのだ。

やがて警官が彼女を救い出し、教師の一人があわてて開いた地階の窓の中へ無造作に投げ込んだ。彼女は顔じゅう血まみれのまま、中の床にどさりと落っこちた。それは我慢の限度を超えていた。自尊心のある女なら誰でも我慢できないはずだと、長年たった今もヴィお婆ちゃんは断言した。そんな試練に耐えてまで、まともな学位も与えてくれない試験を受けろというの？　彼女はうんざりしきって卒業試験を受けずにケンブリッジを去り、ウェールズに土地を持つ若い農夫と結婚したのだった。

以後は農場主の妻としてよい人生を送ったが、その生活には数学が欠けていた。農場の経理など、ミセス・エヴァンズにはものの数ではなかったのだ。だが少なくともミスター・エヴァンズは妻の知性に敬意を払ったし、顔にパンチを食らわせたりはしなかった。骨折の治癒後もかすかにひしゃげた彼女の鼻を、おれは好きだと主張したほどだ。

「彼はすてきな男だったわ」ヴィお婆ちゃんは愛しげに言った。

それにキルトの図案を考え出すのは楽しかった。近所の農場にいたグウェニーの母親に初めて作り方を教わってからというもの、彼女はずっとパッチワークが大好きだった。といっても、今では縫うのがとてもむずかしい——視力が衰えるいっぽうなのだ。

フランはその話に憤慨《ふんがい》と称賛をたっぷりと示した。いっぽうヴィお婆ちゃんはせっせと食べ続け、すべての皿が空っぽになるまでお茶をたらふく詰め込んだ。

そのあと、二人は彼女をささやかなドライブに連れ出した。「近ごろは、あまり外に出ないの」と聞かされていたからだ。そしてそのあと、彼女をホームに送っていった。

「学位を取れず、数学者としての人生を送れなかったことを悔やまれたりはしませんか？」別れを告げるまえに、イモージェンは尋ねた。

「過去を恨んでも何の役にも立たないわ。むしろ、この年齢《とし》になると命取りなのよ」ヴィお婆ちゃんはきびきびと言った。「それに、あんな薄のろどもには怒るだけ無駄。あたしはすぐにそう気づいたの」

「じゃあ失礼するまえに、何かわたしたちにできることはありますか？」フランが尋ねた。

「ええ、お願い。一ダースほど針に糸を通してもらえるかしら？　それで明日までは持つはずよ」

イモージェンとフランはヴィお婆ちゃんの裁縫箱の中のあらゆる針に、せっせと白い糸を通しはじめた。近ごろは白い糸でないと、ヴィお婆ちゃんは縫い目が見えないのだ。

「ね、これでわかったでしょ」とイモージェンが言いだしたのは、その夜のことだった。ツインベッドが置かれたいやに心地よげな内装の部屋で、フランと旅行用のゲーム盤でスクラブルをしようと腰を落ち着けたときだ。「あなたのギデオンはやっぱり、仲間の数学者の業績を盗んだのよ」

「相手が仲間かどうかなんて、重要なこと？」フランは言った。「どっちでも同じだと思うけど。あら、Xを引いちゃった――あなたが先行よ」

「わたしがついさっきまで誰と話してたか、あなたにはぜったいわからないと思う」家へ帰って数日後に、フランがイモージェンに言った。

「それじゃ、わたしにわからせたいなら話してくれるしかなさそうね」イモージェンはなかば上《うわ》の空《そら》で答えた。何かいい布地のサンプルはないかと、キルト愛好家用のカタログをめくっていたのだ。

「イアン・ゴリアードよ」

「ほんとに？　どうやって？　どこで？　彼はどんな感じだった？」

「レオが紹介してくれたの。今朝、カレッジで。彼は、ええと――言語に絶するような人」

「もっと話して」

「すごく背高のっぽで痩せてるの。それにすごくおしゃれで、夢見がち。自分がいろいろ不快な経験を免《まぬが》れたことをひどく喜んでたわ」フランはきざな口調をまねて続けた。「『おやまあ！　それはまったく災難だったねえ！　わたしがきみの立場なら、いったいどうしていたことか……』って感じよ」

「でもまあ、彼がまだ生きてるだけで大いにほっとすべきなんでしょうね。そのうえ感じのいい人だなんて、期待すべきじゃないんだわ」とイモージェン。

「あら、ゴリアードは申し分なく感じのいい人よ。それにすごく役に立ちそう。手紙を山ほど保管してるの——たしかに、ほとんどは偉大なるギデオンから来たものじゃなく、彼に出したものだけど」

「偉大なるギデオンに出したもの？ でも彼に送ったのなら、どうして手元に残っているの？」

「ゴリアードはちょっと変わり者でね。それにあんまり謙虚じゃなくて、いつか伝記が書かれるときのためにコピーを取っておいたらしいの。ただし、彼自身の伝記よ。わたしったら、うっかり彼の——つまりゴリアードの——書いたものは読んだことがないなんて言っちゃった。彼は詩人なんだけど、知っていた？ ともかく、そうしたら彼はたちまちこれを取り出して——」フランはぱりぱりの紙に刷られた、薄っぺらい小冊子をふってみせ、「私家版の詩集なんだけど——頼みもしないうちにサインしてくれたわ！」

「少しは見どころのある詩？」とイモージェン。

「まあ読んでみて。こちらが訊きたいところよ」フランは小冊子をテーブルの上にぽいと投げ出した。

イモージェンは目を走らせた——

われらが学徒の行き交う

コー湿地《フエン》の幾多《いくた》の小島の縁《ふち》で

川は分かれ、ふたたび合わさる
酒場にとらわれし学究たちが今も語らう
グランチェスターの野より
ごうごうと堤を越えあふれ出た水は
古き芝地を次々と呑み込んできたのだ
そのたぐいまれなる緑の流れは
明るくきらめき、深みは目には見えない
柳たちがさりげなく優雅に枝を垂れ
葉先で優しく水面《みなも》を撫で
蒼々《そうそう》たる彩り《いろど》であたりに光輝を添える……

手すきの紙の美しさと陳腐な言葉の落差があまりに大きいので、こんなものを刷ったせいで上等なノートが台なしだと思わずにはいられなかった。

「ううっ！」とイモージェンはうめき、詩集をテーブルにもどした。

「それって、何だかちょっと——独創性に欠けてない？」フランがにやりと笑みを浮かべて言った。「どの行もたしかにどこかで見たけどよく思い出せない、ほかの詩から取られてるみたいなの。きっとあの人たちはみんな盗用癖があったのね！」

当然ながら、イモージェンはヴィお婆ちゃんのことを残らずレディ・Bに話していた。そしてその話はセント・アガサ・カレッジの人望高い学寮長、サー・ウィリアム・バックモートの耳にも達することになった。そんなわけで、数か月後の初夏の光輝あふれる晴天の日に、いともか弱い老女が車椅子に乗せられて評議員会館を訪れ、ガウンに角帽という盛装のエリートたちに交じって名誉学位を授《さず》けられたのだった。

その後はニューナム・カレッジで歓迎会が開かれる予定で、ヴィお婆ちゃんがこっそりイモージェンに打ち明けたところによれば、彼女はその場で例の幾何学模様のキルトを母校に贈るつもりだった。本人のたっての希望で、そこへの移動にも車椅子が使われた。そうすれば懐かしいあのギャレット・ホステル橋を渡って、欧州屈指と謳《うた》われる美しい眺めを満喫できるからだ。

橋の中央では少なからぬ人々が立ちどまり、随所で回想される眺望にうっとりと見入った。そよ風が柳の葉を振り子のように揺すり、ガウンの袖を波打たせ、老いた綿毛のような白髪をひらひらとそよがせる中、老女はいくつもの橋と庭が連なるその牧歌的風景を食い入るように見つめた。彼女がまとった真新しいガウンはひどく大きすぎ、小さな腰の曲がった姿をことさら目立たせているようだった。

「あのね」彼女は誰にともなく言った。「あたしはここがほんとに大好きだった。なのにいつも除け者にされてるようで、自分のいるべき場所だとは思えなかったの。でも今はそう思える――心の底から！」

彼らの下では濃緑色の流れがきらきらと渦巻き、川面に躍る光が絶え間なく、だが決してまったく同じにはならない模様を描き出していた。

解説

古山裕樹

本書『ケンブリッジ大学の途切れた原稿の謎』は、ジル・ペイトン・ウォルシュが一九九五年に発表した*A Piece of Justice*の邦訳である。一九九三年の『ウィンダム図書館の奇妙な事件』に続く、ケンブリッジ大学の学寮付き保健師《カレッジ・ナース》イモージェン・クワイが謎解きに挑むシリーズの第二作にあたる。

作者ウォルシュは一九三七年生まれ。作家としてのデビューは、子育てをしながら書いたという一九六六年の*Hengest's Tale*だ。以後、年に一作程度のペースで作品を発表し、児童文学の書き手として知られるようになる。日本でも、『夏の終りに』『海鳴りの丘』をはじめ、数多くの作品が訳されている。

大人向けの小説も何冊か書いていたが大きな成功には至らず、一九九三年の*Knowledge of Angels*も当初は自費出版で刊行することになった。一五世紀ごろの地中海のある島を舞台にした、キリスト教をめぐる寓話《ぐうわ》めいた物語である。この作品は、一九九四年のブッカー賞候補作に挙げられ、彼女の代表作の一つとされている。

ウォルシュによると、大手出版社からの刊行ではない本がブッカー賞の候補になったという快挙が、思わぬ幸運をもたらしたという。ドロシー・L・セイヤーズの未発表原稿をもとに、ピーター・ウィムジイ卿とハリエットの物語を書き継ぐというチャンスを摑《つか》んだのだ。

だが、*Knowledge of Angels* は高く評価されたとはいえ、ミステリとは直接関係のない小説だ。もちろん、作品がブッカー賞候補になったことがきっかけの一つかもしれない。とはいえ、決め手となったのはやはりウォルシュ自身のミステリやセイヤーズ作品への愛着であり、それを指し示す本シリーズの存在もまた、彼女がそういう機会を得た理由の一つだったのではないだろうか。なお、ウォルシュとセイヤーズ作品との結びつきについては、前作『ウィンダム図書館の奇妙な事件』の三橋曉氏による解説もお読みいただきたい。

ちなみに、ウォルシュによる二つのシリーズ——イモージェン・クワイの物語と、ピーター卿とハリエットの物語の両方を発表順に並べると、左に示すように二作ずつ交互に並ぶ形になる(★＝イモージェン・クワイ、☆＝ピーター卿とハリエット)。

The Wyndham Case(一九九三)★『ウィンダム図書館の奇妙な事件』
A Piece of Justice(一九九五)★本書
Thrones, Dominations(一九九八)☆
A Presumption of Death(二〇〇二)☆

Debts of Dishonour（二〇〇六）★創元推理文庫より刊行予定
The Bad Quarto（二〇〇七）★創元推理文庫より刊行予定
The Attenbury Emeralds（二〇一〇）☆
The Late Scholar（二〇一三）☆

ウォルシュがイモージェン・クワイのシリーズを始動させた一九九三年は、彼女が児童文学から徐々に離れ、大人向けの作品へと移行を進めていた時期でもある。特に二〇〇一年以降の作品はこの二つのシリーズだけであり、晩年のジル・ペイトン・ウォルシュはミステリ作家と呼んで差し支えないだろう。

では、ミステリ作家としてのウォルシュの第二作——本書の内容はどんなものだろうか。

イモージェン・クワイはケンブリッジ大学のセント・アガサ・カレッジで学寮付き保健師として働き、親から受け継いだテラスハウスに数人の学生たちを下宿させている。下宿人の一人フランは、学費に困って指導教授のマヴェラック博士に相談したところ、ある仕事を紹介される。その内容は、前任者が集めた資料をもとに、亡くなった数学者ギデオン・サマーフィールドの伝記を完成させるというものだ。サマーフィールドは決して才気あふれるタイプの学者ではなかったが、晩年に幾何学《きかがく》の領域で一つだけ大きな業績を残し、優れた数学者に贈られるウェイマーク賞を死後に受賞することになった人物である。

フランは前任者から引き継いだ資料を整理するうちに、資料の一部をまとめたのが前任者とは別の人物であったことに気づく。そして、前任者の仕事の手が止まったのは、サマーフィールドの経歴のある時期について調べていたときだったことを探り出す。彼の過去に、いったい何があったのか……？

ゆったりとした展開の物語で、事件に直接関係しないエピソードもちりばめられているものの、実はきわめて緊密に組み立てられている。たとえば本書の冒頭、イモージェンたちがキルトづくりを楽しんでいる場面も、読了後に読み返すと新たな発見があるはずだ。また、本筋と関係なさそうな懲罰委員会での審理の様子も、再読すると新たな意味を伴って見える。こうしたヒントや伏線の仕掛け方は前作よりも精緻であり、ウォルシュのミステリ作家としての進歩がうかがえる。

謎解きミステリとしての構造は、前作よりもシンプルだ。この小説は、サマーフィールドの生涯に隠された秘密に関する物語であり、いわば亡くなった人物の肖像を描き出すことが謎の解明に結びついている。

作中でマヴェラック博士は伝記のあり方についてこう語っている。

「エデルによれば伝記作家の真の務めは、あらゆる男女が人生の屈辱から身を守るために使う嘘と幻想を発見し、白日のもとにさらすことです。つまり、人々が自ら築いた自尊の砦の薄っぺらい壁を打ち崩すこと、と言ってもいい」

嘘と幻想を発見し、白日のもとにさらす――本書もまた、そういう過程を描いたミステリだ。亡くなった人物の肖像を描き出すことに主眼を置いたミステリは多い。たとえば、マイ・シユーヴァル&ペール・ヴァールー『ロセアンナ』、アンドリュウ・ガーヴ『ヒルダよ眠れ』、トマス・H・クック『だれも知らない女』などがそうだ。多くは、殺人事件の被害者がどんな人物だったかを明らかにする物語である。

もっとも、本書に描かれるのは殺人事件の捜査ではなく、亡くなった数学者の伝記を書くという過程だ。サマーフィールドの秘密を覆い隠す嘘と幻想を突き止める過程。隠された空白を埋めることが、作中の謎を解き明かすことにつながる。そういう点では、一五世紀のイングランド王リチャード三世の人物像を探るジョセフィン・テイの『時の娘』や、過去の政治家の生涯に隠された謎を追うロバート・ゴダードの『千尋の闇』にも通じるものがある。

そして、空白を埋める地道な作業を支えるのが、イモージェンによる、自身の立場を活《い》かした探索である。

本書の特徴の一つとして、大学を舞台としたミステリであることが挙げられる。

英米のミステリには、大学と関係の深い作品が少なくない。ウォルシュにも縁の深いドロシー・L・セイヤーズにも、『学寮祭の夜』という作品がある。マイケル・イネスは自身が大学教授であり、ミステリ作家としてのデビュー作『学長の死』も、題名のとおり大学で起きた殺人事件を描いている。エドマンド・クリスピン描くジャーヴァス・フェン教授のように、ミステリの中の名探偵にも大学教授は多い。コリン・デクスターの〈モース主任警部〉シリーズも、舞台がオックスフォードだけに、『ニコラス・クインの静かな世界』など大学を扱った作品がいくつかある。レジナルド・ヒルの〈ダルジール警視〉シリーズにも、大学を舞台とした『殺人のすすめ』がある。

ちなみに、ヒルはMurder By Degree:The Case of the Screaming Spiresという、大学とミステリに関するエッセイを書いている。彼はその中で、大学とは大きな村に他ならないという主旨のことを述べている。

大きな村にたとえられる大学というコミュニティ。その中で、イモージェンは独自の人脈を築いている。学寮長夫人レディ・バックモートと親しいだけでなく、さらに保健師として大学内の多彩な人々から相談を受ける立場にある。

作中、大学の一員であるミストラル博士はイモージェンにこう言う。

「われわれは互いに、ごくせまい一面を熟知しているだけなんだ。むしろあなたのほうがわれわれについて多くのことを知っていたとしても、不思議はないんじゃないのかな?」

実際、イモージェンは持てる人脈を動員して、かなりのことを突き止めてみせる。時にはケンブリッジにやってきた研究家による講義の内容もヒントになる。幼なじみや友人が手がかりを握っていることもある。大学に関わる様々な人々の存在が、謎の解明へとつながっていく。この物語の中では、世間は意外と狭い。最後まで読めば、本書が大学というコミュニティを描いた物語であることを実感できるだろう。

この先は本書の結末に関わる内容のため、本編読了後にお読みください。

最後に、物語の終盤で重要な役割を担う登場人物に関することを書いておこう。

本書の翻訳者・猪俣美江子氏によると、作中で描かれるキルトについて調べる過程で、ある登場人物と共通点を持つ実在の人物に注目するようになったという。それが、児童文学者のルーシー・ボストンだ。英国の古い屋敷を舞台にした〈グリーン・ノウ〉シリーズの作者である（ちなみに、林望『イギリスは愉快だ』では、氏の下宿先の主人として登場している）。本書二六八ページにもその名が出てくるとおり、彼女はパッチワークの名手としても知られていた。ただし晩年は視力が衰えたため、白い糸を使って縫っていたという。……と書いていくと、本書のある登場人物を思い出すのではないだろうか。

また、猪俣氏がボストンの義理の娘に会って話を聞いたところによると、ウォルシュとボストンには親交があり、ウォルシュはボストンが遺したパッチワーク作品集の出版にも協力していたとのこと。さらに、彼女はボストンの自伝『メモリー』の序文を書き、評伝『ルーシー・ボストン　館の魔法に魅せられた芸術家』にも寄稿している。

ルーシー・ボストンは一九九〇年に九七歳で亡くなった。そして、本書が発表されたのは一九九五年。

本書の登場人物のモデルがボストンであるという決定的な証拠はないけれど、作者ウォルシュにとっての本書は、親しかった年長の友人の思い出を込めた一作だったと考えても、決して的外れではないだろう。

そんな事情を踏まえて本書を読み返すと、また新たな感慨を得られるはずだ。

検印
廃止

訳者紹介　慶應義塾大学文学部卒。英米文学翻訳家。ウォルシュ『ウィンダム図書館の奇妙な事件』、アリンガム《キャンピオン氏の事件簿》、セイヤーズ『大忙しの蜜月旅行』、ピーターズ『雪と毒杯』、ブランド『薔薇の輪』など訳書多数。

ケンブリッジ大学の
途切れた原稿の謎

2023年10月20日　初版

著　者　ジル・
ペイトン・ウォルシュ

訳　者　猪《いの》 俣《また》 美《み》 江《え》 子《こ》

発行所　（株）東京創元社
代表者　渋谷健太郎

162-0814/東京都新宿区新小川町1-5
電　話　03・3268・8231-営業部
03・3268・8204-編集部
URL　http://www.tsogen.co.jp
DTP　工友会印刷
暁印刷・本間製本

乱丁・落丁本は、ご面倒ですが小社までご送付ください。送料小社負担にてお取替えいたします。

ISBN978-4-488-20009-1　C0197

H·M卿、敗色濃厚の裁判に挑む

THE JUDAS WINDOW◆Carter Dickson

ユダの窓

カーター・ディクスン
高沢 治 訳　創元推理文庫

◆

ジェームズ・アンズウェルは結婚の許しを乞うため
恋人メアリの父親を訪ね、書斎に通された。
話の途中で気を失ったアンズウェルが目を覚ましたとき、
密室内にいたのは胸に矢を突き立てられて事切れた
未来の義父と自分だけだった——。
殺人の被疑者となったアンズウェルは
中央刑事裁判所で裁かれることとなり、
ヘンリ・メリヴェール卿が弁護に当たる。
被告人の立場は圧倒的に不利、十数年ぶりの
法廷に立つH・M卿に勝算はあるのか。
不可能状況と巧みなストーリー展開、
法廷ものとして謎解きとして
間然するところのない本格ミステリの絶品。